EL HOMBRE DEL LABERINTO

LOS IMPERDIBLES

Otros libros de Donato Carrisi
en Duomo:

El cazador de la oscuridad

La chica en la niebla

El maestro de las sombras

El susurrador

El juego del susurrador

La casa de las voces

DONATO CARRISI

EL HOMBRE DEL LABERINTO

Traducción de Maribel Campmany

DUOMO EDICIONES
Barcelona, 2023

Título original: *L'uomo del labirinto*

Primera edición: enero de 2023

Duomo ediciones es un sello de Antonio Vallardi Editore S.u.r.l.
Av. Riera de Cassoles, 20, 3.º B. Barcelona, 08012 (España)
www.duomoediciones.com

Gruppo Editoriale Mauri Spagnol S.p.A.
www.maurispagnol.it

ISBN: 978-84-18128-03-5
Código IBIC: FA
DL: B 20.589-2022

Diseño de interiores:
Agustí Estruga

Composición:
Grafime Digital S. L.

Impresión:
Grafica Veneta S.p.A. di Trebaseleghe (PD)

Impreso en Italia

A Antonio.
Mi hijo, mi historia más bonita

1

Mientras que para la mayoría de la humanidad ese 23 de febrero era sólo una mañana como otra cualquiera, para Samantha Andretti tal vez empezaba el día más importante de su joven vida.

Tony Baretta había dicho que le gustaría hablar con ella.

Sam se había pasado toda la noche dando vueltas en la cama como si fuera una de esas niñas poseídas que salen en las películas de terror, haciendo suposiciones sobre los motivos que empujaban a uno de los chicos más monos de la escuela, y del mundo, a querer intercambiar unas cuantas frases precisamente con ella.

Con todo, el inicio de los acontecimientos había que situarlo en el día anterior. En primer lugar, la petición no la había recibido ella directamente, y tampoco fue él en persona quien la hizo. Entre los preadolescentes hay cosas que requieren respetar unas reglas determinadas. Evidentemente, la iniciativa siempre salía de la persona interesada. Pero luego tenía que seguirse todo un procedimiento. Tony acudió a Mike, uno de su pandilla, que se lo contó a Tina, la compañera de pupitre de Sam. Tina, a continuación, se lo dijo a ella. Una frase sencilla, directa, pero que, en el inescrutable universo de la secundaria, podía significar muchas cosas.

–Tony Baretta quiere hablar contigo –le susurró Tina en un oído durante la hora de gimnasia, saltando de alegría y con los ojos y la voz brillándole, porque una verdadera amiga disfruta de las cosas bonitas que te pasan como si le ocurrieran a ella.

–¿Quién te lo ha dicho? –preguntó Sam en seguida.

–Mike Levin, me ha parado cuando volvía del lavabo.

Si Mike se había dirigido a Tina, el asunto era confidencial y debía seguir siéndolo.

–Pero ¿qué te ha dicho exactamente? –preguntó ella, para estar segura de que Tina lo había entendido «realmente» bien.

En la escuela nadie había olvidado la historia de la pobre Gina D'Abbraccio, apodada «la Viuda» porque un día un chico le preguntó si ya tenía acompañante para el baile de Nochevieja y ella interpretó esa simple curiosidad como una invitación, de modo que acabó con un vestido largo de tul de color melocotón esperando entre lágrimas a un fantasma.

Tina se lo confirmó palabra por palabra:

–Me ha dicho: «Dile a Samantha que Tony quiere hablar con ella».

Obviamente, mientras seguían comentándolo, Samantha le hizo repetir esas palabras una y otra vez. Sólo para tener la garantía de que ningún alienígena había decidido clonar a su compañera con el único objetivo de burlarse de ella.

Todavía no se sabía ni «cuándo» ni «dónde» se llevaría a cabo la charla con Tony, y eso para Sam era un elemento de frustración añadido. Se imaginaba que a lo mejor tendría lugar en el laboratorio de ciencias o en la biblioteca. O bien detrás de las gradas del gimnasio donde Tony Baretta entrenaba con el equipo de baloncesto y Samantha con el de vóleibol. Quedaban descartadas la entrada y la salida de la escuela, y tampoco se produciría en el comedor ni en los pasillos; demasiados ojos y oídos indiscretos. Aunque, pensándolo bien, el no contar con más detalles, aparte de una tortura, también era lo bonito del asunto. Sam no habría sabido describir mejor la extraña alternancia de euforia y depresión que le había provocado aquella simple petición, porque, aunque lo que fuera a decirle podía acabar siendo una sorpresa o una decepción, en cualquier caso ella estaba agradecida, sí, agradecida, por lo que le estaba pasando.

Y le estaba pasando precisamente a ella, Samantha Andretti, ¡y a nadie más!

Su madre se equivocaba al decir que hay cosas que suceden a los trece años que se aprecian mejor cuando eres adulto, cuando quedan en el pasado. Porque en ese momento Sam disfrutaba de una felicidad que era solamente suya, que nadie más en la faz de la tierra habría podido comprender o sentir. Y eso hacía de ella una privilegiada... O, tal vez, una pobre ilusa que estaba a punto de darse de bruces contra una atroz verdad: al fin y al cabo, Tony Baretta era conocido por ser un fanfarrón con las chicas.

El caso era que ella nunca había pensado en Tony. No en ese sentido, al menos. La naturaleza había empezado a ocuparse milagrosamente de su cuerpo y Sam ya se había acostumbrado a la pequeña condena mensual que tendría que cumplir durante gran parte de su vida, pero hasta ese momento no había apreciado los efectos positivos de esa «mutación». Samantha nunca se había fijado en que era mona; o puede que ya lo supiera antes, pero todavía no resultaba relevante. En realidad, las nuevas formas que habían empezado a despertar la curiosidad de los chicos también suponían una revelación para ella.

¿Acaso Tony se había dado cuenta de ello? ¿Era eso lo que le interesaba? ¿Meterle la mano por debajo de la camiseta o, *jesúsperdóname* y *señorsantoayúdame*, incluso más abajo?

Por eso la mañana del 23 de febrero (¡el día de los días!) cuando, agotada por el insomnio, observaba el resplandor del amanecer invadiendo el techo de su habitación, Sam se convenció de que la frase de Tony Baretta no era real, sino fruto de una alucinación. O, quizá, había pensado demasiado en ello y, en el camino por los meandros de la ferviente fantasía de cualquier preadolescente, la idea había ido perdiendo credibilidad. Sólo había un único modo de descubrir si se había engañado. Y para ello no debía hacer más que levantar su cuerpo cansado de una cama de sudor, arreglarse e ir al colegio.

Y así, tras ignorar la reprimenda de su madre porque no había desayunado lo suficiente (¡si no podía respirar, menos aún comer, diantre!), Sam se cargó la mochila a la espalda y cruzó rápidamente la puerta de su casa para ir al encuentro, decidida y también algo resignada, de su ineludible destino.

A las ocho menos cinco, las calles del barrio en que vivía la familia Andretti estaban prácticamente desiertas. Los que trabajaban ya hacía un rato que habían salido, los parados se dedicaban a dormir la mona de la noche anterior, los viejos aguardaban las horas más cálidas del día para asomar la cabeza por la puerta y los estudiantes esperarían hasta el último minuto antes de ponerse en marcha. Efectivamente, era un horario insólito incluso para Sam. Le habría gustado pasar por casa de Tina, como hacía a menudo. Pero después pensó que seguramente su amiga todavía no estaría lista y ella no tendría paciencia para esperarla mientras acababa de arreglarse.

Ese día no.

Durante el trayecto por la acera de adoquines grises sólo se cruzó con un mensajero que buscaba una dirección para entregar un paquete. Ni siquiera se fijó en él, y el hombre apenas reparó en la chiquilla tranquila que pasó por su lado; al mirarla, nadie se hubiera imaginado el alboroto que estaba teniendo lugar en su interior. Sam pasó de largo la casa verde de los Macinsky, con ese feo perrazo negro que se agazapaba en el seto y siempre la asustaba, y a continuación también la casita que tiempo atrás había pertenecido a la señora Robinson y que ahora se caía a pedazos porque la familia no se ponía de acuerdo con la herencia. Bordeó el campo de fútbol de detrás de la iglesia de la Santísima Misericordia. También había un jardín con un pequeño parque infantil con columpios, el tobogán y un gran tilo en el que el padre Edward colgaba los carteles con las actividades de la parroquia.

Mientras alrededor todo estaba en silencio, al final de la calle desierta ya se veía la gran avenida por la que transitaba el tráfico frenético en dirección al centro.

Pero Sam no advertía nada de todo esto.

El paisaje que tenía ante sus ojos era como una pantalla en la que la mente proyectaba el rostro sonriente de Tony Baretta. Lo único que guiaba su camino era la memoria inconsciente de pasos familiares, repetidos centenares de veces antes.

Sin embargo, al llegar a la mitad del trayecto hacia el instituto, a Sam le asaltó la duda de si se había vestido de manera apropiada para la cita. Llevaba puestos sus vaqueros favoritos, con brillantitos en los bolsillos de atrás y pequeños desgarrones a la altura de las rodillas, debajo de una cazadora *bomber* negra un par de tallas más grande, y la sudadera blanca que le regaló su padre al volver de su último viaje de trabajo. Pero el verdadero problema eran las ojeras provocadas por la larga vigilia nocturna. Había intentado esconderlas con el maquillaje de su madre, pero no estaba completamente convencida de haberlo logrado; todavía no le permitían maquillarse y no tenía práctica.

Aflojó el paso y observó los coches aparcados en la calzada. Descartó inmediatamente el Dodge gris metalizado y un Volvo beis porque no servían para sus intenciones; estaban demasiado sucios. Al final vislumbró lo que buscaba. Al otro lado de la calle había una furgoneta blanca con las ventanillas de espejo. Samantha cruzó para ir a su encuentro y se miró. Pero después de comprobar que efectivamente el maquillaje cubría bien las bolsas de debajo de los ojos, no reanudó su camino en seguida. En vez de eso, se quedó mirando el reflejo de su rostro, enmarcado por largos cabellos castaños; adoraba su pelo. Se preguntó si realmente estaba suficientemente mona para Tony e intentó imaginarse a través de los ojos de él. *¿Qué ve en mí?* Y mientras se lo preguntaba, por un instante prolongó el enfoque de la mirada más allá de la superficie que la reflejaba.

«No puede ser», se dijo. Y observó con más atención.

Al otro lado del cristal, en la penumbra, había un conejo gigante. Y la estaba observando, inmóvil.

Samantha podría haber salido corriendo, una parte de ella le decía que lo hiciera, y de inmediato, y sin embargo no huyó. Estaba fascinada por esa mirada que emergía del abismo, como hipnotizada. «No está sucediendo de verdad –se dijo–. No me está pasando a mí», se repitió con la típica incredulidad de las víctimas, que, en vez de apartarse de su destino, se ven atraídas inexplicablemente hacia él.

La niña y el conejo se miraron durante un tiempo infinito, como movidos por una morbosa curiosidad recíproca.

Luego, de repente, la puerta posterior de la furgoneta se abrió de par en par, quitándole la visión de su propio reflejo. En el momento en que su rostro infantil desaparecía delante de ella, los ojos de Samantha no reflejaban miedo alguno. En todo caso, un destello de sorpresa.

Mientras el conejo la arrastraba a su madriguera, Sam no imaginaba que ésa iba a ser la última vez que se vería a sí misma en mucho tiempo.

2

Lo primero que emergió de la oscuridad fueron los sonidos, como una orquesta que afina los instrumentos antes de un concierto. Sonidos caóticos o regulares, pero en cualquier caso suaves. Notas electrónicas, acompasadas. Ruedas de carritos yendo de un lado a otro y el tintineo del cristal cuando choca entre sí. El timbre discreto de algún teléfono. Pasos apresurados pero ligeros. Todo ello mezclado con voces incomprensibles y distantes, pero al fin y al cabo humanas; ¿cuánto hacía que no escuchaba una voz? Y también oía su propia respiración. Regular y a la vez profunda. Se parecía a respirar en una cueva. No era eso, había algo que le oprimía la cara.

El segundo dato que su mente debilitada registró fue el olor. A algún ambientador desinfectante. Y a medicamento. Sí, olía a medicinas, pensó.

Intentó orientarse. No tenía percepción de su propio cuerpo, sólo sabía que estaba boca arriba. Tenía los ojos cerrados porque los párpados le pesaban, le pesaban mucho. Pero tenía que hacer un esfuerzo y levantarlos. Y debía darse prisa, antes de verse desbordada por los acontecimientos.

«Hay que controlar el peligro. Es la única manera.»

La voz que acababa de hablar procedía de alguna parte de su

interior. No era un recuerdo. Era un instinto. Algo que se había ido transformando con el tiempo a través de la experiencia. Había tenido que aprender a sobrevivir. Por eso, a pesar del sopor, una parte de ella seguía estando alerta.

Abre los ojos, ¡abre esos malditos ojos! Y mira.

Se entreabrió una pequeña rendija en su campo visual. Las lágrimas anegaron sus ojos, pero no se trataba de una reacción emocional. En todo caso de malestar; raramente le concedía a ese bastardo la satisfacción de verla llorar. Por un instante temió encontrarse con la oscuridad. En cambio, descubrió una luz azulada que inundaba el espacio a su alrededor.

Parecía que estuviera en el fondo del océano. Confortable, tranquilo.

Pero podía ser un truco sucio, lo sabía perfectamente, había experimentado en su propia piel lo arriesgado que podía resultar confiarse. En cuanto los ojos se acostumbraron a las nuevas condiciones, empezó a moverlos para explorar el lugar en el que se encontraba.

Estaba tendida sobre una cama. La luz azul procedía de unos neones del techo. A su alrededor se veía una gran habitación de paredes blancas. Ninguna ventana. Pero al fondo, a la izquierda, había una enorme pared de espejo.

A él no le gustan los espejos, siguió diciéndole la voz. ¿Cómo era posible?

Y además había una puerta entornada y, más allá, un pasillo iluminado. De allí era de donde procedían los sonidos que oía.

No era real, no tenía sentido. *¿Dónde estoy?*

Parada delante de la puerta había una figura humana, de espaldas, vestida de oscuro; lograba entreverla por el resquicio que dejaba la hoja. Llevaba una pistola en la cadera. *¿Qué broma es ésta? ¿Qué significa?*

Fue entonces cuando se dio cuenta de que, a poca distancia de la cama, había una mesita con un micrófono y una grabadora. Al lado, una silla de hierro, vacía. Pero apoyada en el respaldo había una americana. «Está cerca», pensó. Volverá. Y sintió una oleada de miedo que crecía en su interior como una marea.

«Miedo no», se dijo. El miedo era el verdadero enemigo. «Tengo que irme de aquí».

No sería fácil, creía que no tendría fuerzas suficientes. Intentó mover los brazos, levantó los codos y los clavó en el colchón para incorporarse. Los largos cabellos castaños se deslizaron sobre su rostro. Le pesaban los miembros, consiguió enderezar parcialmente el tronco, pero en seguida volvió a caer hacia atrás. Tenía algo en la cara que se lo impedía: una máscara de oxígeno conectada a una válvula situada en la pared. Y un gotero en el brazo. Le dio un tirón a la vía y se le salió la aguja de la vena. Pero en cuanto también se libró del benéfico gas, advirtió que no podía respirar. Tosió. Intentó tragar el aire que la rodeaba, pero tenía una consistencia más densa que el que había inhalado hasta entonces. Los ojos se le llenaron de puntitos negros muy brillantes.

La oscuridad se iba imponiendo, pero no se rindió.

Apartó la sábana que la cubría de cintura hacia abajo y, en medio de las sombras que le oscurecían la vista, entrevió un tubito que salía de su ingle y terminaba en una bolsa transparente donde se había acumulado un líquido amarillento.

Todavía boca arriba, movió la pierna derecha con la intención de bajar de la cama. Pero algo le retenía la izquierda. Un peso. Ese lastre la cogió desprevenida, perdió el equilibrio y notó que se precipitaba hacia abajo. Se desplomó sobre una superficie dura y fría, se golpeó la cara. La pierna izquierda fue la última que se desmoronó en el suelo, y produjo un sonido sordo, de piedra.

El ruido llamó la atención de alguien, porque oyó claramente que se abría la puerta y volvía a cerrarse. A continuación, vislumbró una sombra que corría hacia ella: algo tintineaba en su cintura: un mosquetón lleno de llaves. La sombra dejó una taza humeante en el suelo y la aferró por las axilas.

–Tranquila –repitió el desconocido mientras manejaba su cuerpo casi exánime con delicadeza–. No es nada.

Notaba que se ahogaba, estaba a punto de perder el conocimiento. De modo que apoyó la cabeza en el pecho del hombre. Olía a colonia y llevaba corbata, lo cual le pareció cruel y absurdo.

Los monstruos no llevan corbata.

El hombre la subió a la cama y, después de apartarle el pelo de la cara, volvió a colocarle la mascarilla en la boca. El oxígeno le llenó los pulmones y se sintió aliviada. Después de hacer que se tumbara correctamente, le puso una almohada debajo de la pierna izquierda, que llevaba escayolada desde el tobillo hasta más arriba de la rodilla.

–Estarás más cómoda –le dijo, solícito.

Al final, pasó la cánula del gotero que se había soltado y le introdujo de nuevo la aguja en el brazo. Mientras llevaba a cabo estas operaciones, ella no dejaba de observarlo con estupor.

Ya no estaba acostumbrada a la amabilidad. Y, sobre todo, a una presencia humana.

Aun así, intentó fijarse en él. ¿Lo conocía? Le parecía que no lo había visto nunca. Le puso unos sesenta años, tenía un aspecto atlético. Llevaba gafas redondas de montura oscura. Tenía el pelo rizado. Además del mosquetón con las llaves colgadas en la cintura, llevaba una identificación con su foto sujeta en el bolsillito de una camisa azul. Iba arremangado hasta los codos.

Cuando hubo terminado, el hombre recogió la taza humeante que había dejado en el suelo y la depositó sobre la mesilla de noche en la que también había un teléfono amarillo.

¿Un teléfono? ¡No puede ser un teléfono!

–¿Cómo te encuentras? –le preguntó.

No contestó.

–¿Puedes hablar?

Se quedó callada y lo miró con los ojos desorbitados, lista para saltarle encima.

Se le acercó.

–¿Entiendes mis palabras?

–¿Esto es un juego? –La frase le salió ronca, sofocada por la mascarilla de oxígeno.

–¿Qué? –preguntó él.

Se aclaró la voz.

–¿Esto es un juego? –repitió.

–No sé a qué te refieres, lo siento. –A continuación, añadió–: Soy el doctor Green.

No conocía a ningún doctor Green.

–Estás en el Saint Catherine, es un hospital. Todo está bien.

Intentó asimilar sus palabras, pero no lo conseguía. Saint Catherine, hospital; era una información que estaba más allá de su comprensión.

No, no está todo bien. ¿Quién eres tú? ¿Qué quieres de mí, de verdad?

–Comprendo que todo esto te perturbe –dijo el hombre–. Es normal, todavía es demasiado pronto. –Se la quedó mirando un instante en silencio, con compasión.

Nadie me mira así.

–Te trajeron aquí hace dos días –prosiguió el otro–. Has dormido casi cuarenta y ocho horas. Pero ahora estás despierta, Sam.

¿Sam? ¿Quién es Sam?

–¿Esto es un juego? –preguntó por tercera vez.

Quizá el hombre había advertido la perplejidad en su rostro, porque ahora parecía preocupado.

–Tú sabes quién eres, ¿verdad?

Lo pensó un momento, le daba miedo contestar.

El hombre se esforzó en sonreírle.

–Está bien, cada cosa a su tiempo. ¿Dónde crees que estás ahora?

–En el laberinto.

Green lanzó una breve mirada hacia el espejo, después volvió a dirigirse a ella.

–Te he dicho que estamos en un hospital, ¿no me crees?

–No lo sé.

–Algo es algo, me parece bien.

Tomó asiento en la silla de hierro, se inclinó hacia delante, apoyando los codos en las rodillas, y cruzó las manos, en una actitud confidencial.

–¿Por qué piensas que estás en un laberinto?

Ella miró a su alrededor.

–No hay ventanas.

–Es extraño, tienes razón. Pero, ¿sabes?, esta habitación es especial: estamos en la sección de quemados. Te han traído aquí porque tus ojos ya no están acostumbrados a la luz natural, podría resultar perjudicial, igual que si tuvieras quemaduras. Y también es el motivo de las bombillas de luz ultravioleta.

Levantaron la mirada a los neones azules al mismo tiempo.

Seguidamente el hombre se volvió hacia la pared de espejo.

–Desde allí, médicos y familiares pueden observar a un paciente sin exponerlo al riesgo de infección... Ya lo sé, parece una habitación para los interrogatorios de la policía, como las que se ven en la tele o en el cine –intentó bromear–. A mí en seguida me ha dado esta impresión.

–A él no le gustan los espejos –dijo ella, a bocajarro.

El doctor Green se puso serio.

–¿Él?

–Los espejos están prohibidos.

De hecho, hasta ese momento había evitado volverse hacia la pared de la izquierda.

–¿Quién ha prohibido los espejos?

No dijo nada, pensó que el silencio podía ser suficiente. El hombre le dedicó otra mirada indulgente. Era dulce como una caricia, pero una parte de ella sintió rabia. Todavía no estaba segura de nada.

No me dejaré engañar.

–Bueno, vamos a considerarlo de esta manera –dijo Green sin esperar respuesta–. Si los espejos están prohibidos, pero aquí hay uno, entonces tal vez ya no te encuentres en el laberinto. ¿Verdad?

El razonamiento era impecable. Pero después de tantos engaños, después de tantos «juegos», era agotador incluso intentar fiarse de alguien.

–¿Recuerdas cómo llegaste al laberinto?

No, ni siquiera se acordaba de eso. Era consciente de que existía un «fuera» pero, por lo que ella sabía, siempre había estado allí dentro.

–Sam –pronunció de nuevo ese nombre–. Ha llegado el momento de aclarar algunas cosas, porque por desgracia no tenemos mucho tiempo.

¿A qué se refería?

–Aunque estamos en un hospital, yo no soy exactamente un médico. Mi labor no es curarte, hay personas mucho más capacitadas que se están ocupando de tu salud. Mi trabajo es encontrar a hombres malvados como el que te raptó y luego te ha tenido prisionera en el laberinto.

¿Raptado? ¿De qué está hablando?

La cabeza le daba vueltas, no estaba segura de querer seguir escuchando.

–Sé que es doloroso, pero debemos hacerlo. Es el único modo que tenemos de detenerlo.

¿A qué se refería al decir «detenerlo»? No estaba segura de querer hacerlo.

–¿Cómo he llegado aquí?

–Probablemente conseguiste escapar –dijo Green en seguida–. Hace dos noches, una patrulla te encontró en una carretera en una zona deshabitada, cerca de los pantanos. Tenías una pierna rota y no llevabas ropa. –A continuación, añadió–: Tal vez estabas huyendo, a juzgar por los rasguños que tienes por todas partes.

Se observó los brazos, llenos de pequeñas heridas.

–Es un verdadero milagro que lo consiguieras.

No recordaba nada.

–Te encontrabas en estado de shock. Los agentes te trajeron al hospital y avisaron a comisaría. Buscaron en las denuncias por desaparición y dieron con tu identidad: Samantha Andretti.

Metió una mano en el bolsillo de la chaqueta que estaba colgada en el respaldo, sacó un papel y se lo tendió.

Ella lo observó atentamente. Era una octavilla con la foto de una niña sonriente, con el pelo y los ojos castaños. Debajo de la imagen aparecía impresa una palabra en rojo.

DESAPARECIDA.

Sintió una punzada en el estómago.

–Ésta no soy yo –dijo, y le devolvió la hoja.

–Es normal que ahora hables así –afirmó Green–. Pero no debes preocuparte, ya has hecho grandes progresos desde que te encontraron. Para mantenerte dócil y controlarte mejor, el secuestrador te drogaba con psicotrópicos, han encontrado una notable cantidad en tu sangre. –Dicho esto, señaló el gotero, cuya vía estaba insertado en su brazo–. Te han suministrado una especie de antídoto. Y está funcionando, porque ahora estás consciente. Pronto recuperarás también la memoria.

Quería creérselo. *Dios, cómo lo deseaba.*

–Estás a salvo, Sam.

Ante esas palabras, una extraña quietud se apoderó de ella.

–A salvo –se repitió.

Notó una pequeña lágrima que se formaba en el ángulo del ojo. Tenía la esperanza de que se quedara allí, inmóvil, porque no podía permitirse bajar la guardia.

–Pero por desgracia no podemos esperar hasta que el tratamiento te haga efecto por completo, y por eso estoy aquí. –Se la quedó mirando–. Tendrás que ayudarme.

–¿Yo? –preguntó, desconcertada–. ¿Cómo podría ayudarle yo?

–Recordando el mayor número de cosas, incluso las más insignificantes. –Señaló de nuevo la pared de espejo–. Allí detrás hay unos agentes de policía: presenciarán nuestra conversación, transmitirán cualquier detalle que consideren relevante a los policías que están fuera y que se ocuparán de capturar a tu secuestrador.

–No sé si seré capaz.

Estaba cansada, asustada y sólo quería descansar.

–Escucha, Sam: ¿tú quieres que ese hombre pague por lo que te ha hecho, verdad? Y, sobre todo, no querrías en ningún caso que le hiciera lo mismo a otra persona...

Esta vez la lágrima resbaló por la mejilla y fue a pararse en el borde de la mascarilla de oxígeno.

–Como habrás intuido, yo no soy policía –continuó diciendo–. No llevo pistola y no voy por ahí persiguiendo a criminales y dejando que me disparen. Es más, si te digo la verdad, ni siquiera soy muy valiente. –Se rio de su propia broma–. Pero sí puedo asegurarte algo: lo cogeremos juntos, tú y yo. Él no lo sabe, pero hay un lugar del que no puede escapar. Y es allí donde lo cazaremos: no ahí afuera, sino en tu mente.

La última frase del doctor Green le provocó un escalofrío. Si bien no quería admitirlo, siempre había sabido que «él» se le había metido en la cabeza, como una especie de parásito.

–¿Qué me dices: te fías de mí?

Al cabo de un instante, Sam le tendió la mano.

Green aprobó su decisión con un gesto de la cabeza y a continuación volvió a darle la octavilla.

–Muy bien, ésa es mi chica.

Mientras ella intentaba familiarizarse con el rostro de la fotografía, el doctor se volvió hacia la mesilla donde estaba el micrófono y la grabadora y puso en marcha el aparato.

–¿Cuántos años tienes, Sam?

Observó bien la fotografía.

–No sabría decirlo... ¿Trece? ¿Catorce?

–Sam, ¿tienes idea de cuánto tiempo has pasado en el laberinto?

Negó con la cabeza. *No, no lo sé.*

El doctor Green anotó algo.

–¿Estás segura de que no reconoces nada de ti en esta foto?

Observó la imagen con más atención.

–El pelo –dijo, y con la mano se acarició un mechón–. Me encanta.

Acariciarme el pelo es mi pasatiempo preferido en el laberinto.

El recuerdo la asaltó de repente, como un rápido *flash* que no se sabía de dónde salía.

Me lo peino con los dedos para matar el tiempo, a la espera de un nuevo juego.

–¿Nada más?

Me gustaría tener un espejo. Pero él no quiere dármelo. Le asaltó una duda.

–¿Soy… bonita? –preguntó, temerosa.

–Sí, lo eres –confirmó el otro con ternura–. Pero quiero ser sincero contigo… Yo sé por qué él prohibía los espejos.

Le asaltó una sensación de angustia.

–Me gustaría que te volvieras hacia la pared de la izquierda y lo descubrieras por ti misma…

En el silencio que prosiguió, sólo percibió su propia respiración acelerándose en una afanosa búsqueda de oxígeno. Miró al doctor Green a los ojos para saber si debía tener miedo. Pero él parecía imperturbable. Comprendió que se trataba de una prueba, y que no podía esquivarla. De modo que empezó a girar la cabeza sobre la almohada. Notó la goma de la mascarilla que se tensaba sobre el rostro.

Ahora veré a la niña de la octavilla y no me reconoceré, se dijo. Pero la verdad era mil veces peor.

Cuando se encontró a sí misma en el reflejo, tardó un poco en visualizar la imagen que le devolvía.

–Te raptaron una mañana de febrero, cuando ibas al colegio –le explicó el doctor.

La «vieja» niña con el pelo castaño del espejo empezó a llorar.

–Lo siento –dijo Green–. Eso sucedió hace quince años.

3

«Quince años sin noticias, sin una pista, una esperanza. Quince años de silencio. Una pesadilla larguísima, que ha concluido feliz e inesperadamente. Porque nadie, hasta hace dos días, habría sido capaz de imaginar que Samantha Andretti todavía estuviera viva...»

Bruno intentaba seguir la crónica de la enviada especial del telediario que montaba guardia en la puerta del Saint Catherine, pero los golpes que el viejo Quimby daba con el palo de la escoba al también vetusto aire acondicionado del bar con la esperanza de que volviera a funcionar le impedían escucharla.

–Cristo, Quimby, ¿quieres parar? ¡No se va a arreglar por muchos golpes que le des con el palo! –exclamó Gomez, uno de los parroquianos más asiduos del local, desde uno de los reservados del fondo de la sala.

–¿Qué coño sabrás tú de aires acondicionados? –preguntó el dueño del bar, irritado.

–Sé que deberías echar mano a la cartera y asegurar a tus clientes un poco de aire fresco –afirmó el gordinflón sudado, levantando una botella de cerveza medio llena de la colección que tenía delante.

–Claro, podría hacerlo si en este sitio todos pagaran regularmente.

Las animadas discusiones entre Quimby y sus parroquianos

era un espectáculo bastante habitual para quienes frecuentaban el Q-Bar. Y no costaba mucho hacer que el dueño perdiera los estribos. Aunque de momento, aparte de Gomez, el único espectador presente era Bruno Genko, que esa tarde no estaba de humor para chorradas.

Genko estaba sentado en uno de los taburetes de la barra, sujetaba un vaso de tequila y seguía contemplando la pantalla del televisor situado en un estante alto. Las aspas de los ventiladores encima de su cabeza movían aire caliente y húmedo mezclado con olor a tabaco. El licor todavía no había logrado eliminar del todo el sabor de cuando, media hora antes, había vomitado hasta el alma en el callejón de la parte trasera. No había utilizado el baño del bar porque no quería que nadie notara que se encontraba mal.

Con todo, tenía un aspecto horrible y las náuseas amenazaban con volver cuando, por un instante, le vino a la memoria el contenido del bolsillo derecho de su americana de lino.

El talismán.

Genko borró la visión vaciando el vaso de un solo trago. Es el calor, se dijo para darse ánimos mientras el recuerdo se diluía. Nadie debe saberlo. Así que ignoró la disputa, los escobazos y el estertor del aparato del aire acondicionado e intentó concentrarse en lo que decían en la tele.

La noticia de la reaparición de Samantha Andretti era el centro de atención desde hacía más de cuarenta y ocho horas en los noticiarios locales y nacionales y había relegado a un segundo plano incluso la excepcional ola de calor que se abatía sobre la región, con temperaturas por encima de las habituales y un porcentaje de humedad nunca registrado con anterioridad.

«Según fuentes no oficiales, en este momento Samantha Andretti, de veintinueve años, recibe apoyo psicológico de un especialista, con la esperanza de que pronto pueda aportar elementos útiles para la captura del monstruo que la raptó y la ha tenido prisionera... Según algunas opiniones, en breve pueden producirse importantes avances en el caso...»

–Qué va, esos del telediario no tienen ni puta idea. –Quimby liquidó con un gesto de la mano a la reportera de la pantalla y, al mismo tiempo, a todos los periodistas. A continuación, regresó a su sitio detrás de la barra–. Pero si cambias de canal, la canción es idéntica. Ya es la quinta o sexta vez esta mañana que oigo lo mismo: no paran de repetir ese rollo de los «inminentes avances» porque no saben qué más decir.

–Pues yo habría apostado a que los policías se darían de codazos por ir a soplarles algo a los medios de comunicación –aventuró Bruno.

–El inspector jefe ha blindado la investigación para no dar ninguna ventaja al hijo de puta que están buscando... Si no lo cogen, alguien hará que el Departamento pague por haber ignorado durante años que Samantha Andretti todavía seguía con vida. No veas lo bien que ha quedado la policía. –De repente Quimby se quedó parado; ser consciente del paso del tiempo hizo que se estremeciera–: Dios mío, quince años... No me lo puedo ni imaginar.

–Ya –estuvo de acuerdo Genko, agitando el vaso vacío.

Quimby cogió la botella de tequila y le sirvió otra dosis de la dulce medicina.

–La cuestión es cómo ha conseguido sobrevivir durante tanto tiempo...

Bruno Genko conocía la respuesta, pero no tenía intención de decírsela. Y tal vez Quimby tampoco quería escucharla. El hecho era que el dueño del bar, como la mayor parte de la gente normal, quería creer en el cuento de la heroína valiente que había conseguido resistir y, al final, incluso escapar del monstruo. Pero, en realidad, sólo lo había logrado porque así lo había querido su carcelero. Él había decidido no matarla, sí. También decidió alimentarla y asegurarse de que no enfermara.

En otras palabras, había cuidado de ella.

Día tras día, le había dedicado un afecto enfermizo. «Al igual que hacen los seres humanos con los animales del zoo», se dijo Bruno llevándose el tequila a los labios. También podemos ser buenos con esas bestias, pero en el fondo del corazón sabemos perfectamente que su vida vale menos que la nuestra. Y Samantha Andretti había experimentado la violencia de esa hipocresía. Había sido un animal enjaulado, una criatura a la que admirar. Tener sobre ella el poder de la vida y la muerte era la verdadera satisfacción del sadismo del raptor. Cada día, él decidía si seguía viviendo o no. Seguramente se sintió noble por ello, incluso magnánimo. Y tal vez el monstruo tenía razón. Al fin y al cabo, la había protegido de sí mismo.

Pero todo eso Quimby y la gente corriente no podían saberlo. No habían visitado los infiernos en los que se había adentrado Bruno. Y por eso los disculpaba y, por lo general, los dejaba hablar libremente. Porque en medio de sus charlas podía esconderse una información preciosa, la que hace cambiar el rumbo de una investigación.

Para todo el mundo Bruno Genko era un detective privado. En realidad, su oficio era escuchar.

El Q-Bar era perfecto para captar habladurías, indiscreciones o simples chivatazos. Era el local de referencia de los defensores de la ley desde que, hacía ya unos veinte años, el teniente Quimby fue alcanzado por una bala en un riñón durante una operación rutinaria de vigilancia. Despido anticipado, fin de su carrera, pero con el dinero del seguro pudo comprar el pub. Desde entonces, cada vez que los policías tenían algo que celebrar, ya fuera la jubilación de un colega, el nacimiento de un hijo, un diploma o un cumpleaños, se encontraban en el Q-Bar.

A pesar de que nunca se había puesto un uniforme, Bruno acudía regularmente al local y ya lo consideraban uno más de la familia. Claro que debía soportar los choteos y las bromas pesadas. Pero lo aceptaba, era el precio que tenía que pagar por recoger información que le sería útil en su trabajo. Quimby era su principal confidente. Todos los polis, incluso los ex, saben que siempre hay que desconfiar de los investigadores privados. Pero el viejo no hacía de confidente para obtener algún tipo de compensación.

Era una cuestión de vanidad. Quizá compartir noticias reservadas con un civil lo hacía sentir como si todavía perteneciera al cuerpo. Obviamente, Bruno nunca apretaba a Quimby para que hablara porque, ante una pregunta directa, el expolicía no le habría dicho una palabra. Así que se limitaba a apostarse en el bar, a veces incluso durante horas, esperando que fuera el otro quien empezara.

También ese día.

Pero hoy es distinto, no queda mucho tiempo.

Mientras esperaba, metió una mano en el bolsillo de la chaqueta de lino para coger el pañuelo y secarse el sudor de la nuca. Los dedos rozaron la hoja de papel doblada: la había llamado «talismán» porque no se separaba nunca de ella. Una llamarada le subió por el estómago, temió volver a vomitar.

–Anoche estuvieron aquí Bauer y Delacroix, se pasaron antes de empezar el turno extra –dijo Quimby de repente.

Bruno dominó las náuseas y se olvidó del papel, porque los dos polis que el dueño del bar había mencionado eran los agentes encargados oficialmente del caso de Samantha Andretti. «Bueno, vamos allá», se dijo. Había estado esperando ese momento durante horas y ahora recibía su recompensa.

De hecho, después de mencionar a Bauer y Delacroix, el dueño del bar le rellenó el vaso de tequila sin que se lo hubiera pedido. Señal de que tenía ganas de charlar. Seguidamente Quimby se inclinó hacia él por encima de la barra.

–Me han confirmado la historia del analista que está hablando con la niña, parece que es experto en trazar perfiles y que tiene un par de huevos: está especializado en capturar asesinos en serie y lo han hecho venir aposta de no sé dónde –explicó–. Es de los que usa métodos poco ortodoxos...

Genko sabía que era estadísticamente improbable sobrevivir a un psicópata. Pero cuando esto sucedía la policía disponía de un valioso testigo y de un salvoconducto para acceder a los meandros de una naturaleza criminal compleja. Una maraña multiforme de fantasías, impulsos irrefrenables, instintos y perversiones obscenas. Por eso habían convocado a un profesional para sondear la mente de Samantha Andretti.

Bruno también se fijó en que Quimby seguía refiriéndose a ella como si todavía tuviera trece años. No era el único. Mucha gente, incluso en televisión, decía «la chica» o «la niña». Era inevitable, porque guardaban en la memoria la última foto que se difundió inmediatamente después de su desaparición. Sin embargo, a pesar de que los medios de comunicación no hubieran obtenido aún una imagen reciente para mostrarla al público, Samantha ya era una mujer.

–La chica todavía se encuentra en estado de *shock* –le confió Quimby en voz baja–. Aunque en el Departamento son optimistas.

Bruno no quería parecer demasiado curioso, pero estaba seguro de que el otro se había enterado de algo.

–¿A qué te refieres con lo de optimistas?

–Ya conoces a Delacroix: habla poco y nunca se moja... Pero Bauer está convencido de que cogerán a ese bastardo.

–Bauer es un fanfarrón –comentó él, fingiendo no estar interesado, y se puso de nuevo a mirar la tele.

Quimby picó el anzuelo.

–Sí, pero se ve que tienen una pista...

¿Una pista? ¿Era posible que Samantha ya hubiera aportado algún detalle determinante?

–He oído decir que están buscando la prisión que utilizaba el secuestrador. –Bruno lo dijo distraídamente, para reavivar un poco la conversación–. La policía ha rodeado una zona deshabitada del sur, cerca de los pantanos. Fue allí donde una patrulla se tropezó con Samantha, ¿no?

–Sí... Han establecido un perímetro de seguridad y no dejan pasar a nadie. Quieren mantener alejados a los curiosos.

–No van a encontrar nunca ese lugar. –Bruno intentaba parecer escéptico, para que el otro se viera obligado a desmentirlo–. No lo han identificado en quince años, seguro que sabe cómo camuflarse.

–Samantha Andretti iba a pie y además se había roto una pierna, por eso no pudo recorrer mucho trecho después de la fuga, ¿no te parece? –Quimby se mostraba contrariado por su desconfianza.

El investigador decidió lanzar un hueso al ego herido del expolicía.

–En mi opinión, la clave de todo es ella: si colabora, entonces hay alguna esperanza de capturar al monstruo.

–Colaborará –dijo, seguro, Quimby–. Pero también cuentan con una cosa más...

Así pues, la pista no procedía de la chica. ¿De dónde, entonces? Bruno permaneció callado y bebió un sorbo. La pausa estratégica sirvió para dar tiempo al dueño del bar, que debía decidir si le contaba el resto o no.

–En realidad, la historia de cómo la encontraron no se corresponde exactamente con la versión que han dejado que trascendiera –afirmó Quimby–. La patrulla que la localizó en la cuneta de la carretera, desnuda y con una pierna rota, no pasaba por allí por casualidad...

Bruno sopesó rápidamente las implicaciones de esa información. ¿Por qué motivo iban a mentir sobre el modo en que la habían encontrado? ¿Qué es lo que no podían revelar?

–Alguien avisó a la policía –aventuró–. Alguien señaló la presencia de Samantha.

Quimby se limitó a asentir.

–Sería un buen samaritano.

–Fue una llamada telefónica anónima –lo corrigió el otro.

4

Genko salió por la puerta del Q-Bar y el bochorno se aferró a él al instante, apretándole la garganta y el pecho como una mordaza. El calor era algo vivo, una bestia invisible que no dejaba escapatoria. A Bruno le costaba respirar, pero aun así se metió un cigarrillo entre los labios, lo encendió y esperó a que la nicotina circulara por su cuerpo.

Total, ¿qué daño podía hacerle?

Miró a su alrededor. A las tres de la tarde las calles del centro estaban desiertas. Un espectáculo insólito para esa hora, esa zona y en un día laborable. Tiendas y oficinas cerradas. Ningún transeúnte. Un silencio espectral. Sólo los semáforos continuaban de manera absurda regulando la circulación en las calles vacías de tráfico.

A causa de las altísimas temperaturas, las autoridades se habían visto obligadas a tomar medidas extraordinarias con el fin de salvaguardar la salud de los ciudadanos. Se recomendaba a la población que durmiera de día y sólo saliera de casa durante las horas nocturnas. Para facilitar la transición, se habían modificado los turnos de servicio de la policía, de los bomberos y del personal sanitario. Las oficinas públicas abrían a última hora de la tarde y cerraban al amanecer. Incluso los juzgados llevaban a cabo sus actividades a partir de las horas nocturnas. Empresas y sociedades se habían adaptado al cambio: hacia las ocho de la tarde, obreros y oficinistas se agolpaban en las calles para acudir a su puesto de trabajo como si fuera una hora punta normal. Nadie se quejaba. Es más, los grandes almacenes y los establecimientos comerciales incluso habían registrado un incremento del negocio porque la gente no veía la hora de huir de sus casas. Con la puesta de sol, todos salían de sus escondites, como ratas.

Desde hacía aproximadamente una semana, los días empezaban con el ocaso.

El tiempo se ha vuelto loco, se dijo Bruno recordando lo que había ocurrido un año antes en Roma, donde una tormenta se había abatido sobre la ciudad causando un apagón y una devastadora inundación. Efectos de la contaminación, del calentamiento global y, en cualquier caso, de la manera de mierda en que se trataba al planeta. Nadie sabía cuánto faltaba para que el maldito género humano se autodestruyera sin siquiera darse cuenta. Una verdadera lástima. Pero luego se acordó del talismán de su bolsillo y concluyó que, al fin y al cabo, el problema ya no le atañía.

De modo que decidió pasar de todo y seguir contribuyendo a la degradación general: dio un par de caladas al cigarrillo y tiró la colilla en la acera ardiente, aplastándola bajo la suela de su zapato. A continuación, se dirigió hacia su coche, aparcado detrás de la esquina.

Una llamada anónima.

Mientras conducía el viejo Saab por las calles vacías, Genko seguía dándole vueltas a la información que había recabado de Quimby. El aire acondicionado llevaba años sin funcionar, así que iba con las ventanillas bajadas. Repentinas llamaradas de aire lo acometían y después se retiraban, parecía que estuviera pasando por el medio de un incendio. Bruno necesitaba un refugio, no para escapar del bochorno, sino para olvidarse del tema. «Deja de pensar en ello, no es asunto tuyo.» Pero la duda lo atormentaba. ¿Quién había hecho la llamada? ¿Por qué el informador no había socorrido él mismo a Samantha? ¿Por qué no quiso dar sus datos? Ese desconocido podía haberse convertido en un héroe y, sin embargo, había preferido permanecer en la sombra. ¿De qué tenía miedo? ¿O qué era lo que intentaba ocultar?

Genko sabía que no estaba lo bastante lúcido para razonar. Demasiado tequila, o quizá sólo fuera ese maldito papel del bolsillo. Podía meterse en la habitación del hotel que había reservado una semana antes, completar la borrachera que había empezado en el Q-Bar y caer en un sueño profundo con la esperanza de no volver a despertar.

No será tan indoloro, viejo amigo, resígnate.

Decidió que era mejor no estar solo. Pero sólo había una persona que pudiera aguantarlo en esas condiciones.

Cuando Linda abrió la puerta, Bruno comprendió por su expresión que tenía un aspecto horrible.

–Cristo, pero ¿estás loco yendo por ahí con este calor? –lo reprendió, tirando de él–. Y encima has bebido –añadió con una mueca de disgusto.

Linda atribuía a la temperatura y al alcohol la causa de su palidez y de las ojeras.

Genko no la contradijo.

–¿Puedo entrar?

–Ya estás dentro, idiota.

–De acuerdo, entonces, ¿me puedo quedar un rato aquí o tienes cosas que hacer? –Llevaba la ropa empapada de sudor y tenía vértigo.

–Va a venir un cliente dentro de una hora –dijo ella, arreglándose el kimono de seda azul sobre su piel bronceada. El escote revelaba unos senos pequeños y turgentes.

–Tengo que tumbarme unos minutos, será suficiente.

Se adentró en la casa buscando el sofá. A diferencia del Q-Bar, el aire acondicionado funcionaba y había una bonita penumbra gracias a que las persianas estaban bajadas.

–Apestas a vómito, ¿lo sabes? También podrías darte una ducha.

–No quiero molestarte demasiado.

–Me molesta más que me apestes el apartamento.

Bruno se sentó en el sofá blanco, a juego con la moqueta, que destacaba en el salón en medio de los muebles lacados en negro y de los unicornios. Los había por todas partes y en formatos diversos: pósteres, estatuillas, peluches, incluso algunos encerrados en frascos con nieve. Eran la pasión de Linda. «Soy un unicornio –se definió a sí misma en una ocasión–. Una preciosa criatura legendaria: nadie en su sano juicio admitiría creer en la existencia de los unicornios, pero desde siempre los hombres han insistido en buscarlos con la esperanza de que sean reales...»

En una cosa tenía razón. Era realmente preciosa. Por eso los hombres la buscaban. Y estaban dispuestos a pagar caro el privilegio de estar con ella.

–Ven, deja que te ayude –dijo cuando vio que no podía ni quitarse la chaqueta. Le sacó los mocasines y le puso las piernas en el sofá; a continuación, ahuecó un almohadón y se lo colocó detrás de la nuca. Le tocó la frente en una caricia–. Pero si tienes fiebre.

–Es sólo el calor –mintió él.

–Voy a buscarte agua fresca, con este bochorno es fácil deshidratarse... Especialmente si se bebe tequila por la tarde –le reprochó–. Y pondré esté andrajo en la secadora –añadió cogiendo la chaqueta de lino–. A lo mejor logro quitarle un poco el mal olor. –Seguidamente desapareció por el pasillo.

Bruno respiró profundamente. Le dolía la cabeza y, en general, todo el cuerpo. Y, aunque no quería admitirlo, estaba asustado. Hacía semanas que le costaba conciliar el sueño. El estrés lo devoraba y, cuando el cuerpo ya no podía aguantar la ansiedad, se quedaba dormido de golpe. No era dormir, era una rendición. De hecho, después de pasar como máximo media hora en el olvido, la realidad lo despertaba recordándole que su destino estaba escrito.

Podía hablar de ello con Linda, compartir con ella ese peso. Quizá hasta le habría resultado liberador. En el fondo, una parte de él había querido ir allí por eso, no podía negarlo. No era simplemente una buena amiga. Si bien entre ellos existía un límite que nunca habían cruzado, para él Linda era lo más parecido a una esposa.

Cuando lo llamó seis años atrás llorando para pedirle ayuda, ya llevaba tiempo prostituyéndose, pero entonces se llamaba Michael. La metamorfosis no se había completado, la preciosa mujer estaba encarcelada en una apariencia masculina y una sombra de barba enmarcaba su rostro angelical: pómulos altos, labios carnosos, ojos azules. Michael acudió a Bruno para escapar de un cliente. En aquella época, el transexual se vendía por poco dinero y se iba con cualquiera. De modo que se topó con un tipo que primero se lo follaba y después le pegaba, acusándolo de haberlo obligado a cometer un acto antinatural. Pero luego siempre volvía a buscarlo, arrepentido. Y la historia volvía a empezar, siempre con el mismo epílogo.

Michael no sabía cuánto tiempo más sería capaz de aguantar. Había intentado alejarse del perseguidor, pero sin éxito. Cada vez le resultaba más difícil disfrazar los moratones. Estaba muerto de miedo.

Como trabajaba en un infierno, Bruno podía imaginar cómo acabaría aquello. Los transexuales eran las víctimas preferidas de los violentos y los inadaptados repletos de rencor. De modo que, cuando miró al fondo de los ojos de Michael, el detective privado comprendió en seguida que la situación era grave y que ningún policía iba a ayudarlo. Si no hubiera intervenido él, ese ángel frágil y asustado sin duda habría muerto.

Para convencer al acosador de que desapareciera no serían suficientes las amenazas y tampoco los golpes; no se extirpa una obsesión con el dolor físico, es como pretender apagar un incendio a través del arte de la persuasión. El modo más seguro para detener a ese hombre era matarlo, pero Genko no era un asesino, por lo que ideó un plan. Como el tipo trabajaba de *broker* para un conocido banco de negocios, Bruno pagó a un *hacker* para entrar en el sistema informático de la compañía y desviar ingentes sumas de dinero de los inversores a la cuenta personal del hombre. Después sólo tuvo que esperar a que alguien advirtiera el robo. El hombre se ganó una condena de diez años por fraude y apropiación indebida. En la cárcel podría desahogar libremente sus instintos, o estar a la merced de los de los demás. Michael por fin era libre.

–¿Qué significa esto?

La voz de Linda temblaba ligeramente e, incluso sin mirarla, Bruno supo que estaba turbada. Giró un poco la cabeza y la vio, inmóvil en el umbral, con la chaqueta de lino colgada del brazo y un papel en la mano. Y al instante lo tuvo claro: antes de meter la prenda en la secadora, había vaciado los bolsillos para no estropear el contenido.

–¿Qué es? –le preguntó de nuevo, esta vez casi con rabia.

Bruno se incorporó un poco. «Ya está», se dijo. No había hablado de ello con nadie porque temía que la idea se materializara. En cambio, si las palabras permanecían encerradas en el papel, entonces quizá todavía había una esperanza de salir bien parado.

No, no hay ninguna esperanza.

–Es un talismán –contestó.

Linda, sin embargo, parecía desconcertada.

–¿Sabes qué es un talismán? Es un objeto al que atribuimos el poder de protegernos. Algo parecido a tus unicornios.

–¿Qué coño dices, Genko? –Estaba irritada–. Aquí arriba dice que vas a morir...

Sabía lo que había ocurrido. Después de identificar que se trataba de un parte médico, rápidamente leyó el texto por encima, pero las frases le resultaron incomprensibles porque su mente iba desesperadamente en busca de otra cosa. Y no la encontró hasta la última línea. La respuesta a una pregunta terrible. Dos palabras.

«Pronóstico: grave.»

Le pasó lo mismo a Genko cuando sus ojos examinaron el documento. Lo que estaba escrito antes de la última línea no contaba. Mejor dicho, podían haber escrito cualquier cosa. Total, ¿qué cambiaba eso? Esas palabras formaban parte de un tiempo que se había ido, y ahora todo el pasado había perdido valor, la vida que había precedido a ese momento ya no tenía sentido. Esos dos términos fríos, formales, constituían una línea divisoria. Nada sería ya como antes.

–¿Qué sucede? –preguntó ella, asustada–. ¿Por qué?

Bruno se levantó, fue a su encuentro porque ella no podía moverse. Le cogió el informe de la mano y la llevó consigo al sofá.

–Mira, ahora intentaré explicártelo, pero tienes que escucharme. ¿De acuerdo?

Asintió, aunque estaba a punto de echarse a llorar.

–Tengo una especie de infección. –Y se señaló el pecho–. Una bacteria se me ha metido en el pericardio, no sé cómo y los médicos tampoco lo saben. –Un monstruo alienígena se le estaba comiendo el corazón–. Dicen que no tiene cura, porque lo hemos descubierto demasiado tarde.

Linda estaba confusa.

–Deberías estar en el hospital. Al menos tendrían que intentar algo... No pueden dejarte morir así, sin hacer nada.

La voz se le estaba poniendo estridente, casi histérica.

Bruno le apretó las manos, luego sacudió la cabeza. No tuvo fuerzas para revelarle que, cuando preguntó si existía alguna cura, el médico le aconsejó ingresar en cuidados paliativos. Pero a Genko no le apetecía encerrarse en un lugar al que uno sólo va a morir.

–El lado positivo es que ocurrirá de repente, prácticamente ni me enteraré. Una pequeña explosión en el pecho y me iré en pocos segundos. Será como si me dispararan. –Una bala invisible, directa al corazón, la imagen no le disgustaba.

–Y cuánto tiempo... –No se atrevía a preguntárselo–. O sea, cuánto tiempo...

–Dos meses.

–¿Sólo? –Estaba aturdida–. ¿Y desde cuándo lo sabes?

–Desde hace dos meses –afirmó él, sin pensarlo demasiado.

La noticia sorprendió a Linda. No podía decir nada.

–El plazo terminaba hoy. –Bruno se rio, pero una ola ácida de terror se precipitó a su estómago–. Es curioso: hasta ayer tenía una meta por delante, sólo debía llegar hasta el final de la cuenta atrás. Pero a partir de hoy... ¿Qué pasa a partir de hoy? –Agachó la cabeza, su mirada se perdió en la moqueta–. Me siento como un condenado a muerte al que no le han comunicado la hora de la ejecución. –Se rio de nuevo, esta vez sinceramente–. Anoche miraba el reloj, esperaba que a medianoche sucediera algo. Como Cenicienta, ¿te lo imaginas? Qué idiota... –En realidad, estaba enfadado: se había pasado sesenta días preparándose para el momento crucial. Y ahora las reglas ya no valían. Una silenciosa anarquía gobernaba los acontecimientos–. Por eso esta hoja es un talismán –dijo doblando cuidadosamente el informe–. Me protege contra el caos. Porque puedes volverte loco mientras esperas morir.

Linda, en cambio, no lograba tener las ideas tan claras como él.

–¿Y no me lo dices hasta ahora?

–No lograba admitirlo, ni siquiera a mí mismo... Si se lo hubiera contado a alguien, se habría convertido en algo real: estaba a punto de morir. –Se corrigió en seguida–: *Estoy* a punto de morir. O tal vez ya haya muerto, depende del punto de vista. –Habría sido un interesante dilema filosófico. ¿Cuándo empiezas a morir? ¿Cuando contraes la enfermedad mortal o cuando descubres que la tienes?

Linda se levantó del sofá.

–Ahora haré un par de llamadas y anularé las citas. Hoy no te mueves de aquí –dijo con recobrada determinación.

Bruno le cogió delicadamente la mano.

–No he venido aquí a morir, aunque técnicamente podría ocurrir en este instante. –Estaba intentando rebajar la tensión y al mismo tiempo librarla del sentimiento de culpa.

–Entonces, ¿a qué? ¿A decirme adiós?

La había tomado con él.

Se acercó y la besó en la frente.

–Ya veo: tienes miedo de que me meta una pistola en la boca y acabe antes, sin esperar. Lo admito: he considerado la idea y no lo descarto si las cosas terminan yendo demasiado lejos. Pero teniéndome aquí no evitarás lo peor, porque lo peor ya está escrito en ese papel.

–No puedes pretender que me conforme con esto, ¿lo entiendes?

Lo entendía, porque sabía que ella lo amaba.

–¿Has oído las noticias, la mujer que hace cuarenta y ocho horas consiguió escapar de su carcelero después de quince años de cautiverio?

–Sí, pero ¿qué tiene eso que ver contigo?

–He pensado que, si una niña de trece años puede soportar ese horror durante tanto tiempo, entonces todo es posible... Incluso un milagro.

Ella lo miró, confusa.

–No, no creo que vaya a curarme –afirmó, disipando cualquier ilusión al respecto–. Pero tal vez no sea sólo una casualidad que esté ocurriendo todo esto ahora... –Una llamada anónima, recordó. Pero no podía revelar a Linda el soplo de Quimby.

–Prométeme que no te matarás...

–No puedo. Pero te aseguro que de momento es el último de mis pensamientos. –A continuación, cambió rápidamente de tema–: Necesito un favor –dijo–. Hace una semana reservé una habitación en el Ambrus, un pequeño hotel cerca del puente del ferrocarril. –Cogió la cartera y sacó una tarjeta–. La habitación es la 115 y está pagada otros siete días. –La verdad era que no pensaba ocuparla tanto tiempo. Se había trasladado allí porque temía que, si moría en casa, nadie encontraría el cadáver. Le aterraba la idea de pudrirse lentamente en el suelo porque no tenía amigos ni familiares que se interesasen por él. En el hotel era más sencillo. Una mañana, la mujer de la limpieza entraría en la habitación y lo encontraría allí tieso. Pero no le explicó a Linda esa parte del plan–. En la habitación hay una caja fuerte y la combinación es: once-cero-siete.

–Es mi fecha de nacimiento –se sorprendió ella.

–Lo sé, por eso la escogí. Pero, ahora escucha bien: cuando te enteres de que... –No lograba decirlo–. Bueno, sí, cuando pase lo que tiene que pasar, ve allí y recoge el contenido de la caja fuerte... Encontrarás un paquete precintado.

–¿Qué hay dentro?

–No importa y no te concierne –le advirtió–. No debes abrirlo bajo ningún concepto. Debes librarte de él lo antes posible, ¿está claro? Y no lo tires, destrúyelo y asegúrate de que no quede nada.

Linda no comprendía la necesidad de tanto misterio.

–¿Por qué no lo haces tú?

Eludió la pregunta.

–Ya he dado instrucciones al portero, te dejará pasar.

Linda no insistió, pero Genko estaba seguro de que mantendría su palabra. Se levantó y se puso la chaqueta de lino. A continuación, miró la hora. Las cuatro de la tarde; tenía que irse ya.

–¿Me llamarás más tarde? –le preguntó con ojos de cervatilla.

Bruno se acercó y le acarició el rostro.

–Puede que se me olvide y entonces pienses que me he muerto...

–Con tal de que no te olvides de que todavía estás vivo –dijo ella, cogiendo de nuevo su mano y llevándosela a los labios para besarla–. Recuerda: mientras quede aire en los pulmones, no se ha terminado.

Le gustaba la idea sencilla y a la vez luminosa que contenía esa frase: mientras tuviera aire en los pulmones, no olvidaría que todavía estaba vivo.

–Quédate tranquila: tengo que solucionar una cosa antes de que ocurra lo irremediable... –Y se dirigió a la puerta de entrada.

Linda no sabía qué pensar.

–¿Adónde vas?

Bruno se volvió y le sonrió.

–Al infierno.

5

La «Casa de las cosas» era una nave situada en una zona industrial, en las afueras de la ciudad. Alguien había adquirido un antiguo almacén y lo había reconvertido en un gran depósito para clientes particulares. Por un módico precio anual, se podía alquilar un trastero y guardar allí las cosas que ya no se necesitaban; mayoritariamente se trataba de muebles viejos y cachivaches variados.

Bruno llegó a las inmediaciones de la entrada y, encorvado en el habitáculo del Saab, se puso a hurgar en el compartimento del salpicadero en busca de la llave que abría la barrera automática. La encontró a tientas y seguidamente la introdujo en la cerradura correspondiente situada en una columna, con la esperanza de que todavía funcionara.

La barrera se levantó.

Recorrió una serie de calles interiores que discurrían en ángulo recto entre los trasteros. De este modo descubrió que el lugar ya no sólo albergaba objetos, dado que algunas persianas estaban parcialmente levantadas y en su interior se distinguían señales evidentes de presencia humana. Los arrendatarios habían convertido los almacenes en viviendas improvisadas. A Bruno no le sorprendió, conocía el fenómeno. La población de la «Casa de las cosas» estaba formada básicamente por sujetos de sexo masculino.

Hombres sin familia que habían perdido el empleo por culpa de la crisis, o bien maridos divorciados que, para pagar la pensión alimenticia, no podían permitirse un apartamento ni tampoco una habitación. A veces, ambas cosas. Pobres y desesperados. Y enfurecidos. Genko notaba sus ojos llenos de vergüenza y rencor; escondidos en las sombras de sus madrigueras, escrutaban con recelo el paso del Saab. Pero, en el fondo, sobre todo estaban asustados porque, después de ese lugar, no les quedaba más que la calle.

Llegó hasta el trastero que había alquilado muchos años atrás.

Bajó del coche y se agachó para abrir el grueso candado. La persiana llevaba demasiado tiempo cerrada y, cuando la levantó hasta la altura de su cabeza, produjo un fuerte estrépito metálico. La luz cegadora del sol se detenía en el límite exacto de ese antro, como si no tuviera valor para cruzarlo. Mientras el ruido y el polvo se disipaban, Genko aprovechó para limpiarse las manos manchadas de grasa en los laterales de la chaqueta de lino y para dejar que los ojos se acostumbraran a la penumbra.

Poco a poco, aparecieron unas estanterías que llegaban hasta el techo. En una balda estaban alineadas en orden cinco cajas de cartón, cada una marcada con una etiqueta que indicaba un año, un código y el contenido.

No le gustaba ir allí. En ese agujero había desterrado las pruebas deshonrosas de sus pocos fracasos. Al fin y al cabo, en esas cajas se encerraba también un pedazo de su vida. Estaban los errores que ya no tenían remedio, las oportunidades desaprovechadas, los pecados que nadie habría podido o querido perdonar.

Pero tal vez todavía pueda hacerse algo, se dijo. Porque se le había metido en la cabeza que quería dejar huella.

Escogió una caja, la tercera, y la sacó del mosaico que formaba con las otras, levantó la tapa y empezó a consultar los documentos. Al final encontró lo que necesitaba.

Una carpeta delgada que contenía sólo una hoja.

Sin embargo, como en parte le había anticipado a Linda, ese trozo de papel podía ser la clave para acceder al infierno.

6

«Las manos. Las manos eran distintas. Éstas no son mis manos. Estas manos pertenecen a otra persona.»

Y, sin embargo, era ella quien dirigía el movimiento de los dedos, así que tenía que haber por fuerza una explicación. No había vuelto a girarse hacia la pared con el gran espejo, no tenía valor. Pero seguía mirándose las manos, intentando comprender cómo había podido pasar.

Quince años, y no se había enterado.

–Sam. –La voz del doctor Green atravesó un desierto de silencio para traerla de vuelta de aquellos pensamientos–. Sam, debes fiarte de mí.

Apartó la mirada hacia la grabadora. *Ya está, estoy aquí.*

–Ya sé que ahora te parece todo absurdo. Pero si me dejas hacer mi trabajo, volveremos a poner las cosas en su sitio, te lo garantizo. –El hombre seguía sentado al lado de la cama y le había dejado algo de tiempo para que asimilara la revelación de que ya no tenía trece años–. La terapia está haciendo efecto, tu organismo está liberando la droga que te han suministrado. La memoria ya va volviendo.

Movió los ojos hacia el gotero conectado a su brazo. En ese líquido que se filtraba lentamente estaban las respuestas, los fotogramas de una pesadilla larguísima.

No sé si quiero recordar.

El doctor Green parecía depositar grandes expectativas en ella. Se fijó en que, curiosamente, no quería decepcionarlo. ¿Era una buena señal? Al fin y al cabo, apenas lo conocía. Sí, era algo bueno. Porque cada vez que le repetía que confiara en él, ella le creía un poco más.

–Está bien –dijo.

Green parecía satisfecho.

–Iremos paso a paso –dejó claro–. La memoria de una persona es un mecanismo extraño. No es como esta grabadora, no basta con rebobinar la cinta hacia atrás para volver a escucharla. Es más, suele ocurrir que los recuerdos se graban uno encima del otro y se confunden entre sí. O que la grabación no esté completa, o haya vacíos, o defectos: la mente lo repara a su manera, poniendo parches que en realidad son falsos recuerdos y que pueden confundir. Por eso es necesario adoptar algunas medidas para distinguir lo que es real de lo que no lo es. ¿Todo claro hasta aquí?

Asintió.

Green esperó unos instantes antes de proseguir.

–Ahora, Sam, quiero que vuelvas conmigo al laberinto.

La propuesta la aterrorizó. No quería volver allí. Nunca más. Quería quedarse en esa cómoda cama, en medio de los sonidos del mundo en frenético movimiento detrás de la puerta de su habitación. Los ruidos del hospital mezclados con las voces atenuadas de la gente. *Te lo ruego, no vuelvas a llevarme al silencio.*

–Tranquila, esta vez te acompañaré –la reconfortó.

–De acuerdo... Vamos.

–Empezaremos por algo sencillo.... Quiero que recuerdes el color de las paredes.

Sam cerró los ojos.

–Grises –dijo sin dudar–. Las paredes del laberinto son grises. –La imagen había aparecido fugazmente en su campo visual.

–¿Qué clase de gris es? ¿Claro u oscuro? ¿Es uniforme o bien, por ejemplo, hay grietas o manchas de humedad?

–Es siempre igual. Y las paredes son lisas.

Le pareció que las acariciaba. Entreabrió los ojos por un instante y advirtió que Green tomaba notas en un cuaderno. Su presencia la confortaba. Al igual que las paredes inmaculadas de la habitación del hospital, de un blanco atenuado por la luz azul de los neones, que recordaba al fondo del océano.

–¿Sabes decirme si se oyen ruidos?

Negó con la cabeza.

–Los sonidos no pueden entrar en el laberinto.

–¿Olores?

Intentó dar una definición concreta a las sensaciones que confluían rápidamente en su memoria y que procedían de no sabía dónde.

–Tierra... Huele a tierra mojada. Y también a moho... –A continuación, reunió la información: ni ventanas, ni sonidos, olor a humedad–. Es una cueva.

–¿Estás diciendo que el laberinto está bajo tierra?

–Sí... Me parece que sí... Mejor dicho, estoy segura –se corrigió al final.

–¿Quién le puso ese nombre?

–Fui yo –admitió en seguida.

–¿Por qué?

Se recordó a sí misma recorriendo un largo pasillo al que se asomaban varias habitaciones.

El lugar está bien iluminado por bombillas de neón en el techo. No hace frío, pero tampoco calor. Sam camina descalza y explora el espacio que la rodea. Hay dos hileras paralelas de puertas de hierro. Algunas están abiertas y dan paso a habitaciones vacías. Otras, en cambio, están cerradas con llave. Llega al final del corredor y gira a la derecha: la escena se repite. Más puertas, más habitaciones grises. Todas iguales. Continúa avanzando y se encuentra una bifurcación. Elija la dirección que elija, poco después vuelve a estar en el punto de partida. Por lo menos eso es lo que parece. No hay manera de orientarse. Apa-

rentemente, no hay salida. Y tampoco ninguna entrada. ¿Cómo he llegado aquí?

–El lugar en el que me encuentro no tiene final. Y tampoco un principio.

–Por eso no vive nadie allí, aparte de ti –dedujo el doctor Green.

–No, no parece una casa –rebatió ella, decidida–. Es un laberinto, ya te lo he dicho.

Pero Green quería entenderlo mejor.

–Por ejemplo, ¿hay algún baño?

Es un cuchitril pequeño y angosto. Y en él sólo hay un váter. Y apesta. Apesta muchísimo. Ni siquiera se puede tirar de la cadena. No quiere hacer pis ahí.

–No quiero hacer pis ahí –dijo un poco cohibida, y observó la reacción de Green–. Así que me lo aguanto. Me lo aguanto todo el rato.

Pero no puede aguantárselo tanto tiempo. Se coge la tripa y empieza a notar las gotas calientes mojándole las braguitas.

–¿Por qué no haces pis y ya está? –preguntó el doctor Green–. ¿Qué te lo impide?

–Me da vergüenza –admitió.

Está de pie y contempla el váter: la cerámica amarillenta y desportillada, un reguero de óxido que baja por el desagüe. El agua estancada está cubierta por una pátina opaca. Le da asco. Da saltitos de un pie al otro, no puede más.

–¿Por qué te da vergüenza? –Entonces aventuró–: ¿De verdad estás sola?

La pregunta la dejó helada.

Está en cuclillas en un equilibrio inestable encima de la taza, la vejiga se libera con un chorro muy fuerte. El sonido de la orina al salir se dispersa en el entorno vacío.

–¿Puedes ver u oír a alguien?

–No.

Green se limitó a tomar nota del hecho, sin comentarlo.

Tal vez lo había decepcionado. Tal vez debería haberle explicado mejor las cosas.

–El laberinto me mira –dijo impulsivamente, y al instante notó que su afirmación había atraído la atención de Green. De hecho, el doctor se giró imperceptiblemente hacia el espejo, como si quisiera mandar una señal a los policías que asistían a la escena–. El laberinto lo sabe todo –recalcó.

–¿Hay cámaras?

Negó con la cabeza.

–Entonces, ¿cómo lo hace? Explícamelo, por favor...

–El cubo –dijo. Pero en seguida se dio cuenta de que él no la entendía–. Fue el primer juego.

–Háblame de él.

–Me desperté y estaba allí...

Después de vagar durante horas en busca de ayuda, entra en una de las habitaciones y se tumba en el suelo. Se queda dormida en seguida, exhausta. Cuando vuelve a abrir los ojos, le cuesta un poco recordar dónde se encuentra; unos instantes de quietud antes de regresar al miedo. Y el objeto está en el suelo, a un metro de su cara. Una visión familiar, que pertenece al pasado. Un cubo de colores. Verde, amarillo, rojo, blanco, naranja y azul.

Yo sé cómo se llama. Cubo de Rubik, así se llama.

–Tiene seis caras. En cada una hay nueve cuadraditos. Cada cuadrado es de un color distinto.

–Sé lo que es –confirmó Green–. Cuando era pequeño era un juego muy popular. No te lo vas a creer, pero la gente se volvía loca por resolverlo.

–La verdad es que lo creo –dijo, porque a ella también le estuvo volviendo loca. Si bien a lo que ella asociaba el objeto no era para nada divertido.

Green pareció darse cuenta de su turbación y casi le pidió disculpas.

–Continúa, por favor...

–Cuando lo encontré, los colores estaban mezclados.

¿Qué tiene que hacer con eso? ¿Pasar el rato? Es absurdo. No sabe dónde está, quién la ha traído aquí. Tiene miedo. Tiene hambre. «Os lo ruego, quiero volver a mi casa...», pero nadie contesta.

–Me quedé acurrucada en un rincón observando esa cosa durante no sé cuánto tiempo. Ni siquiera quería tocarla. Si lo hacía, entonces pasaría algo malo; tenía ese presentimiento. Pero no me quitaba un pensamiento de la cabeza: yo estaba allí y no podía salir. Y esa idea me hacía daño. No había manera de apartarla. –Hizo una pausa–. O tal vez sí.

–Así pues, ¿qué hiciste?

Levantó los ojos llenos de lágrimas hacia él.

–Cogí el cubo.

Lo observa, luego empieza a rotar las caras multicolores. Todo con tal de librarse del fastidio del tiempo que no quiere pasar. Su mente no logra concentrarse, la ansiedad la distrae. Pero, poco a poco, la presión se atenúa, el terror va tomando distancia; retrocede sin alejarse demasiado. Ahora puede mantenerlo a raya. Toda su atención se centra en esos colores que se combinan entre sí. Y, al cabo de unos minutos, logra completar una de las caras, la de color naranja. Lo deja de nuevo en el suelo, el terror vuelve a acosarla. Ella contempla el objeto. Ha corregido parte de la imperfección. El lado acabado es orden, limpieza. Le da seguridad. Por fuerza tiene que haber una explicación para lo que le está pasando. Y en ese momento, sus sentidos en estado de alerta perciben algo.

Un cambio.

La mente tarda pocos segundos en descifrar la nueva señal. Un olor. Al igual que el cubo, también le resulta familiar. Se levanta del rincón y sale al pasillo. Mira a su alrededor, no hay nadie, empieza a buscar, con cautela. Se deja guiar por el olfato, pero teme que sólo se trate de una alucinación. No, no lo es: es real. Llega a la puerta de una de las habitaciones. La puerta de hierro está entornada. La empuja con la palma de la mano. En el centro de la estancia hay una bolsa de papel.

McDonald's.

–Hamburguesa, Coca-Cola y patatas fritas –enumeró, y luego especificó para ayudar a Green–: Muchas patatas fritas.

No cree que deba ser prudente, el hambre decide por ella. Se precipita hacia la bolsa y come con voracidad. No se pregunta cómo ha llegado allí, quién la ha comprado. Está aprendiendo su primera lección:

Sobrevivir.

Hasta que no está satisfecha, su cerebro no empieza a racionalizar lo sucedido. Vuelve a la habitación donde ha dejado el cubo: tiene que seguir resolviendo el rompecabezas. Pasea por los largos pasillos, con la cabeza agachada sobre el juego. Con un poco de dificultad, ha completado otra cara, la verde, y se dedica a resolver la tercera, la roja. No es fácil en absoluto manejarse con tres colores distintos. Pasa por delante de una de las habitaciones y, por el rabillo del ojo, entrevé algo. Vuelve atrás y se para en seco.

El premio por haber terminado la segunda cara del cubo es un colchón con unas mantas y una almohada.

En poco tiempo ha hecho enormes progresos: tiene el estómago lleno y ya no tendrá que dormir en el suelo. Pero terminar la tercera cara es más complicado de lo previsto.

–Puede que pasaran días, pero luego comprendí que no era capaz de resolver el lado rojo. No era tan buena como creía. Mientras tanto, no hubo comida ni agua.

–Así pues, ¿qué sucedió? –preguntó Green–. ¿Qué hiciste para sobrevivir?

Está tumbada encima del colchón. La ropa empieza a quedarle ancha y casi no tiene fuerzas. ¿Cuánto hace que no bebe ni come? Duerme casi todo el tiempo, presa de las pesadillas. A veces ni siquiera sabe si duerme o está despierta. Lo que la atormenta no es el hambre en sí, porque no se manifiesta con ganas de comer. Son calambres repentinos en el abdomen, como si su estómago intentara salir y excavara un camino en su interior.

Al cabo de poco, tal vez unos días, las punzadas cesan. Pero entonces todavía es peor. Porque aparece la sed. Nadie le ha dicho nunca que la sed es peor que el hambre. Porque hace que pierdas la razón. Porque, mientras sientes que te vas secando, no haces más que pensar en beber. Y te abrirías las venas de las muñecas a mordiscos y succionarías tu propia sangre con tal de saciar esa necesidad...

Sabe que hay un modo de eliminar esa ansiedad, pero todavía no lo ha puesto en práctica. La sola idea le provoca demasiado asco.

Pero si quiere sobrevivir, no tiene elección.

Así, con las pocas fuerzas que le quedan, se arrastra hasta el cuchitril. Delante de la taza asquerosa, observa el calducho fangoso y apestoso. Lo primero que hace es meter una mano. Comprueba la consistencia. A continuación, cierra los ojos y coge un poco, mientras la mera idea le provoca una arcada. No pienses en ello. No debes pensar en ello. Como cuando de niña se pelaba una rodilla y, si se concentraba, el dolor desaparecía. Ahora tiene que olvidarse del sabor. Hunde la boca en el hueco de la palma. Empieza a succionar. El líquido se filtra entre los labios y los dientes, se lo traga sin retenerlo en la boca... Cuando vuelve a la habitación, se siente sucia por dentro. Todavía está viva. Pero no es un alivio, porque ya sabe que deberá volver a hacerlo.

Mientras tanto, el maldito cubo sigue encima de la almohada y la mira.

Pero ella está tan enfadada que lo coge y empieza a deshacer los lados que ya había completado...

–Me arrepentí casi en seguida y empecé a llorar. Estaba desesperada, traté de volver a colocar los colores en su sitio.

–Lo siento –dijo Green, y parecía sincero.

–Sólo conseguí acabar el lado verde, después me quedé dormida... Cuando volví a abrir los ojos, había una cesta con una sopa fría y una botella de gaseosa caliente en la habitación.

El doctor asintió.

–¿Y cómo interpretaste ese regalo?

–No era ningún regalo –lo corrigió–. Cada vez que me hacía falta algo sencillo, comida, ropa interior limpia o un cepillo de dientes, era suficiente con que terminara la primera cara. No sabía qué gracia tenía someterme a ese juego estúpido, dado que completar una sola cara era bastante fácil. Después lo entendí... –Cerró los ojos, una lágrima resbaló por la mejilla y se metió en la mascarilla de oxígeno–. Si hubiera completado las seis caras, él me habría dejado marchar.

–¿Quién es él?

–El laberinto –respondió.

–¿Y eso fue lo que sucedió? ¿Pudiste acabar el juego y el laberinto te liberó?

Negó con la cabeza, ahora lloraba.

–Nunca llegué más allá de la tercera cara.

7

Para el mundo, la noticia del día era la aparición de Samantha Andretti. Para Bruno Genko, en cambio, era que para él no había llegado todavía el fin del mundo.

Mientras conducía el Saab con las ventanillas bajadas, la radio transmitía *Take the Money and Run* de la Steve Miller Band. Por mucho que su situación fuera desesperada, escuchar la canción le había alegrado. Pero duró poco. Esa música no sonaba para él, era para los que todavía podían imaginar su futuro. Bruno, en cambio, estaba anclado en el presente. Y pronto se convertiría en pasado. Mucha gente cree que un moribundo se lamenta de lo que no ha hecho o de lo que ha dejado para más tarde en el transcurso de su vida. En cambio, a él, lo que le resultaba más difícil era no poder disfrutar de los pequeños placeres, como una canción despreocupada en la radio.

Porque cada vez se convertía en la última vez.

Henchido de rencor, Genko apagó la radio y se concentró en la carretera. Había salido de la ciudad en dirección al interior, hacia la zona de los pantanos. A medida que se alejaba de la costa, el calor se hacía más agobiante. Pero Bruno se dio cuenta de que, a pesar de estar triste, había dejado de tener miedo.

Samantha lo había cambiado todo.

En realidad, el tiempo extra que se le estaba concediendo sin que él lo hubiera pedido no era un regalo, sino una tortura. Por eso le hacía falta algo que sirviera de objetivo durante ese período de tiempo antes del inevitable final.

Una última tarea... «Mientras quede aire en los pulmones», se dijo recordando la frase de Linda.

A su lado, en el asiento del copiloto, el viento seguía levantando la carpeta que un rato antes había cogido del trastero. El documento de su interior era la única esperanza que le quedaba.

Pronto llegaría a su destino, ya faltaba poco. No sabía si el analista de perfiles que se ocupaba de Sam ya le habría revelado lo mucho que había cambiado el mundo en el tiempo en que había estado ausente. No sabía si ella había preguntado por su familia. ¿Le habían dicho que su madre no pudo soportar el dolor? ¿Alguien habría tenido el valor de revelarle que un cáncer se la había llevado hacía seis años?

La paciente ingresada en el Saint Catherine había sido reconocida oficialmente como Samantha Andretti gracias a una muestra de ADN que se guardaba en el expediente de su desaparición. De no ser así, la policía se habría enfrentado a un enorme problema que resolver ya que el padre de Sam, después de la muerte de su esposa, se había mudado para rehacer su vida y no había dejado rastro. Todavía no habían podido dar con él para decirle que su única hija estaba viva. Y, por lo visto, la noticia que la televisión repetía sin parar no le había llegado.

Para Genko era crucial que el hombre no apareciera en las siguientes horas.

Recorrió la carretera nacional cruzándose sólo con un par de vehículos que circulaban en sentido contrario. Cuando la carretera empezó a adentrarse en la zona pantanosa, Genko ya no encontró ni un alma. La cinta de asfalto parecía suspendida en el aire, ya que alrededor sólo había una ciénaga verde, inmóvil como la baja vegetación que la cubría. Luego atravesó un espeso bosque de abedules muertos, los troncos ennegrecidos se reflejaban en el agua pútrida. Los destellos bailaban una danza de espectros sobre la superficie.

Bruno distinguió a lo lejos el primer coche patrulla, uno de los muchos puestos de control que delimitaban la zona en la que habían encontrado a Samantha. Dentro del vehículo había dos agentes, uno de los cuales se apeó y le mostró el disco que indicaba que debía dar media vuelta. Genko, en cambio, siguió adelante. Para no alarmarlos inútilmente, aminoró la velocidad y mantuvo las manos bien a la vista en el volante. Cuando estuvo cerca de los polis, esperó a que el que llevaba el disco se acercara a la ventanilla del Saab.

–No puede pasar de aquí, tiene que dar la vuelta en seguida –dijo, contundente.

–Lo sé, agente. Pero es algo importante, deje que se lo explique, por favor.

Sabía que el tono obediente era un bálsamo para los oídos de los defensores de la ley. Bruno Genko se odiaba a sí mismo cuando se veía obligado a lamerle el culo a la policía.

–No me interesan sus explicaciones. Le aconsejo que haga lo que le he dicho –le conminó, llevándose una mano a la funda de la cintura.

Era un tipo duro, tendría que ir más despacio.

–Soy detective privado, me llamo Genko. Si quiere le muestro la licencia, la llevo en la cartera.

–Nadie está autorizado a pasar –contestó el obtuso hombre de uniforme.

–Es que yo no quiero pasar –aclaró él y, por un instante, dejó descolocado a su interlocutor–. Estoy aquí para hablar con los agentes Bauer y Delacroix. ¿Los puede llamar, por favor?

–No creo que quieran que los molesten.

–Disculpe, señor, pero permítame que disienta. –A veces las palabras ampulosas servían para confundir a quienes estaban dotados de escasos instrumentos de juicio–. Creo estar en posesión de información sobre el caso de Samantha Andretti que los agentes que acabo de nombrar sin duda estimarán de gran utilidad. –Seguidamente señaló con un gesto de la cabeza la carpeta del asiento–. Llevo conmigo unos documentos que considero que deberían ver en seguida.

El otro alargó la mano.

–Démelos a mí, se los haré llegar.

–No puedo, son confidenciales.

–Si son importantes, debe dármelos.

–Le repito que no puedo.

El policía estaba perdiendo la paciencia.

–¿Sabe que podría arrestarlo por obstrucción a la justicia?

–No, no puede –afirmó Bruno, dejando a un lado el papel del dócil ciudadano y clavándole la mirada–. Según la ley, un detective privado en posesión de material útil para la resolución de un caso policial es personalmente responsable de él hasta que no lo entregue a la autoridad encargada de la investigación. Por lo tanto, con todo el respeto, no puedo dárselo al primer agente que encuentre. Lo entiende, ¿verdad?

El agente se quedó mudo durante unos segundos, sin perder su aire marcial. A continuación, se dirigió hacia el coche patrulla.

Transcurrió un largo cuarto de hora de silencio durante el cual Genko fumó un par de cigarrillos apoyado en el capó del Saab, mientras los agentes lo observaban desde el otro lado de la carretera. Sólo se oían las cigarras del pantano.

Luego, al fondo de la carretera, el horizonte empezó a deformarse.

Al cabo de poco, en el aire caliente y enrarecido emergió el morro de un sedán marrón. Parecía un espejismo. A pesar de que todavía no se percibía el ruido del motor, el coche avanzaba a gran velocidad, levantando una nube de polvo detrás de sí.

Los ocupantes del vehículo debían estar bastante enfadados, supuso Genko.

El sedán frenó bruscamente y bajaron dos hombres robustos,

con camisa y corbata. Uno rubio que parecía salido de una revista y el otro de color y aspecto angelical: la típica pareja de polis de telenovela, pensó Bruno al verlos.

–No sé si debo patearte el trasero o partirte la cara –le soltó Bauer de inmediato–. Si te has hecho con pruebas sin consultarnos, puedo meterte en la cárcel sin ni siquiera pasar antes por un juez –lo amenazó.

Delacroix dejaba hablar a su compañero y se limitaba a controlar la situación, aunque estaba listo para intervenir. Los dos patrulleros observaban la escena divertidos. Bruno sabía lo que pensaban: a ver cómo te las arreglas ahora, detective privado.

–Calma, chicos. –Genko hizo gala de la más conciliadora de las sonrisas–. Aquí nadie ha tomado ninguna iniciativa, ¿está claro? Sólo estoy cumpliendo con mi deber de buen ciudadano. –Era consciente de lo mucho que irritaba a un policía una actitud descarada. Pero debía hacerles creer que tenía algo gordo en sus manos.

–Genko, te aconsejo que saques en seguida lo que tengas: entréganoslo y esfúmate –intervino Delacroix–. Ya era un día pésimo antes de que aparecieras.

–Por favor –fingió que le suplicaba.

–No tenemos tiempo que perder.

–Sólo os pido cinco minutos.

Bauer tenía la cara roja de rabia y estaba empapado de sudor.

–Será mejor para ti que se trate de algo importante.

Bruno fue hasta el lado del copiloto del Saab, metió una mano por la ventanilla bajada y cogió la carpeta del asiento. Mientras volvía hacia ellos, la abrió y sacó la hoja de su interior. A continuación, se la tendió a Delacroix.

–¿Qué es esto? –preguntó el otro, con desprecio, sin mirarla siquiera.

–Un contrato.

Los dos polis parecían descolocados, ambos bajaron la mirada para leer esas pocas líneas.

Genko quiso avanzarles la esencia de la cuestión.

–Hace quince años, mientras la policía se dedicaba a cazar mariposas, los padres de Samantha Andretti acudieron a mí para que los ayudara a esclarecer la desaparición de su hija.

Todavía se acordaba del día en que se reunieron en los reservados de una cafetería abarrotada, un lunes por la mañana. Sam había desaparecido hacía semanas y ellos llevaban no se sabía cuántas noches sin dormir. Se cogían de la mano. Le explicaron que habían contactado con él a través de un policía del Departamento. Éste les había dado a entender que, si no intentaban otras vías aparte de la oficial, tal vez no hubiera esperanzas de descubrir qué había sido de su niña.

El policía compasivo les dijo la verdad: las posibilidades de resolver un caso de desaparición se reducían rápidamente con el paso de las horas. Y al cabo de apenas tres días eran más bien nulas. A menos que surgiera una pista, obviamente. Pero en el caso de Samantha no había indicios ni testigos. Parecía que se hubiera evaporado en el pálido sol de una fría mañana de febrero, de camino hacia el colegio.

Bruno no se ocupaba de buscar a niños desaparecidos, y además había transcurrido demasiado tiempo. Al cabo de tantas semanas, las pruebas estaban contaminadas y la memoria de los testigos, también. Intentó explicárselo a los padres, pero ellos insistieron. «Sabemos que es usted muy bueno en su trabajo, nos han dado excelentes referencias. Se lo suplicamos, no nos deje solos con esta duda», fue lo que dijo el padre de Sam.

Una de las reglas fundamentales de la investigación privada es no empatizar con el cliente.

Parecía cínico, pero Genko sabía perfectamente que era esencial no dejarse condicionar por los motivos emocionales que empujan a alguien a encargar una investigación. El odio o la compasión son contagiosos. A menudo constituyen un obstáculo para razonar, algo que debería hacerse de manera lúcida e imparcial. A veces, los sentimientos incluso se convierten en un peligro.

Un tipo había robado dinero a su jefe para curar a su mujer enferma de cáncer. Bruno lo había localizado, pero, movido por la compasión, le concedió tiempo para reunir la cantidad que había robado y devolverla a su legítimo propietario. Pero infravaloró la determinación del ladrón, el cual, con tal de salvar a la mujer que amaba, no dudó en engañarlo para darse de nuevo a la fuga.

Genko era consciente de que con los Andretti corría un riesgo enorme. Por eso aceptó el caso, pero con unos límites concretos. «Me pagarán el doble de la tarifa normal y por adelantado. No me llamarán para preguntar cómo va la investigación, no tendré ninguna obligación de ponerlos al día de manera puntual. Seré yo quien los busque cuando tenga algo que comunicarles. Si no doy señales de vida dentro de un mes, entonces sabrán que no he encontrado nada.»

La pareja se mostró confusa ante tales condiciones, Genko esperaba haberlos desalentado. En cambio, para su sorpresa, firmaron sin rechistar el contrato que, pasados los años, estaba ahora ante los ojos de Bauer y Delacroix.

–¿Qué coño significa esto? –El rubio levantó la mirada furiosa hacia Genko.

–Significa que, según este papel, tengo el encargo de seguir el caso.

–Este contrato es viejo, ha pasado demasiado tiempo –replicó con calma Delacroix y se lo devolvió.

Pero Bruno no lo cogió.

–Estás bromeando, ¿verdad? No hay ningún vencimiento: el encargo sigue vigente mientras no sea revocado.

Bauer volvía a estar a punto de saltar sobre él, pero Delacroix lo detuvo con un gesto de la mano.

–Bien, dado que Samantha Andretti ha sido encontrada, me parece que ya no son necesarios tus servicios. Pero si quieres seguir buscándola, adelante... –Esta ocurrencia aplacó a su compañero rubio, que se echó a reír. A continuación, Delacroix intentó nuevamente devolverle el papel.

Una vez más, Bruno ignoró su gesto.

–Los periódicos dicen que Sam fue encontrada por casualidad hace dos noches por una patrulla que pasaba por esta zona. Si es así, ¿por qué me ha llegado que fue gracias a una llamada anónima?

La sonrisa desapareció de repente del rostro de Bauer. La expresión de Delacroix, en cambio, no traslucía ninguna reacción.

–Ya entiendo que ahora la policía corre el riesgo de que su popularidad decaiga por no haber buscado adecuadamente a la chica en su momento –cargó las tintas Bruno–. Pero encima atribuirse el mérito de haberla encontrado, presentando como héroes a dos agentes que pasaban por allí, francamente, me parece demasiado. –Lo dijo observando a los dos policías situados al lado del coche patrulla y que, al oír que los ponían en tela de juicio, apartaron la mirada, incómodos.

–No estamos obligados a confirmar nada ni a compartir contigo información confidencial. –Sin perder el aplomo, Delacroix quiso hacerle entender que la broma ya estaba durando demasiado.

–Precisamente en eso te equivocas –rebatió Genko, y señaló el contrato–. Según el artículo once, apartado «b», los padres de Samantha me otorgaron poderes para representarlos ante la policía, e incluso me nombraron tutor de su hija en ausencia de otros familiares. –La cláusula incluía la previsión que, en caso de que él encontrara a la entonces menor de edad, sería responsable de su integridad hasta que la llevara de vuelta a casa. La circunstancia nunca se había cumplido, pero ahora esa sutileza podía volverse a su favor para otros objetivos.

–Ese acuerdo ya no es válido –protestó Bauer con su acostumbrada vehemencia–. Samantha es mayor de edad. Además, su madre está muerta y su padre, ilocalizable.

–Aunque ya no sea menor de edad, es necesario establecer si tiene la capacidad cognitiva y la volitiva inalteradas. Sinceramente, lo dudo, ya que se encuentra en estado de shock... Sólo queda el padre. Pero hasta que lo encontréis y no me revoque personalmente el contrato, mi labor consiste en representar de la mejor manera posible las necesidades de mi cliente: Samantha Andretti.

Delacroix era menos impulsivo que su compañero y mucho más pragmático.

–Iremos ante un juez y haremos que anule el contrato. No creo que tardemos mucho en convencerlo: sólo tendrá que echarte una mirada.

Era cierto, Genko lo sabía: un juez habría interpretado sus buenas intenciones como un intento de aprovecharse del caso después de quince años. Por eso fingió que se lo pensaba, aunque ya tenía previsto el siguiente movimiento.

–Está bien, entonces os propongo un trato.

Los dos agentes no dijeron nada, a la espera del resto.

–En mi archivo hay un dossier muy grueso con los resultados de mi investigación de hace quince años.

Esperaba que una mentira como ésa, bien argumentada, hiciera mella en la pareja. En realidad, el voluminoso expediente contenía sólo la hoja que tenían delante. Porque el caso de Samantha Andretti era el más complicado que había afrontado nunca. Exactamente igual que le ocurrió a la policía, Genko tampoco encontró nada.

No existe ninguna acción humana que no deje rastro. Especialmente si se trata de un acto criminal.

La lección formaba parte por pleno derecho del adiestramiento de cualquier detective privado. Es más, podría decirse que el oficio se basaba precisamente en este sencillo punto, que iba de la mano con otra regla de oro.

No existe el crimen perfecto, sólo una investigación imperfecta.

Ése era el motivo por el que, entre los pocos fracasos de la carrera de Bruno Genko, el caso Andretti fuera tal vez el más estrepitoso. Porque él, en todo ese tiempo, incluso había llegado a dudar de que existiera un secuestrador.

El truco más logrado del monstruo había sido convencer a todo el mundo de que no existía.

–¿Nos estás proponiendo un intercambio? –preguntó Bauer–. ¿Lo he entendido bien? Nos das el dossier si te dejamos meter las narices en nuestra investigación, ¿es eso lo que quieres?

–No –lo corrigió Delacroix, que había intuido antes que él la naturaleza del pacto que les proponía–. Se está ofreciendo a salvarnos el culo...

Genko asintió.

–Mi expediente contiene declaraciones de testigos que la policía nunca escuchó, indicios que nunca recogieron, una serie de pistas interesantes que en aquella época fueron ignoradas inexplicablemente... En resumen, las pruebas de que el Departamento abandonó el caso demasiado pronto. –Había echado el resto sobre la mesa–. Sería una verdadera lástima que los medios de comunicación llegaran a enterarse de la existencia de esos documentos. Por otra parte, sin embargo, como tutor legal de Samantha, estoy obligado a aclarar por todos los medios los aspectos turbios de este lamentable asunto.

Ambos se encerraron en un riguroso silencio.

Bruno sabía que nunca era aconsejable poner a los polis contra la espada y la pared, porque antes o después te lo hacían pagar. Y la actitud de Bauer y Delacroix no presagiaba nada bueno. Era sencillamente una locura pedirles que le dejaran participar en la investigación policial. Además de inaceptable, una pretensión como ésa sólo podría traerle problemas. Y encima el chantaje se basaba en un engaño. Por eso decidió reabrir las negociaciones.

–No tengo ninguna intención de divulgar el material que tengo –aseguró con calma–. Sé perfectamente que, si lo hiciera, después no tendría nada para impedir que acabarais conmigo. No soy tan estúpido... Sólo os pido un pequeño favor, después desapareceré, os lo prometo.

–Yo no le daría nada de nada –dijo Bauer dirigiéndose a su colega–. Es más, me gustaría ver si este gilipollas tiene huevos para contárselo todo a los periódicos.

Sin duda el rubio ya saboreaba la idea de ponerle las manos encima. Pero no puedes hacerme nada, pensó Genko mientras miraba fijamente sus ojos bovinos. Ésa era una de las pocas ventajas de estar a punto de morir. El fin inminente es como un superpoder. Te hace invulnerable.

–De acuerdo –dijo inesperadamente Delacroix–. ¿Qué quieres?

Bruno se volvió hacia él.

–Quiero escuchar la grabación de la llamada anónima.

8

El campo base desde el que se coordinaba la búsqueda de la prisión de Samantha Andretti estaba situado justo en el centro de la zona pantanosa, en una explanada en la que se encontraba la estructura de una antigua estación de servicio abandonada. Año tras año, la ciénaga se comía una considerable porción de terreno, expulsando a cualquiera que intentara desafiar la hostilidad del lugar.

Incluso con la presencia de los policías, era un sitio lúgubre, pensó Genko.

En cuanto bajó del coche y miró a su alrededor, quedó impresionado por el frenético ir y venir de técnicos y agentes que entraban y salían de las tiendas de campaña y las caravanas.

Se habían reunido en el pantano varios equipos de exploradores, con vehículos anfibios y perros de rastreo. A las fuerzas allí presentes se añadían los grupos especializados que, en el interior de los laboratorios móviles, analizaban cualquier indicio. Donde antes estaban instaladas las bombas de gasolina, ahora había un helicóptero listo para salir a inspeccionar el territorio desde lo alto.

Bauer y Delacroix, que lo habían guiado hasta allí, bajaron del coche y se dirigieron hacia él.

–Sabes que eres muy afortunado por estar aquí, ¿verdad? –le recordó el rubio–. La policía no debería enredarse con sucios chantajistas.

Genko sonrió y estaba a punto de replicar con una broma cuando fueron interrumpidos.

–Delacroix –llamó una voz en tono colérico.

Bruno se volvió y vio a un hombre con traje azul y corbata que se acercaba con una expresión poco amistosa. A su lado llevaba un perro grande y peludo.

–Me lo saco de encima en un instante –aseguró Delacroix, y a continuación fue al encuentro del desconocido.

Bauer tiró a Genko de la manga de la chaqueta.

–Vamos –le conminó.

Mientras se alejaban, Bruno no quitó ojo a lo que pasaba entre los otros dos.

–Ya nadie contesta a mis llamadas –se estaba quejando el desconocido–. ¿Cuándo empezaréis a buscarla?

Genko se preguntó por un instante a quién se refería. ¿Buscar a quién? Samantha Andretti ya había sido encontrada. Pero el perro empezó a ladrar y tapó la voz de los dos hombres.

–Tranquilo, Hitchcock –le ordenó su amo.

Genko aflojó el paso observando la discusión, que se animaba.

Mientras tanto, Bauer lo esperaba impaciente en la escalerilla de una caravana.

–Bueno, ¿vienes o no?

El interior de la caravana estaba equipado con aparatos muy sofisticados que, en ese momento, se dedicaban a analizar la grabación de la llamada telefónica anónima. El archivo de audio estaba descompuesto en diagramas de diferente color en las pantallas de los ordenadores. Cuatro técnicos buscaban sonidos incrustados en el ruido de fondo con la esperanza de extraer alguna pista de la identidad del hombre que había realizado la llamada.

En un pico cualquiera del gráfico podía esconderse una voz extraña o los tañidos de una campana o bien, si tenían muchísima suerte, incluso un nombre. El propósito era localizar el lugar de la llamada e identificar posibles testigos que pudieran proporcionar una descripción del desconocido.

Genko llevaba cinco minutos mirando a su alrededor con los brazos cruzados, no podía estarse quieto en la silla giratoria. Bauer no le quitaba ojo mientras seguía de pie, evidentemente molesto por el continuo movimiento. Pero ninguno de los dos dijo ni una palabra hasta que volvió Delacroix.

–Perdonad –afirmó el poli cuando subió al vehículo, empapado de sudor. Mientras se servía un vaso de agua de un dispensador automático, se dirigió a su colega.

–¿Ya le has explicado algo?

–Todavía no.

Delacroix cogió una silla y se colocó frente a Genko.

–Obviamente, lo que te digamos deberá seguir siendo confidencial. –Pidió a Bauer que le pasara un formulario y un bolígrafo–. Si se llegara a saber ni que fuera media palabra, iría directamente a buscarte.

–Pues espero que ninguno de los policías que están aquí se deje sobornar por los medios de comunicación –los provocó Bruno, tras lo cual firmó el papel y se lo entregó al poli rubio.

–Se utilizó un móvil robado –empezó a decir Delacroix–. Después lo apagaron o tal vez lo destruyeron, así que es imposible localizar al dueño.

–Samantha Andretti, por su parte, se hallaba a unos doce kilómetros del repetidor que transmitió la llamada –añadió Bauer–. De modo que, quien la encontró, tuvo todo el tiempo de decidir si avisar o no a la policía.

–Así pues ¿no creéis que fuera el raptor? –preguntó Bruno, si bien ya había descartado la teoría de que el monstruo hubiera actuado movido por la compasión después de haberla aislado y maltratado de las maneras más inimaginables durante quince años.

–Hemos desestimado que se trate del secuestrador porque la frecuencia de las voces pertenece a una persona joven, que en la época del secuestro debía de ser casi adolescente –explicó Delacroix–. Aunque también podría tratarse de un cómplice arrepentido o que temía ser descubierto.

Las opciones que había encima de la mesa eran múltiples, consideró Genko. Tuvo la impresión de que la investigación se encontraba en un punto muerto. Los dos agentes se mostraban bastante colaboradores; no sabía si sólo se trataba de una táctica y, de este modo, se callaban algo importante.

–¿Ya puedo escuchar la llamada?

Bauer le hizo una señal a uno de los técnicos, que, a su vez, puso en marcha la grabación. Los bafles propagaron de inmediato un crujido, interrumpido por el típico sonido acompasado de una llamada entrante.

–*Emergencias* –respondió una operadora.

–*Ehm... Quisiera hablar con la policía...* –dijo una voz masculina con un tono inseguro.

–*¿De qué se trata, señor?* –replicó la mujer sin alterarse–. *Dígame de qué tipo de emergencia se trata y después le pasaré con la policía.*

Al otro lado siguió un breve silencio.

–*Hay una mujer desnuda, me parece que está herida. Puede que tenga una pierna rota y necesita ayuda.*

La operadora estaba entrenada para no alarmarse, por eso conservó una actitud neutra.

–*¿Ha tenido un accidente?*

–*No lo sé, pero no lo creo... No había ningún coche.*

–*¿Conoce a la mujer? ¿Es familiar suyo?*

–*No.*

–*¿Sabe cómo se llama?*

–*No.*

–*¿Dónde se encuentra la persona que necesita ayuda?*

–*Ehm... En la cincuenta y siete, no sé exactamente en qué punto. Es la carretera que pasa por en medio de los pantanos, dirección norte.*

–*¿Está consciente?*

–*Creo que sí, me ha parecido que sí...*

–*¿Se encuentra con ella en este momento?*

Silencio.

–*Señor, ¿me ha oído? ¿Está con esa mujer ahora?*

Tras un instante de titubeo:

–*No.*

–*¿Puede darme sus datos, por favor?*

El hombre perdió la paciencia.

–*Oiga, yo ya se lo he dicho, ahora deja de ser asunto mío...* –La línea se cortó bruscamente. Había colgado.

El técnico interrumpió la grabación. Bauer y Delacroix se volvieron hacia Bruno como para darle a entender que había obtenido lo que quería y ahora ya no tenían nada más que decirse.

Pero a Genko no le bastaba.

–Si no es el raptor y tampoco un cómplice, ¿por qué no ha dado la cara? –Ya se había planteado antes esa pregunta–. ¿Por qué se queda en la sombra?

–Si lo supiéramos, no iríamos a contártelo a ti –contestó Bauer.

Bruno lo ignoró, porque Delacroix, en cambio, parecía de repente interesado en su opinión.

–El hallazgo se produjo en plena noche –prosiguió el detective privado–. Pero ¿quién se pasea por los pantanos en plena noche? ¿Y con un móvil robado? –La verdad es que se podía sospechar de dos clases de personas, y los presentes en esa caravana habían llegado a la misma conclusión que Genko–. Traficantes de droga y cazadores furtivos.

–Alguien que tiene algo que esconder y no le interesa para nada decir su nombre a un número de emergencias –confirmó Delacroix.

Sin embargo, la respuesta sólo convencía en parte a Bruno. Él había captado algo más.

–¿Puedo volver a escuchar la grabación? –preguntó, dejándolos a todos perplejos.

–¿Por qué? –gruñó Bauer, que no estaba dispuesto a hacer más concesiones.

Genko se dirigió directamente a Delacroix, abriendo los brazos. Éste fue más razonable y asintió en dirección al técnico.

La grabación empezó desde el principio.

Esta vez, Bruno intentó memorizar lo máximo posible la voz del desconocido, recogiendo cada detalle, inflexión o matiz.

«Acento local, típico tono ronco de fumador empedernido, marcado defecto al pronunciar las consonantes palatales.»

No se había equivocado. Había algo oscuro en el modo en que hablaba. Una vibración que ninguna tecnología sería capaz de percibir. No era sólo el temor a ser descubierto porque era culpable de llevar a cabo una actividad ilícita, como el tráfico de drogas o la caza furtiva. Había algo más, a Genko no le cabía duda.

Era terror.

9

–Hola, ¿cómo estás?

–Bien.

–¿Seguro?

–No ha cambiado nada desde hoy por la tarde...

Al caer la noche, los grillos empezaron a ocupar el lugar de las cigarras en los pantanos. El calor seguía siendo insoportable, pero había luna llena. El Saab estaba estacionado al lado de la carretera, oculto entre las largas ramas de un sauce. Bruno había aprovechado la parada para telefonear a Linda.

–Pero al menos habrás comido algo...

–Todavía no, pero te prometo que lo haré.

La aprensión de su amiga era una agradable novedad para Genko; nadie se había ocupado nunca de él. Tal vez porque siempre había guardado las distancias con todo el mundo. Nunca se había arrepentido de esa decisión, ni siquiera después de enterarse que sus días estaban contados. Bruno Genko no necesitaba hacer examen de conciencia. Ni arrepentirse de nada. Sólo lo atormentaba un remordimiento.

–¿Qué hay en la caja fuerte de la habitación ciento quince del Ambrus Hotel? –preguntó Linda, inesperadamente.

Bruno permaneció callado, le habría gustado terminar la llamada en ese momento. Al otro lado de la línea, sin embargo, no había ninguna intención de olvidar el tema.

–Llevo todo el día pensándolo... Si tengo que destruirlo, deberías decírmelo: ¿qué hay en el paquete precintado?

El detective puso una mano en el volante mientras con la otra seguía sosteniendo el móvil: de repente, había empezado a pesar muchísimo.

–Nadie te obliga a hacerlo –afirmó con insólita dureza–. Pero creía que podía confiar en ti.

–Conozco el número de la habitación y la combinación: también podría ir ahora y abrir el paquete –replicó, testaruda.

–Ese paquete no tiene nada que ver contigo.

–¿Por qué tengo la impresión de que me estás ocultando mucho más de lo que dices?

Porque es cierto, y me asusta. Pero no se lo dijo. En vez de eso, cerró los ojos y respiró profundamente. Advirtió que Linda empezaba a llorar.

–Me salvaste la vida, ¿tienes idea de lo que eso significa para mí? Ahora yo no podré hacer lo mismo por ti... ¿Puedes imaginar cómo me siento?

No, lo cierto era que no podía imaginarlo. Los sentimientos nunca habían sido su fuerte. En ese momento, una furgoneta negra pasó junto a su ventanilla. Genko miró en seguida el reloj, anotando mentalmente que eran las nueve y seis minutos de la noche.

–Tengo que irme –dijo por teléfono.

–Mientras quede aire en los pulmones... –le recordó Linda, sorbiendo por la nariz.

Le pareció verla, con el kimono de seda ajustado, acurrucada en la cama, a la penumbra de una vela.

–Claro –confirmó con dulzura, y colgó. A continuación, levantó la cabeza y su mirada cruzó el parabrisas.

A un centenar de metros delante de él se encontraba el Duran, un local con luces de neón que prometían billar y televisión por satélite para ver los acontecimientos deportivos. En el aparcamiento se podía contar una veintena de vehículos, principalmente todoterrenos y *pick-ups*.

Parecía que estaba a tope.

Genko se había pasado las tres últimas horas controlando la situación. Las vigilancias en coche eran la parte más difícil de su trabajo. Podían durar semanas. En las películas, los investigadores privados, para que pasara el tiempo, siempre iban provistos de crucigramas y termos de café. Pero los verdaderos profesionales sabían que incluso la más pequeña distracción podía echar a perder horas y horas de observación. Y que la cafeína estimula las ganas de orinar.

No era suficiente con tener paciencia, se requería disciplina. Porque el problema no era el aburrimiento, sino la rutina. Tener delante de los ojos la misma escena durante mucho tiempo podía provocar una peligrosa relajación.

Genko nunca se hubiera imaginado que estaría perdiendo parte del tiempo que su corazón enfermo le concedía en una vigilancia. El asiento hundido del Saab era la prueba de cuánta vida había malgastado esperando dentro de su coche.

En una ocasión recibió el encargo de localizar a un moroso. A diferencia de los acreedores que lo habían contratado, Bruno estaba convencido de que el hombre no había salido de la ciudad. De modo que se apostó en el exterior de su casa y, durante veinte largos días, no hizo otra cosa que vigilar las ventanas y la puerta de entrada. Los familiares del hombre iban y venían a todas horas del día y de la noche, pero no había rastro de él. De modo que decidió hacerlo salir. Hay dos cosas que motivan a los seres humanos, a veces incluso haciéndoles perder la razón. El sexo y el dinero. A Genko le bastó con hacer una llamada telefónica a la esposa del moroso haciéndose pasar por funcionario de una embajada. Comunicó a la mujer que su marido había heredado una cantidad de dinero de un pariente lejano que había emigrado al extranjero hacía muchos años. Pero era necesario que el beneficiario se presentara personalmente en el despacho para aceptar la herencia y llevar a cabo los trámites burocráticos habituales. Al cabo de una hora, el moroso salió de su vivienda.

Mientras recordaba aquel caso, la furgoneta negra que había visto hacía un rato volvió a pasar en dirección contraria. En esta ocasión, aminoró la velocidad delante del aparcamiento del Duran hasta casi detenerse. Al cabo de unos segundos aceleró y se alejó. Cuando pasó junto al Saab, Bruno comprobó la hora: las nueve y treinta y uno.

Calculó que como mucho disponía de veinticinco minutos.

Aparcó delante del Duran, bajó del coche y se dirigió hacia la entrada del local.

Al cruzar el umbral, al menos una treintena de miradas se posaron sobre él y lo observaron con recelo. Era comprensible. Con el traje de lino claro y el aspecto cansado, Genko desentonaba bastante en medio de camisas de cuadros, botas y gorras con visera.

Por encima de la barra del bar flotaba una nube gris de humo de cigarrillo. De vez en cuando el ruido de las bolas de billar chocando entre sí se imponía a la canción *folk* que salía del equipo de música.

Para ponerle nombre al desconocido que había encontrado a Samantha Andretti, la policía sin duda había buscado entre los visitantes habituales de los pantanos. Durante su encuentro con Bauer y Delacroix habían concluido que sólo podía tratarse de un traficante de droga o un cazador furtivo. Genko apostaba por lo segundo, dado que, normalmente, un traficante de droga no se arriesgaría a ser descubierto y ganarse unos años en prisión por salvar a una mujer.

–¿Qué te pongo? –preguntó una joven camarera. Llevaba una camiseta de tirantes verde militar e iba completamente tatuada.

–Una *lager* y un tequila –le contestó Bruno, pero no se sentó a esperar a que se lo sirviera. En vez de eso, se situó delante de la gran pantalla que transmitía un partido de fútbol. No tenía el sonido puesto, de modo que podía fingir interés por el encuentro y, al mismo tiempo, controlar lo que sucedía a su alrededor y, sobre todo, dar la oportunidad a los clientes para acostumbrarse a su presencia. Poco después, la camarera apareció con las bebidas. Bruno se tomó el chupito de tequila de un trago y empezó a deambular por el local con la jarra de cerveza en la mano.

Percibía la hostilidad de los otros parroquianos: gente de los pantanos, acostumbrada a la rudeza de una vida difícil y poco proclive a los buenos modales, especialmente con los forasteros. Dio una vuelta por los billares, presenció un par de jugadas, pero sólo para estudiar mejor el rostro de los jugadores.

El Duran, además de ser el único lugar de entretenimiento de la zona, era el punto de encuentro de cazadores y pescadores furtivos. Sin embargo, Genko no tenía ninguna seguridad de que el hombre que buscaba se encontrara en esa sala. Aun así, la furgoneta negra que había pasado dos veces por delante del local representaba prácticamente una confirmación de que estaba tras la pista correcta.

«Hemos desestimado que se trate del secuestrador porque la frecuencia de las voces pertenece a una persona joven, que en la época del secuestro debía de ser casi adolescente», había dicho Delacroix. Así que Genko empezó a descartar a los presentes que tenían más de treinta y cinco años. La cifra se limitaba a una decena de individuos, pero todavía eran demasiados. Para reducir un poco más el círculo, pasó al lado de algunos de ellos con los oídos atentos para intentar percibir un sonido familiar en sus palabras.

Sólo había escuchado dos veces la grabación de la llamada telefónica, sin duda no lo suficiente como para reconocer al hombre que buscaba. Pero una voz podía revelar muchas cosas: la procedencia, las costumbres e incluso el aspecto de una persona.

Acento local, típico tono ronco de fumador empedernido, marcado defecto al pronunciar las consonantes palatales, recapituló Genko. Pero las dos primeras características eran bastante inútiles, considerando que se trataba de gente nacida y criada en esa zona y que la tasa de tabaquismo allí dentro era altísima.

La tercera, además, no representaba una anomalía: el defecto en la pronunciación podía estar causado por la falta de algunos dientes o, simplemente, por el hecho de que mientras llamaba el hombre estaba mascando chicle.

Genko se volvió hacia una de las mesitas cercanas a la cristalera y tuvo una revelación.

Allí sentado había un joven robusto. Estaba solo y apartado, y miraba hacia fuera con aire pensativo. A primera vista, parecía tener menos de treinta años. Ante él había una botella de cerveza y un plato de patatas fritas medio vacío. Dibujaba formas mojando un palillo en el kétchup.

Lo que llamó la atención del detective fueron las manos, completamente cubiertas de viejas ampollas. Su piel recordaba a la cera derretida. Se quemó, pensó en seguida. Tenía una cicatriz todavía más extensa que subía por el cuello hasta la parte inferior del rostro, con rodales de barba rala con los que intentaba esconder las quemaduras.

Genko decidió apostarlo todo por él.

–¿Puedo sentarme? –dijo, dejando la jarra de cerveza en la mesa.

El hombre levantó la cabeza.

–¿Nos conocemos? –preguntó con una voz ronca.

No era por culpa de fumar demasiados cigarrillos, se corrigió mentalmente Genko. Era a causa de la inhalación del humo de un incendio. Eso explicaba también el marcado defecto al pronunciar las consonantes palatales que había notado en la voz grabada, porque probablemente la cicatriz iba desde la cavidad bucal hasta la laringe.

Respiró en medio las llamas, se dijo Bruno. Sólo el queroseno podía dejar así a un hombre. Y los cazadores furtivos lo utilizaban para prender fuego y hacer salir a los patos de la espesura.

Genko se sentó sin que le diera permiso. Antes de que el chico pudiera protestar, lo acorraló con unas pocas y precisas palabras.

–La policía sabe que fuiste tú quien hizo la llamada.

–Pero ¿qué...? –saltó el hombre.

Bruno no le dejó tiempo para replicar.

–Te arrestarán y te acusarán de haber participado en el secuestro de esa mujer, ¿lo entiendes o no?

El chico no lo contradijo, estaba atónito.

Por su reacción, Bruno comprendió que había dado en el clavo.

–Ya ha pasado una furgoneta negra un par de veces por ahí fuera, significa que los polis están vigilando el Duran. No me sorprendería que este lugar estuviera lleno de micrófonos: tienen la grabación de la llamada y disponen de equipos capaces de reconocer una voz en medio de la muchedumbre. Si, como creo, saben que estás en el local, entonces los equipos de asalto deben de estar ya apostados alrededor y entrarán de un momento a otro.

Genko se volvió hacia la entrada.

El joven lo imitó, y la sola idea de lo que podría suceder fue suficiente para dejarlo petrificado.

–Cuando el furgón sin identificación vuelva a pasar por aquí delante, será la señal y empezará el asalto –afirmó Genko, señalando la cristalera. A continuación, comprobó la hora–: Tenemos menos de diez minutos.

El chico estaba aturdido como un púgil que acaba de recibir una combinación de ganchos en pleno rostro.

Bien, no debía dejarle tiempo para pensar.

–No me interesa tu nombre, sólo lo que tengas que decir.

–¿Qué quieres de mí? –contestó el chico, y miró otra vez hacia la cristalera, alelado.

Bruno tenía que hacerle entender que era su única esperanza, y lo estaba logrando.

–Necesito hacerte unas sencillas preguntas, sólo tendrás que confirmar si lo que voy a decir se corresponde o no a cómo sucedieron las cosas.

El chico de la cara de cera se volvió a mirarlo con los ojos extraviados.

–Hace dos noches estabas volviendo de una batida de caza en los pantanos cuando viste a la mujer en medio de la carretera.

El chico asintió.

–Te paraste y bajaste del coche.

–Del *pick-up* –lo corrigió el otro, aunque no fuera necesario.

–Está bien: del *pick-up*. Hablaste con ella, estaba alterada.

–Me rogó que me quedara con ella.

Bruno se imaginó la escena por un instante. Vio a Samantha, desnuda, frágil y asustada, aferrándose a las piernas del primer ser humano que veía después de tanto tiempo y que no era el monstruo. Por lo que ella sabía, el mundo fuera de la prisión podría haberse extinguido hacía tiempo.

–Iba llena de rasguños y tenía una pierna rota –prosiguió el chico–. Pensé que habría tenido un accidente.

–¿Un accidente? –repitió Genko para darle a entender que no se lo tragaba–. Y, vamos a ver, ¿por qué te fuiste dejándola en esas condiciones?

–Tengo antecedentes –intentó justificarse–. No quería problemas.

Al decirlo, bajó la mirada.

No estaba simplemente mintiendo, pensó Bruno. Se avergonzaba. «¿Qué clase de accidente es ése en que te rompes una pierna y te quedas sin ropa?» El investigador privado recordó el matiz oscuro que había percibido en la voz del hombre mientras escuchaba la llamada.

Terror.

–Me estás contando un montón de mentiras –estalló–. La verdad es que te cagaste de miedo. –Sintió una extraña pena al pronunciar esas palabras. Sin duda, con esa cara que parecía una tostada, no tenía una vida fácil.

El chico miró a su alrededor, atemorizado.

–Oye, yo no...

Con los minutos corriendo de manera inexorable, Bruno no podía permitirse sentir compasión.

–Te asustaste porque la mujer te dijo que alguien la estaba persiguiendo.

El chico se quedó callado un momento y Genko pensó que había dado en el clavo.

Pero entonces sacudió la cabeza.

–Y lo cierto es que alguien la seguía, ¿verdad? –insistió, para confirmar su presentimiento, mientras la adrenalina empezaba a subirle por dentro.

El chico siguió callado. Pero esta vez el titubeo equivalía a una confesión.

Bruno no se lo esperaba. ¿De verdad el chico estaba diciendo que había visto la cara al monstruo que raptó a Samantha Andretti? ¿El hombre cuya identidad había sido un misterio durante quince años? Genko notaba que su corazón enfermo latía a lo loco, deseó que no lo abandonara justo en ese momento. Debía controlar las emociones, intentar mantener la calma y manejar la nueva situación lo mejor posible.

–¿Serías capaz de describirlo? –Mientras lo preguntaba, cogió un bolígrafo del bolsillo de la chaqueta. A continuación, sacó el informe médico, el único papel del que disponía.

El chico parecía inquieto.

–Tranquilo, iremos paso a paso –dijo, dispuesto a anotarlo todo–. ¿Llevaba el pelo largo o corto?

–No lo sé...

–¿Era alto, bajo, delgado o gordo? ¿Cómo iba vestido?

El otro se encogió de hombros, evitaba su mirada.

Mientras tanto, el tiempo transcurría con rapidez, demasiada. Dentro de poco, Bruno tendría que salir del local si no quería encontrarse en medio de un asalto de las fuerzas especiales.

–¿Cómo es posible que no lo recuerdes? La policía te va a machacar a base de bien, ¿lo entiendes?

Intuyó que el chico todavía estaba asustado. Pero no eran los polis quienes le provocaban ese efecto. Sus ojos se llenaron de lágrimas. Terror, se repitió Genko. Tenía que saber lo que había ocurrido –debía saberlo–. Ese hombre ¿iba armado?

–No lo sé...

–Pero tú sí llevabas un arma, ¿verdad? –Fácil deducción, dado que era un cazador furtivo.

–El fusil –admitió con un hilo de voz.

–Por lo tanto, en el peor de los casos, podrías haberte defendido. Entonces, ¿por qué huiste?

El chico se había encerrado en un obstinado mutismo.

Bruno miró la hora. Los diez minutos estaban a punto de cumplirse. Ya no era seguro permanecer allí. Pero no podía marcharse sin saber la respuesta.

–Escúchame, ya abandonaste hace dos días a una pobre mujer que suplicaba tu ayuda, y sólo por eso merecerías pudrirte en la cárcel durante veinte años. No vuelvas a hacerlo... ¿Creías que podrías limpiar tu conciencia con una llamada anónima? Incluso el criminal más hijo de puta, y te aseguro que he conocido a unos cuantos, no se olvida nunca de que es un ser humano. Lo que te ofrezco, probablemente, sea tu última oportunidad de poner las cosas en su sitio.

–Si te lo digo, no me creerás...

El chico levantó la mirada hacia él, implorando clemencia.

–¿Qué es lo que no voy a creer? Habla, joder... –Empezaba a perder la paciencia. Tres minutos: al otro lado de la cristalera, la carretera todavía estaba desierta.

–Llegó por el bosque. Comprendí que estaba buscando a la mujer. Cuando nos vio, se paró de golpe.

–¿Y luego?

–Nada, se quedó allí sin moverse. Y nos miraba... Se me heló la sangre al verlo.

–¿Por qué?

–Porque ese tipo...

–¿Qué le pasaba a ese tipo?

Pero el otro seguía con evasivas.

–No podía decírselo al número de emergencias, me habrían tomado por loco y nadie habría ayudado a esa mujer.

¿De qué estaba hablando? ¿Qué era lo que no podía decir?

Mientras buscaba una manera de sonsacarle la información, Bruno divisó por el rabillo del ojo un coche negro al otro lado de la cristalera.

El furgón camuflado. Se acabó el tiempo.

Genko se levantó de un salto, con la intención de salir lo antes posible. Estaba a punto de guardarse el papel del informe y el bolígrafo en el bolsillo cuando el chico lo cogió del brazo.

–¿Estás aquí para ayudarme? –preguntó, con el labio temblándole.

–No –le confesó después de haberlo engañado.

Decepción y miedo aparecieron en el rostro del joven cazador furtivo, pero a Bruno ya no le interesaba. Observó la puerta del Duran, calculó mentalmente cuánto tardaría en llegar a ella antes de que las luces del local se apagaran de repente y el ruido de cristales rotos precediera al fragor cegador de las granadas aturdidoras que utilizaban los cuerpos especiales para desorientar a potenciales enemigos y neutralizar cualquier amenaza.

–Era un conejo.

Bruno Genko estaba a punto de soltar el brazo que el chico le tenía agarrado, pero se detuvo.

–¿Cómo? –le preguntó sorprendido.

Entonces el otro le arrancó el informe y el bolígrafo de la mano y empezó a dibujar. Era un esbozo aproximado, muy infantil. Al terminar le devolvió el papel con la mano temblorosa. Genko lo miraba, confuso.

Era un hombre con cabeza de conejo y los ojos en forma de corazón.

10

El doctor Green se inclinó hacia ella para quitarle la mascarilla de oxígeno. A continuación, la miró y sonrió.

–¿Qué tal ahora?

Todavía le costaba respirar por sí misma.

–Deja que tus pulmones se acostumbren. –Y le enseñó cómo hacerlo, llevándose las manos al pecho.

Efectivamente, la respiración mejoraba con cada bocanada de aire.

–Gracias –dijo, y a continuación se volvió hacia la mesilla.

El teléfono amarillo seguía estando allí, no era fruto de su imaginación.

–¿Quieres llamar a alguien? –preguntó Green, que se había dado cuenta de su gesto.

–¿Puedo? –preguntó, incrédula.

El hombre se rio.

–Claro que puedes, Samantha.

Entonces intentó incorporarse un poco más.

–Espera, te ayudaré. –La cogió por los brazos y le colocó una almohada detrás de la espalda. Seguidamente alcanzó el aparato y se lo dejó en el regazo.

Ella levantó el auricular y se lo llevó al oído. Pero no oía nada.

–Para las llamadas externas tienes que pulsar el nueve –le explicó.

Lo hizo y la línea quedó libre. Ese sonido era agradable, le transmitió el alegre escalofrío de la libertad. Luego observó el teclado con los números y se ensombreció.

–¿Qué ocurre? –preguntó Green, que se había dado cuenta de que algo no iba bien.

–No recuerdo ningún número de teléfono.

–Es comprensible –intentó consolarla–. Ha pasado demasiado tiempo. Y es posible que los números también hayan cambiado, ¿no te parece?

Esa idea la reconfortó.

–Han pasado muchas cosas en el mundo mientras tú no estabas, Samantha.

–¿Por ejemplo?

–Tendrás mucho tiempo para descubrirlo, créeme. –Cogió el aparato y lo volvió a poner en su sitio–. Está al alcance de la mano. En cuanto te venga un número a la cabeza, no tienes más que marcarlo.

Asintió, le estaba agradecida por cómo le explicaba las cosas: con cortesía, tranquilizándola.

–Ellos también se han olvidado de mí, ¿no es cierto? –Se refería a su familia y a sus amigos, de los que, sin embargo, no recordaba nada.

–Bueno, no ha sido fácil para nadie –afirmó Green sentándose de nuevo en su sitio–. Con la muerte se puede lidiar: al cabo de un tiempo, el recuerdo ocupa el lugar del dolor. Pero cuando no sabes qué ha sido de una persona a la que quieres, sólo te queda la duda. Y no te abandona hasta que obtienes alguna respuesta.

–Así pues, ¿por qué mis padres no están aquí ahora?

–Tu padre llegará pronto. Se fue a vivir a otro sitio, lo están buscando para darle la buena noticia. En cuanto a tu madre... –Green se entristeció–. Lo siento, Sam, pero tu madre falleció hace seis años.

Debería haberse disgustado. Porque eso es lo que hace una hija cuando le comunican que su madre ya no está viva, ¿no? En cambio, no sentía nada.

–De acuerdo –se oyó decir con una frialdad consciente, como dando a entender que su corazón ya no necesitaba «lidiar con la muerte» de la mujer que la había traído al mundo, como si hubiera aceptado la idea como un hecho.

–Cuando recuperes la memoria, verás que el dolor te estará esperando junto a los recuerdos –le aseguró el doctor.

–¿No sería mejor que no? Lo dice como si algo así pudiera resultarme beneficioso.

–Ninguno de nosotros puede huir del sufrimiento, Sam. No sería sano.

–Pero ¿usted no cree que ya he sufrido bastante? –De repente, se enfadó–. Y además, ¿usted qué sabe? ¿Qué sabrá usted, eh? Seguro que tiene una bonita familia, hijos y una esposa. ¿Y yo qué? Me han robado quince años. Mejor dicho, es aún peor: alguien se ha quedado una parte de mí.

–¿Te dice algo el nombre de Tony Baretta?

¿Quién es? ¿Qué tiene que ver eso ahora?

–Seguramente no. –Green se contestó a sí mismo–. Cuando desapareciste, tu amiga Tina, tu compañera de pupitre, de la que probablemente no recuerdes nada, le contó a la policía que ese día de febrero habías quedado con Tony: ibais juntos al colegio y te había hecho saber que tenía algo que decirte.

Temió que el resto de la historia no iba a gustarle.

–Sólo por eso, el chico acabó el primero en la lista de sospechosos –prosiguió Green–. Los policías incluso barajaron la posibilidad de que te hubiera matado y después se hubiera librado del cadáver. –La miró, serio–. A mí, en cambio, me parece que Tony Baretta se había colado por ti y simplemente quería declararse... Y al igual que tú, Tony sólo tenía trece años.

Transcurrieron unos segundos en silencio.

–No quería turbarte, perdóname. No estoy diciendo que fuera

culpa tuya. Pero lo que te ocurrió repercutió en un montón de personas. Son víctimas inocentes, exactamente igual que tú. Y merecen nuestro dolor. También el tuyo, créeme.

Una punzada de remordimiento se le clavó en el estómago.

–¿Y qué puedo hacer por ellos ahora?

–Ayúdame a atrapar a ese monstruo. –Green sustituyó la cinta en la grabadora–. Debes esforzarte más, Sam –le dijo con inesperada severidad–. No tenemos mucho tiempo y necesito que me des algo... Esto lo entiendes, ¿verdad?

–Yo, no sé... –La frase se perdió en la incertidumbre.

–Tal vez todavía sea pronto para recordarlo todo, pero ni que sea un pequeño detalle: la altura, qué voz tenía...

Lo miró.

–Nunca habló conmigo.

Green no replicó en seguida. Antes volvió a poner en marcha la grabadora.

–En quince años, ¿ni una sola palabra?

–Piensa que estoy loca, ¿verdad?

–En absoluto –se apresuró a afirmar el doctor–. Es una cuestión de «fe». –A continuación, la miró a los ojos–: Verás, Sam, muchas personas están convencidas de que su existencia está bajo los designios constantes de un ente superior. Lo llaman Dios y le atribuyen un poder sobre las cosas terrenales. Aunque no puedan verlo, ellas saben que existe. Y también están convencidas de que Dios tiene algo que ver con su presencia en el mundo y con el objetivo de su vida. Sin él, se sentirían perdidos y abandonados. Dios es una necesidad.

–¿Está diciendo que necesito a ese monstruo? ¿Que lo estoy protegiendo?

–No. Me estás pidiendo que tenga fe en la existencia de alguien a quien nunca has visto ni oído, y yo estoy de acuerdo: te apoyo. Pero algunas cosas necesitan una explicación racional. Por ejemplo, ¿cómo pudiste escapar después de tanto tiempo?

No lograba entender qué quería de ella el doctor Green. ¿Qué pretendía hacer? En aquel preciso momento, algo vibró suavemente de fondo.

El hombre sacó el móvil de la chaqueta que estaba colgada en el respaldo de la silla. Había recibido un mensaje.

–Dentro de poco el antídoto para los psicotrópicos que te estamos suministrando te ayudará a recordar –le dijo, mientras leía el mensaje en el móvil–. Pero ahora tendrás que perdonarme un instante.

El hombre se levantó, echó una ojeada al gotero conectado al brazo de Samantha y después se dirigió hacia la salida.

–Doctor Green... –lo llamó ella–. ¿Le importaría dejar la puerta abierta?

Le sonrió.

–La dejo entornada, ¿te parece bien?

Le hizo un gesto de asentimiento. El doctor le dejó una fina rendija por la que podía entrever el pasillo de la unidad. No podía saber si era de día o de noche. Pero el policía de guardia seguía estando allí, de espaldas a un lado de la puerta. Reinaba un agradable silencio; los sonidos del hospital estaban presentes, pero a lo lejos. Le habría gustado cerrar los ojos, aunque al mismo tiempo le daba miedo dormirse. Porque estaba segura de que «él» regresaría en sus sueños.

Fue entonces cuando el teléfono amarillo sonó.

Una sacudida de miedo le recorrió el cuerpo, clavándola a la cama como si debajo de ella hubiera un enorme imán. Lentamente, giró la cabeza hacia la mesilla.

El aparato chillaba impertérrito. Reclamaba su atención.

Con el rabillo del ojo, comprobó la reacción del policía al otro lado de la puerta. Ni siquiera se había movido. Le habría gustado llamarlo, suplicarle su ayuda. Pero la ansiedad le atenazaba la garganta y le impedía hablar.

Mientras tanto, el timbre seguía sonando sin cesar en el silencio amortiguado de la habitación. Como un reclamo, o quizá como una amenaza.

Una parte de ella negaba la evidencia. La otra, en cambio, le susurraba algo que no quería admitir. Es decir, que al otro lado de la línea había un viejo conocido, un viejo amigo que la estaba llamando para hacerle saber que pronto iría a verla.

Para llevarla a casa, al laberinto.

Hubiera querido levantarse, alejarse del teléfono. Pero la pierna escayolada le impedía cualquier movimiento. Entonces se volvió hacia la pared del espejo. Green había dicho que allí dentro estaban los policías, que escuchaban todo lo que decía. ¿Era posible que ahora no hubiese nadie? Levantó la mano para llamar su atención. Al mismo tiempo se volvió hacia la puerta y, por fin, con un hilo de voz, empezó a llamar al policía.

–Disculpe... Discúlpeme... –dijo con terror y al mismo tiempo con timidez, consciente de que el miedo nos hace estúpidos.

Y entonces las llamadas cesaron tal como habían empezado.

Ahora sólo oía los jadeos de su propia respiración. Y un pitido en los oídos, un molesto residuo de ese sonido diabólico. Se volvió una vez más hacia el teléfono para asegurarse de que realmente había parado. Y, efectivamente, estaba mudo de nuevo.

Afortunadamente, un sonido familiar vino en su ayuda: reconoció el tintineo de las llaves que el doctor Green llevaba en el mosquetón colgado en el cinturón. Al cabo de poco, la puerta se abrió y el hombre entró en la habitación.

–Sam, ¿va todo bien?

–El teléfono –dijo ella, y lo señaló–. Estaba sonando.

Green fue hacia la cama.

–Tranquila, habrá sido una equivocación. Alguien habrá marcado el número por error.

Pero ella no prestó atención a lo que le decía. Es más, ni siquiera lo escuchó. Ahora en su mente se había formado un pensamiento nebuloso. El timbre del teléfono había abierto un pasaje en su memoria del que salía algo, una reminiscencia impalpable. Un recuerdo sonoro.

Disculpe... Discúlpeme...

Era su voz, eran las mismas palabras que había pronunciado poco antes intentando llamar la atención del policía. Pero ahora las oía de nuevo sólo en su mente, porque ella misma las había pronunciado en otro tiempo, en otro lugar...

Camina por el laberinto. El largo pasillo gris termina con una puerta de hierro. La puerta está cerrada. Siempre ha estado cerrada; lo recuerda con absoluta certeza. Pero ahora un sonido proviene del otro lado.

Como si estuviesen rascando la superficie de metal.

Es un sonido insignificante, parecido a un ratón royendo o a un insecto masticando. Pero en el silencio del laberinto incluso el ruido más pequeño parece enorme. Y ella lo ha oído desde su habitación. Ha ido en seguida a buscar su origen.

Mientras se acerca lentamente a la puerta de hierro, se va preguntando qué podrá ser. Le da miedo descubrirlo, pero también sabe que no puede eludirlo. No se trata de simple curiosidad. Ha aprendido a comprobar cada detalle, a aprovechar cualquier cambio en la rutina de la prisión.

Porque nunca sabe ni cuándo ni cómo puede empezar un juego nuevo.

Y su instinto le dice que detrás de esa puerta hay algo esperándola.

–Disculpe.... Discúlpeme... –sigue llamando con absurda amabilidad, esperando recibir una respuesta.

–Tenía usted razón –dijo entonces, mirando al doctor Green–. No estaba sola.

11

Había dejado el Duran a sus espaldas con el tiempo justo para presenciar por el retrovisor del Saab el inicio de la incursión del equipo de asalto.

Ni siquiera había llegado a la periferia de la ciudad cuando la radio ya estaba dando la noticia del arresto de un primer sospechoso en el caso del secuestro de Samantha Andretti. Genko conducía y seguía pensando en lo que había sucedido en el local. Aún no podía creerse la historia del hombre con la cabeza de conejo.

«Todavía no sabemos los motivos de la detención de Tom Creedy –dijo el locutor–. En este momento está siendo conducido a una localización secreta donde pronto será interrogado por la policía.»

El chico se llamaba Tom Creedy. Van a ir a por él, pensó. Era el candidato perfecto para distraer a los medios de comunicación y a la opinión pública de la caza del verdadero secuestrador. Y si fracasaban, sólo lo acabaría pagando el cazador furtivo.

Pero si Tom también les contaba a Bauer y Delacroix la historia del hombre conejo, entonces tal vez podría librarse por enfermedad mental. Genko se imaginó la cara de los dos policías cuando descubrieran que no podían utilizar al pobre desgraciado como chivo expiatorio, y se echó a reír.

La carcajada quedó ahogada por un acceso de tos. Notó un peso repentino en el esternón. El Saab derrapó peligrosamente e invadió el carril contrario mientras venía otro coche de cara. Genko consiguió corregir la trayectoria justo a tiempo. Cuando creía que había llegado su hora, el dolor cesó de golpe, tal y como había venido.

Supo que se trataba de un aviso. Su corazón quería recordarle que se reservase. Pero ¿que se reservase para qué? La policía contaba con los medios y los recursos para indagar más a fondo. Su búsqueda, en cambio, era inevitablemente limitada. Y la única pista que tenía acababa en Tom Creedy y sus inútiles fantasías.

Sintió una inmensa sensación de vacío y de desánimo. Ya no tenía ningún objetivo. Sólo le quedaba morir.

Llegó a la ciudad hacia la una de la madrugada. El tráfico inundaba las calles. La gente, que por culpa del calor ahora sólo vivía de noche, había salido en tropel en busca de distracción. Después estaban los que trabajaban: los rascacielos que albergaban las oficinas estaban iluminados, en su interior se producía un ir y venir de personas atareadas.

Genko consideró que todos tenían algo que hacer excepto él. Y encima no sabía adónde ir. Podía volver con Quimby al Q-Bar e intentar distraerse o charlar con alguien delante de una copa. O podía meterse en la habitación 115 del Ambrus Hotel, tenderse encima de la colcha manchada y esperar algo: el sueño, o tal vez la muerte. Y luego siempre quedaba el apartamento de Linda. En medio de sus unicornios encontraría calor humano, pero ahora la relación con ella estaba contaminada por la tristeza y él no quería sentirse triste. Esa noche, no. Quería un día cualquiera de su vida anterior, un día como tantos, de los que olvidas a la mañana siguiente. Un día banal en el que te olvidas de que estás vivo. ¿Cuántos días así había tenido? Acumulados en el pasado sin preguntarse si habían servido de algo. Sin embargo, eran los que más deseaba en ese momento. Si hubiera podido revivir un solo día de su anterior existencia, no habría escogido el más bello, sino el más normal.

«Quiero volver a casa», se dijo. Porque ya no le importaba lo más mínimo si después alguien encontraba su cadáver o no.

Como de costumbre, aparcó el Saab a dos manzanas de distancia. A continuación, prosiguió a pie, vigilando que no lo siguieran, una estratagema que con los años había resultado necesaria: nadie debía saber dónde vivía.

La zona se encontraba situada en las inmediaciones del centro y conservaba una cierta fascinación ligada al pasado, si bien todavía no había sido descubierta por los nuevos ricos. Sin duda, su dinero limpiaría las calles de la escoria que las habitaba, pero por el momento toda la pasta que circulaba por allí estaba relacionada con el tráfico de sustancias estupefacientes.

Genko llegó al edificio en el que vivía desde hacía casi veinte años y tuvo que apartar a un sin techo borracho para entrar en el portal. Como el ascensor se estropeaba continuamente, subió por la escalera. De repente se sentía agotado. Cada cinco o seis peldaños, el calor asfixiante lo obligaba a detenerse para recobrar el aliento.

En cada planta había peleas y alboroto. Por suerte sus vecinos preferían matarse en la intimidad de sus viviendas. De vez en cuando venía la policía y se llevaba a alguien, pero en general aquél era el lugar perfecto para esconderse.

Al llegar al rellano del cuarto piso, Bruno metió la llave en la cerradura. Entró y cerró rápidamente la puerta a su espalda. Se quedó unos segundos inmóvil en la oscuridad, disfrutando de la fresca acogida del aire acondicionado programado para activarse a unas horas concretas. Inspiró profundamente y se dejó invadir por el olor de su casa.

Olor a orden, a limpio.

Encendió la luz y en ese momento aparecieron los pocos muebles que decoraban la sala de estar. Lo esencial, nada más. Un sofá, un televisor, una mesa para comer. La cocina estaba a la vista y todas las cosas colocadas de manera apropiada: los utensilios, la cafetera exprés, una licuadora con un bol al lado para la fruta y la verdura. Las provisiones estaban colocadas en los estantes, la nevera estaba llena.

Antes de seguir adelante, Genko se quitó los zapatos, la ropa y los calzoncillos hasta quedar completamente desnudo. Seguidamente colocó el traje de lino arrugado y la camisa que hedía a sudor en una percha que metió en un portatrajes, lo cerró con una cremallera y lo colgó en un perchero.

Caminando descalzo por el parqué, entró en el dormitorio. En la habitación también tenía los aparatos de gimnasia: una cinta de correr y un banco con pesas y barras. No podía esperar a tenderse en el ancho colchón ortopédico, entre las sábanas frescas recién lavadas. Pero antes fue al cuarto de baño y se metió en la ducha.

Fuera de casa aparentaba dejadez y desaliño, pero entre aquellas paredes Genko se reconciliaba con su verdadera índole.

La primera regla del oficio de investigador privado no era pasar desapercibido, más bien todo lo contrario. La apariencia era fundamental, porque la atención de los extraños debía centrarse en la ropa arrugada que apestaba a sudor y nicotina, en la barba hirsuta y descuidada. En realidad, el aspecto deslucido era una armadura. Y los demás tenían que conformarse con la superficie. Al ver sólo a un miserable, normalmente se creían más listos e, inevitablemente, bajaban la guardia.

Disimular, ése era el truco.

Mientras el agua caliente de la ducha se llevaba el sudor y el cansancio, Bruno cerró los ojos e intentó reconciliarse con sus inquietudes. «He fracasado por segunda vez», se dijo. Después de quince años, volver a pensar en Samantha Andretti sólo había servido para atormentarlo. ¿Por qué precisamente ahora? Se había olvidado de ella, la había enterrado junto a los demás casos sin resolver en la «Casa de las cosas». Habría bastado con que hubiera aparecido una semana más tarde y él, muy probablemente, nunca se habría enterado de ello. Qué estúpido había sido al pensar que podía arreglar las cosas. Al fin y al cabo, ¿qué habría podido hacer? ¿Capturar al monstruo? ¿Y de qué habría servido?

A Samantha de nada, ya que no había necesitado su ayuda para salvarse. Lo había logrado ella sola.

Pero ¿de verdad creía que encontrar al secuestrador lo absolvería del sentimiento de culpa que tenía hacia ella? Porque lo que más le reconcomía en ese momento era que, en el fondo, se había convertido en cómplice de ese bastardo. Cuando los padres de Sam fueron a verle para pedirle ayuda, debería haberse negado. Y, en cambio, aceptó el encargo. Se metió su dinero en el bolsillo y fue severo con ellos: «Me pagarán el doble de la tarifa normal y por adelantado. No me llamarán para preguntar cómo va la investigación, no tendré ninguna obligación de ponerlos al día de manera puntual. Seré yo quien los busque cuando tenga algo que comunicarles. Si no doy señales de vida dentro de un mes, entonces sabrán que no he encontrado nada».

En realidad, desde el principio Genko no albergó esperanzas de resolver el misterio de la desaparición. ¿Por qué, pues, había mentido? ¿Era únicamente una de las absurdas pruebas de autodisciplina a las que sometía a su fuerza de voluntad y, a veces, a su alma? Si conseguía despojarse de la compasión por una chiquilla de trece años y por sus implorantes padres, entonces, ¿el examen podía considerarse superado? ¿Sólo buscaba otro trofeo para su maldito autocontrol?

Abrió los ojos, decidido a dar un puñetazo a las baldosas de la ducha. Pero se detuvo. «No», se dijo. «Es exactamente lo contrario.»

«No creí en el caso. Ésa es mi única culpa.»

«Es cierto: debería haber rechazado el encargo, pero no pude. ¿Hice lo suficiente hace quince años? No lo sé. Ahora ya no hay nada que hacer. ¿Es demasiado tarde?»

Un hombre con la cabeza de conejo era la respuesta sarcástica que se merecía.

Le habría gustado poder reírse de ello con alguien; Dios, qué bonito habría sido llevar a alguien allí esa noche. Una mujer, un amigo. En cambio, nadie había puesto nunca un pie en esa casa. No se arrepentía, había tenido que escoger.

La soledad potencia la percepción de las cosas, se recordó a sí mismo.

En su trabajo era esencial poseer casi un sexto sentido. Entrar en la cabeza de las personas. Pero para acceder a los pensamientos de alguien hacía falta estar siempre concentrado. Y la familia y los amigos eran peligrosas distracciones.

Volvió al dormitorio y acabó de secarse delante del espejo. En su cuerpo se podían observar las evidentes señales de haber adelgazado rápidamente. Los músculos esculpidos por los largos entrenamientos diarios estaban desapareciendo deprisa. Cuando no interpretaba el papel de detective privado con un halo nocivo, Bruno no bebía ni fumaba, y se ceñía a una dieta férrea. Lo cual no había impedido que su cuerpo enfermara, pero sin duda tanta abnegación lo había llevado a ser uno de los mejores en su terreno.

«Mi terreno es la caza. Y el animal más difícil de cazar es el hombre.»

Bruno lo repitió delante del espejo, como si quisiera convencerse de que lo que hacía era casi una misión.

Para poder capturar a un hombre era necesario poseer dotes particularmente agudizadas. Ingenio, capacidad de observación, hábil manejo de la tecnología, rapidez de reflejos, calma, resistencia al estrés y valor.

Sobre todo, se necesitaba una profunda comprensión de la naturaleza humana.

Morosos empedernidos, pequeños o grandes estafadores, delincuentes informáticos, ladrones profesionales. Ésas eran sus presas. Para capturarlas y asegurarse de que pagaban lo que debían o devolvieran lo que se habían llevado, Bruno Genko recibía unos generosos honorarios de importantes empresas privadas. Dinero que había ocultado en cuentas bancarias del extranjero, con la idea de gastarlo cuando abandonara la ropa mugrienta que llevaba desde siempre.

Por desgracia, había pospuesto demasiado ese momento.

Lo más triste era que nadie más iba a poder disfrutar de su riqueza. Claro, podía donarla a beneficencia o dejárselo todo a Linda. Pero en ese momento saldrían a la luz las cosas que había tenido que hacer para ganar ese dinero. Embaucar, engañar, acuerdos y subterfugios de los que no estaba orgulloso. Y, además, si alguien se hubiera preguntado por la procedencia del dinero, habría puesto en peligro la privacidad de sus clientes.

Mejor dejar las cosas como están, se dijo.

A su muerte, las cuentas pasarían a ser «durmientes», como se decía en la jerga bancaria. Y, transcurrido un cierto número de años, el banco se quedaría con su contenido.

Ahora la única herencia que podía dejar era un monstruo. Y la destinataria del legado era una «exniña» de trece años llamada Samantha Andretti.

¿El paquete de la caja fuerte del Ambrus Hotel podía cambiar algo? Su contenido era demasiado peligroso. Entonces, ¿por qué no lo había destruido en seguida? ¿Por qué le había pedido a Linda que lo hiciera?

Conocía la respuesta, pero prefirió ignorarla.

Apartó la sábana, se sentó en la cama en el lado en el que solía dormir. Antes de acostarse, abrió el cajón de la mesilla. Había tres frascos naranjas de píldoras. Formaban parte de la terapia paliativa que el médico le había prescrito «para facilitar las cosas», eso dijo. Básicamente, se trataba de antidepresivos. Bruno abrió uno de los frascos y deslizó un par de pastillas rosas en la palma de la mano. Se quedó un momento parado y decidió aumentar la dosis, de modo que las píldoras pasaron a ser cinco. No tenía intención de suicidarse. Además, con esos fármacos no lo habría conseguido. Pero no había nada malo en ayudar un poquito a la muerte. Se sirvió un vaso de agua de la jarra que había encima de la mesilla, pero, antes de vaciarlo, pensó en Samantha Andretti.

Estaba a salvo. Mejor dicho, como se había recordado antes,

se había salvado ella sola. «Pero ¿cómo lo había hecho para escaparse de la prisión?»

Era improbable que hubiera podido reducir al secuestrador: quince años de torturas y privaciones debían haber minado la fuerza su cuerpo. Hasta el punto de que tal vez fue suficiente con que se pusiera a correr por el bosque para sufrir una fractura, reflexionó. Así pues, ¿había engañado al carcelero? ¿O había visto una distracción? Quizá, después de tanto tiempo, el monstruo se sentía demasiado seguro de sí mismo y ella había aprovechado el momento oportuno para huir.

Pero la idea todavía no lo convencía. Faltaba algo en la reconstrucción.

Intentó imaginarse la escena: ella escapando entre los árboles, perseguida por su carcelero. Por un instante, le volvió a la cabeza la imagen irracional del secuestrador con la cabeza de conejo, pero la apartó en seguida. Sam iba desnuda. «¿Por qué iba desnuda?» En la desesperada carrera hacia una improbable salvación, se cayó y se rompió una pierna. Tal vez logró arrastrarse por el bosque hasta la carretera. «¿Qué ventaja le llevaba a su perseguidor?» Mientras estaba allí, incapaz de moverse, Sam esperó y rezó para que pasara alguien. Pero no venía nadie. Y el secuestrador pronto daría con ella.

Al rato oyó algo: un ruido a lo lejos, un sonido familiar. El motor de un vehículo que se acercaba. Vio aparecer los faros del *pick-up,* empezó a mover los brazos para que la vieran. Posiblemente se percató de la expresión de asombro del conductor. Temió que, en vez de pararse, pudiera acelerar y la dejara allí. Habría sido una burla insoportable.

Pero el vehículo se detuvo. Bajó un chico con la cara desfigurada. Un monstruo que, sin embargo, no parecía un monstruo. Se hizo la ilusión de que iba a ayudarla, de que la sacaría de allí, que la despertaría de la pesadilla. En cambio, el chico advirtió que alguien venía por el bosque. «Comprendí que estaba buscando a la mujer. Cuando nos vio, se paró de golpe.» Eso había dicho Tom.

«Se quedó allí sin moverse. Y nos miraba. Se me heló la sangre al verlo...» Sam percibió un terror familiar en la mirada de su salvador; Genko estaba seguro de ello, había escuchado el sonido oscuro de ese terror en la grabación de la llamada. Samantha comprendió que iba a dejarla sola. Y así ocurrió: Tom subió al vehículo y se marchó. Poco después llamó al número de emergencias.

Desde entonces, mientras un analista de perfiles reconstruía la historia de la mujer en el hospital, la policía había empezado a rastrear palmo a palmo los pantanos en busca de la prisión de Samantha Andretti.

«¿Por qué los polis no la han encontrado todavía?»

Bruno no se había dado cuenta de que estaba mirando al vacío, con el vaso en una mano y las píldoras en la otra. Sintió un escalofrío.

«No han encontrado la prisión porque no está en los pantanos», se dijo. «Fue el secuestrador quien llevó allí a la chica.»

«Pero ¿por qué lo hizo?»

–Por el mismo motivo por el que había ido Tom –dijo Genko en voz baja.

El joven cazador furtivo le había sugerido la respuesta. «Los pantanos son un terreno de caza perfecto... Y el animal más difícil de cazar es el hombre», se repitió.

«Sam no se escapó, fue el secuestrador quien la liberó.»

Genko sintió una especie de iluminación. El monstruo la llevó allí y después la dejó marchar. Desnuda y perdida en los bosques que lamían los pantanos. Le concedió una ligera ventaja. Y, a continuación, empezó a seguir su rastro.

«Una especie de prueba», pensó el detective. «Un juego sádico.»

En la huida, la presa se hirió en una pierna. El depredador sin duda la habría alcanzado, pero se produjo un imprevisto.

Apareció el *pick-up* del cazador furtivo.

Genko depositó el vaso y las píldoras encima de la mesilla y se olvidó de ellas. Incluso dejó de recordar que la muerte también lo perseguía a él. Se levantó de la cama y empezó a pasear por la habitación. La adrenalina se había apoderado de su mente. Las piezas empezaban a encajar y dentro de poco podría ver el dibujo completo, no le cabía ninguna duda.

¿Qué era lo que no cuadraba todavía en la reconstrucción? Efectivamente, había algo.

¿Por qué, después de la fuga de Tom, el secuestrador no había aprovechado para llegar hasta Samantha? Podía habérsela llevado a rastras. «A lo mejor temió que el chico hubiera avisado ya a la policía», se dijo Bruno. Tal vez creyó que no tenía suficiente tiempo para escapar con ella.

Pero también podría haberla matado.

Ahora la mujer quizá estaba ofreciendo indicios útiles para su captura. ¿Por qué correr un riesgo semejante?

Sólo hay una explicación para un comportamiento tan anómalo. El secuestrador tuvo miedo. Exactamente igual que Tom, decidió darse a la fuga. Pero ¿por qué? ¿Qué lo había asustado? Tenía que ponerse a salvo. ¿A salvo de qué? Tal vez temía que lo hubiera reconocido. O que, en todo caso, Tom pronto daría indicaciones que llevarían a descubrir su identidad. Pero eso sólo tendría sentido si Tom lo hubiera mirado a la cara. En cambio, el chico sólo vio...

–Un conejo –afirmó Genko en voz alta, y se sorprendió mientras lo decía.

¿Por qué un hombre con una máscara había tenido que escapar?

Porque la máscara era por sí misma una pista.

12

Por absurda que fuera, había que comprobar esa conjetura.

Bruno no tenía elección, y más teniendo en cuenta que en una ocasión ya dio poco crédito a la posibilidad de resolver el misterio ligado a la desaparición de Samantha Andretti. Y eso le había costado a la chica quince años de olvido.

Se precipitó a la entrada, abrió el portatrajes y se puso a buscar la hoja con el informe médico en el bolsillo de la chaqueta de lino. Si no se hubiera tratado de su precioso talismán, probablemente lo habría tirado en seguida. Observó el dibujo de Tom más detenidamente.

A pesar de los trazos infantiles, el hombre con la cabeza de conejo parecía tener una complexión bastante normal. No se veían detalles que pudieran llamar la atención, excepto tal vez los ojos en forma de corazón.

Genko pensó en ello. Había llegado el momento de abrir la tercera habitación de su apartamento.

No ponía los pies allí desde que los médicos sentenciaron su inminente muerte hacía dos meses. Marcó un código de siete dígitos en el teclado de pared que había al lado de la puerta blindada.

La cerradura electrónica se abrió con un chasquido.

Hubo una época en la que a Bruno le encantaba encerrarse en

su estudio. Además de ser el lugar donde guardaba los secretos más delicados, también era un refugio para sus preocupaciones. Había un archivador y una librería con textos de jurisprudencia, manuales de técnicas de investigación y de táctica militar, y las obras completas de Maquiavelo.

Las paredes estaban pintadas de verde. Había reservado una de ellas a un indescifrable collage de Hans Arp.

A Genko le encantaban los dadaístas y lo compró en una subasta por una cantidad exorbitante. Una de las pocas locuras que había hecho en su vida y que había valido la pena. Entró en el estudio, pasó por delante de la obra maestra y la ignoró con una pizca de pesar porque no podía llevársela a la tumba con él; fue directamente al equipo de música. Escogió un disco de su colección y lo colocó en el plato. Cuando la aguja acertó el surco, las *Variaciones Goldberg* de Bach, interpretadas por Glenn Gould en una grabación de 1959, llenaron la habitación.

A continuación, Genko tomó asiento en el escritorio circular.

Encima había un MacBook Air con acceso a internet a través de una línea segura, conectado a un servidor externo donde se almacenaba el valioso archivo del investigador. Datos delicados recogidos durante veinte años de profesión. Habría sido un verdadero problema que acabaran en las manos equivocadas.

Además, desde ese terminal, Bruno podía acceder a las bases de datos de todas las oficinas gubernamentales o de la policía. Podía realizar incursiones en los sistemas informáticos de entes o sociedades privadas. Obtener información confidencial de los directorios de las entidades bancarias o de las compañías de seguros. Todo ello sin correr el riesgo de ser descubierto.

Con un pedazo de celo, pegó el informe médico que tenía detrás el dibujo del joven cazador furtivo en la lámpara ajustable, de manera que le quedara en frente, casi a la altura de la pantalla.

–Vamos a ver si consigo encontrarte –dijo a la extraña figura animal con los ojos con forma de corazón. Tras lo cual empezó la búsqueda introduciendo en el ordenador la palabra clave «conejo».

La primera criba de Bruno se centró en las bases de datos de las fuerzas del orden. Era posible que el secuestrador de Samantha hubiera cometido otros delitos, aunque fueran pequeños, en el pasado. Quizá usando también una máscara para ocultar su identidad.

En la pantalla apareció un largo listado de crímenes. Desde el robo hasta el maltrato de conejos, pasando por la historia de un tipo que se había disfrazado de conejo gigante para acosar a mujeres por la calle. Genko echó una ojeada rápida a la lista sin que nada le llamara la atención. Así que decidió afinar la búsqueda, introduciendo una segunda palabra.

«Niños.»

Ante él se desplegó una nueva lista. No había límite para la crueldad humana. Los conejitos de Pascua envenenados que había repartido un psicópata a la salida de una escuela. Los menores utilizados como correos de droga, escondida en conejos de peluche. Por no hablar de las «conejitas», chiquillas que aparecían desnudas a través de una webcam a cambio de una compra online o de la recarga del móvil.

Tampoco esta vez Bruno encontró ninguna conexión interesante. Entonces intentó ampliar el radio yendo hacia atrás en el tiempo.

Fue así como llamó su atención el archivo de un tal «R.S.», un niño de los años ochenta. El nombre del menor estaba oculto porque el caso comprendía implicaciones de naturaleza sexual.

En aquella época, «R.S.» tenía diez años. Desapareció un lunes por la mañana y reapareció, como si nada, tres días más tarde.

Entre el caso en cuestión y el secuestro de Samantha Andretti había una distancia de casi veinte años. Era improbable que ambas desapariciones fueran obra de la misma persona.

Además, la palabra clave «conejo» no constaba en la escueta explicación que contenía el informe policial, sino como un simple apunte al final de la página, y bien podía tratarse de una errata.

«Desaparición menor – apoyo psicológico – conejo – servicios sociales – máxima discreción.»

Por lo demás, una nota remitía a la oficina de personas desaparecidas: El Limbo.

Era la sección más oscura del Departamento de Policía. Los datos referentes a las desapariciones de inocentes seguían siendo un enigma. Las estadísticas calculaban aproximadamente un episodio nuevo cada día, pero los números oficiales no estaban disponibles. El motivo era simple: mientras que muchos desaparecidos regresaban voluntariamente, el destino de los demás se convertía en un misterio sin resolver. Y eso, evidentemente, no era buena publicidad para el Departamento.

Por esa razón el archivo del Limbo nunca había sido informatizado y no podía seguirse su rastro en internet.

«Veinte años», reflexionó Genko, y tuvo la tentación de seguir buceando en el pasado. Sin embargo, siendo el caso de «R.S.» la única pista con la que contaba por el momento, tal vez valía la pena profundizar un poco en él. Tenía dos opciones: o bien acudir a la oficina de personas desaparecidas y pedir el informe en papel, con el riesgo de que lo despacharan sin más explicaciones, o bien intentar una táctica más astuta, empezando con una simple llamada telefónica.

Optó por la segunda.

Se conectó a la página web del Departamento y buscó la información de contacto del Limbo. La responsable de la oficina se llamaba Maria Eléna Vasquez; ya había oído ese nombre antes.

Anotó el número y lo marcó en el teléfono. Los tonos se sucedían inútilmente. No puede ser, pensó. Porque, aunque fuera de noche, según las nuevas disposiciones estaban en pleno horario laboral.

–¿Diga? –contestó por fin una voz masculina.

–Sí, disculpe... Soy el agente especial Bauer, quisiera hablar con la responsable. –El hombre al otro lado de la línea se quedó callado y Genko tuvo en seguida una desagradable sensación.

El silencio fue interrumpido por los ladridos de un perro.

–Tranquilo, Hitchcock –dijo la voz.

En cuando oyó el nombre del perro, Bruno supo que había dado un paso en falso. El hombre que estaba al teléfono era el mismo que, el día anterior, había tenido una discusión con Delacroix en el campo base de los pantanos. Así pues, el desconocido del traje azul y corbata era policía. Y sin duda conocía perfectamente a Bauer.

–La responsable no está aquí en este momento. Pero, si quiere, puedo ayudarle yo –afirmó en tono neutro–. Soy el agente especial Simon Berish.

Genko sabía que era arriesgado continuar fingiendo.

–Se trata de un viejo caso de desaparición –aventuró.

Seguidamente le refirió los detalles del expediente y aguantó la respiración hasta que reconoció el ruido de las teclas de un ordenador mientras el otro introducía los datos en el terminal.

Berish masculló algo.

–En la base de datos no hay mucho: sólo una copia del informe del cierre de las investigaciones redactado por la policía. –A continuación, leyó–: «R.S.», de diez años... Desaparecido durante tres días... Regresa a casa voluntariamente...

–¿Por qué no se indica el verdadero nombre del chico? –preguntó sorprendido.

–Si sólo fuera eso, tampoco hay ninguna referencia a lo que le sucedió durante las setenta y dos horas en las que estuvo desaparecido.

–¿Cómo es posible?

–El informe completo está en formato papel y me consta como catalogado en la parte más antigua del archivo... Me temo que deberá venir aquí en persona, agente Bauer.

Genko ignoró la propuesta.

–¿Podría decirme qué más pone en el informe que tiene delante?

–Aquí sólo dice que, con posterioridad a los hechos, la madre y el padre renunciaron a la patria potestad. Después el niño fue confiado a una casa de acogida: la granja Wilson.

«Granja Wilson», anotó Genko en un cuaderno.

–Si le interesa, hay un resumen de la evaluación psiquiátrica –afirmó Berish–. ¿Quiere que se lo mande?

–No se preocupe, será suficiente con que me lo lea... Siempre que no sea una molestia.

–Ningún problema –le aseguró el otro. Seguidamente empezó a leer–: «A pesar de no estar afectado por ningún déficit mental, el menor presenta una difícil modulación de la afectividad que se traduce a menudo en un comportamiento superansioso acompañado de falta de inhibición sexual, malacia y enuresis.»

La malacia era la repetida ingestión de sustancias no alimenticias como tierra o papel. En cuanto a la enuresis, Genko pensó que hacerse pipí encima debía de ser una consecuencia del shock que había sufrido. En cambio, la falta de inhibición sexual lo ponía sobre aviso. ¿Qué significaba?

–«Para complicar el cuadro psíquico se añade el trastorno del sueño, que a menudo genera, al despertar, fantasías morbosas que el niño describe mediante dibujos en los que se evidencia una visión inmadura de la realidad.» –Berish hizo una pausa–. Hay algunos de esos dibujos adjuntos a la evaluación –anunció inesperadamente.

La novedad cogió a Bruno desprevenido. Visión inmadura de la realidad, se repitió.

–He cambiado de idea: ¿le importa enviarme una copia?

–Dígame su correo.

Si no le daba una dirección del Departamento, el otro comprendería en seguida que no estaba hablando con Bauer.

–Le doy un número de fax.

–Están en peores condiciones que nosotros –afirmó Berish.

Genko no sabía si era sólo una broma o una manera de hacerle entender que desde el principio no había creído una palabra de toda esa comedia.

–Pues sí –comentó con una risita forzada, y seguidamente le dio un número que no era localizable.

–Pongo en marcha nuestro viejo fax y se lo mando todo –prometió Berish–. De todos modos, le vuelvo a proponer que venga aquí, porque los informes del archivo siempre guardan sorpresas interesantes.

–Tal vez me acerque –mintió Bruno–. Mientras tanto, gracias. –Colgó y empezó a mirar el aparato que tenía en el estudio a la espera de que se encendiera.

Le asaltó la sospecha de que el tal Simon Berish no iba a enviarle nada.

Había tentado a la suerte presentándose como Bauer. Pero, después de todo, lo había hecho porque en el Limbo no se trataban casos de particular importancia para el Departamento. Y, en todo caso, el de «R.S.» se remontaba a los años ochenta y además había concluido positivamente con el regreso del niño desaparecido.

La inminencia de la muerte había mermado sus habilidades; en el pasado nunca habría cometido una ligereza parecida. Pero mientras se torturaba con esa preocupación, el fax se puso en marcha. Y, poco después, empezó a escupir una hoja tras otra.

El alivio de Genko no duró demasiado.

Al principio pensó que se trataba de un error en la transmisión, porque la impresión se repetía en todas. Pero luego se dio cuenta de que se trataba de dibujos distintos en los que estaban presentes los mismos elementos, reproducidos de manera obsesiva.

Un cielo lleno de pájaros, una ciudad o tal vez sólo un barrio de casas de protección oficial. En el centro de la hoja había una gran iglesia y, a la espalda del edificio religioso, un campo de fútbol.

Pero lo que impresionó a Genko, dejándolo sin respiración, fue el modo en que «R.S.» había representado a las personas.

Visión inmadura de la realidad. Los pequeños habitantes de ese lugar tenían la cabeza de conejo y los ojos en forma de corazón.

13

Mientras conducía por en medio del campo, el amanecer no era todavía más que un presagio en el horizonte. La luna ya había desaparecido del cielo, pero las estrellas todavía se veían. Dentro de tres horas, como mucho, el sol se levantaría y el calor empezaría a quemar de nuevo el mundo, obligando a los seres humanos a refugiarse para salvarse de ese verano apocalíptico.

Antes de salir del coche, Genko se puso otra vez el traje de lino arrugado y maloliente. Seguía llevando en el bolsillo el talismán donde Tom, el cazador furtivo, había esbozado el retrato del hombre conejo.

Se dirigía a la casa de la familia que había acogido al niño después de que sus padres renunciaran a hacerse cargo de él. Había encontrado en internet la dirección del lugar, que, al parecer, llevaba bastante tiempo sin estar activo.

Después de abandonar la carretera principal para adentrarse por un camino de tierra, el Saab recorrió un dédalo de senderos entre plantaciones de girasoles. Genko temía haberse perdido cuando por fin los faros del coche iluminaron un cartel que indicaba la dirección hacia la granja de los Wilson.

Al cabo de unos seis kilómetros, vio la silueta de una gran casa recortada en el cielo estrellado. Estaba situada sobre una colina y tenía dos cipreses montando guardia.

El Saab rebasó un arco de madera y se detuvo en la explanada delantera, al lado del granero. Bruno bajó del coche y miró a su alrededor, intentando saber si había alguien allí. Las luces estaban apagadas. Pensó que tal vez en el campo no habían invertido el día y la noche. Alargó el brazo en el habitáculo del coche y tocó el claxon para llamar la atención.

Dos perros empezaron a ladrar desde el interior de la casa. Detrás de una ventana de la segunda planta se encendió una luz. Poco después, la puerta de entrada se abrió y salió alguien. Bruno no tuvo tiempo de distinguir la figura porque inmediatamente una linterna le enfocó la cara.

–¿Quién es? –preguntó una voz femenina mientras los dos perros seguían ladrando a su lado.

–Señora Wilson –dijo Genko cubriendo sus ojos con la mano para no deslumbrarse–. Disculpe por presentarme así en su casa, pero necesito hablar con usted.

–Todavía no me ha dicho su nombre –protestó la mujer.

–Tiene razón: me llamo Leonard Muster –mintió, y dicho lo cual sacó del bolsillo de la chaqueta una tarjeta falsa–. Trabajo para la oficina del fiscal.

La mujer bajó la linterna y se quedó callada un momento. Probablemente estaba estudiando al visitante inesperado, preguntándose si podía fiarse de él.

–¿Qué quiere el fiscal de una pobre vieja a estas horas?

Genko rio.

–Una simple formalidad.

–Está bien, pase: hablaremos dentro.

Tamitria Wilson y sus dos chuchos guiaron a Genko hacia el interior de la granja. La mujer vestía un camisón largo hasta los tobillos. A pesar de tener el pelo cano, lo llevaba todavía largo hasta la espalda. Caminaba apoyándose en un bastón que seguramente había hecho ella misma con una rama. Condujo a su huésped a una espaciosa cocina con una mesa grande de roble en el centro.

Con un gesto suyo, los dos perros fueron a tumbarse junto a la chimenea apagada.

–¿Qué puedo hacer por usted, señor Muster? –dijo mientras encendía un hornillo y colocaba encima una jarra para calentar el café que tenía hecho.

Leonard Muster era una identidad ficticia de la que Bruno ya se había servido en el pasado. La tarjeta de un gris burocrático no tenía tanto poder intimidatorio como el distintivo de la policía, pero contaba con la ventaja de no representar ninguna barrera. Genko había aprendido que en ocasiones la gente proporcionaba información engañosa a los defensores de la ley porque en secreto despreciaban su autoridad. Por eso, para obtener plena colaboración, un buen investigador privado debía ponerse al nivel de su interlocutor.

–De nuevo le pido perdón por la hora, pero en la ciudad, a causa del calor, las oficinas han cambiado los turnos y ahora nos hacen trabajar de noche –dijo, esbozando una justificación–. He intentado llamarla, pero el teléfono sonaba sin que nadie contestara.

–En realidad, la línea lleva más de un año sin funcionar –afirmó la mujer con acritud–. Y a los de la compañía telefónica les importa un pimiento.

A Bruno no le costó creerlo, en vista de que no había encontrado más casas por el camino.

–Estoy aquí porque el fiscal me ha pedido que complemente la documentación de algunos casos de desaparición de menores por si se nos había escapado algo… Sabe, tras la aparición de Samantha Andretti, en el Departamento estamos todos sometidos a una gran presión, los jefes no quieren que salgan más esqueletos del armario.

–Entiendo –afirmó la mujer, aunque con poca convicción–. Pero ¿cómo puedo ayudarle yo?

–¿Sabe decirme cuántos de los niños que albergaron en la granja tenían historias parecidas a la de Andretti?

La mujer se volvió a mirarlo.

–Todos.

Genko intentó contener su asombro, no había previsto una respuesta semejante.

–¿Todos? –se decidió a preguntar.

La mujer dejó el bastón y cogió la jarra con el café del hornillo. Cojeando, la llevó hasta la gran mesa de roble junto con dos tazas de metal esmaltadas en rojo. Invitó a Bruno a sentarse en uno de los taburetes, ella hizo lo mismo.

–Mi marido y yo creamos este lugar hace muchos años –dijo, señalando algo a la espalda de Genko.

Él se volvió y vio que se refería a la foto enmarcada encima de la chimenea: en ella aparecía un hombre que posaba sonriente, con una escopeta de caza en la mano y rodeado de niños.

–No tuvimos hijos propios, de modo que decidimos dedicarnos a los hijos más desafortunados de otras personas.

–Una noble misión.

–Eso espero... –afirmó la mujer–. Mis chicos especiales, así los llamaba... Los quise como si los hubiera traído yo al mundo, desde el primero hasta el último. Y ellos nunca me han decepcionado. A pesar de que ahora no sé dónde se encuentran, estoy segura de que todavía me tienen en sus pensamientos. Todo lo que les enseñé les habrá sido útil en la vida.

Hablaba de ellos como si realmente fueran seres extraordinarios y no sólo niños con problemas. Bruno pensó que únicamente la fuerza del amor puede transformar un defecto en una virtud.

–¿Ha oído hablar alguna vez de los «hijos de la oscuridad», señor Muster?

–No –admitió Genko, pero la definición hizo que se le erizara el vello del cuello.

–Bueno, son menores desaparecidos que después encuentra la policía o aparecen inexplicablemente como Samantha Andretti –explicó Tamitria Wilson–. Los raptan hombres sin escrúpulos que abusan de ellos. Algunos escapan, a otros los dejan marchar. Pero el período de cautiverio los marca para el resto de su vida.

–¿Por qué «hijos de la oscuridad»?

–Porque a menudo los aíslan en escondrijos subterráneos, los entierran vivos. Y cuando regresan a la luz del día, es como si nacieran por segunda vez. Pero nunca más vuelven a ser los mismos.

En el silencio que siguió, la anciana sirvió el café en las tazas y le ofreció una a Genko.

El detective dio un sorbo a la bebida negra y al instante aventuró:

–Entre los casos que he estado revisando en la oficina antes de venir aquí, hay uno de un niño de diez años al que en los documentos oficiales sólo se le cita con las iniciales del nombre: «R.S.».

La mujer lo pensó un momento.

–Debería saber a cuándo se remonta su presencia aquí en la granja –afirmó.

–Más o menos a principios de los años ochenta.

Esta vez Tamitria Wilson se quedó parada, fulgurada por un recuerdo.

–Robin Sullivan –dijo de golpe.

–Fue una desaparición breve –le recordó Bruno–. Apenas tres días. Pero después la familia no quiso ocuparse más de él.

–La madre era una granuja y el padre, todavía peor –sentenció la señora Wilson con una pizca de desprecio–. No sé por qué esos dos se obstinaban en permanecer juntos. Robin siempre acababa en medio de sus peleas y luego era el único que, al final, pagaba el pato. No creo que los padres lo quisieran.

La última frase y la seguridad con la que la pronunció hicieron sentir a Genko una repentina tristeza por aquel niño.

–En su opinión, ¿qué le ocurrió a Robin durante esos tres días?

–Nunca quiso hablar de ello –afirmó la vieja, perdiéndose con la mirada en quién sabe qué pensamientos–. Era un niño frágil, extremadamente necesitado de afecto, de compasión... La presa perfecta para cualquier malintencionado.

–¿Y cómo se supo que se trató de un secuestro y que no se fugó de casa?

–Los atraen ofreciéndoles las atenciones que no tienen en otra parte –dijo ella, mirándolo–. Fingen interesarse por ellos, pero lo que quieren es sólo llevarlos a un sitio oscuro...

–Sí, pero Robin... –intentó objetar Genko.

La mujer golpeó la mesa con la mano y le clavó la mirada.

–¿De verdad quiere saber cómo puedo estar segura de que Robin fue víctima de un monstruo?

Genko no contestó.

–Por experiencia sé que, antes de desaparecer, Robin Sullivan era un niño normal. Tal vez problemático como muchos niños abandonados a sí mismos, pero normal, al fin y al cabo –confirmó ella–. Después de esos terribles días de los que nunca quiso hablar, cambió. Si ha leído su informe, sabe a qué me refiero.

–Malacia, enuresis... –enumeró Bruno, recordando el escueto archivo que le había leído el agente Berish por teléfono.

–Tragaba tierra, escombros, papel higiénico. Teníamos que vigilarlo constantemente, hubo que hacerle por lo menos seis lavados de estómago. Después empezó con los insectos. –Al recordarlo, suspiró–. También perdió el control de los esfínteres, una total regresión a la primera infancia. Nos vimos obligados a ponerle pañales, y eso no beneficiaba a su relación con los demás: se reían de él, le pegaban.

«El más débil entre los débiles», pensó Bruno.

–¿Era cerrado, solitario?

–Todo lo contrario –contestó la mujer–. Robin manifestó de inmediato una afectividad perturbada.

«La falta de inhibición sexual a la que se refería la prueba pericial», recordó el detective privado.

–¿Qué quiere decir?

–Buscaba constantemente el contacto físico con las personas. Al principio con familiares, luego con compañeros que estaban aquí en la granja. Lo hizo también conmigo y mi marido... Pero a menudo la búsqueda de afecto desembocaba en algo morboso. Cualquier gesto de Robin contenía una malicia insólita para su edad.

–Por eso sus padres no quisieron ocuparse más de él, ¿verdad?

La mujer lo miró, sombría.

–La oscuridad lo infectó.

Genko sintió el mismo estremecimiento de antes. «La oscuridad lo infectó», memorizó. Porque estaba seguro de que podía ser la clave para entrar en el mundo secreto de Robin.

–Lamento obligarla a evocar ciertos recuerdos –dijo después de dar otro sorbo al horrendo café–. Pero, como comprenderá, mi departamento se vería comprometido si se supiera que hemos ignorado el caso de otro niño secuestrado.

–¿Y qué más quiere saber? –preguntó Tamitria Wilson, perpleja.

–En la prueba pericial psiquiátrica de Robin Sullivan dice que sufría trastornos del sueño.

–Querrá decir pesadillas –se mofó la mujer–. No entiendo por qué hay doctores que usan esas palabrejas para describir cosas tan simples.

Genko la presionó.

–¿Había un elemento recurrente en las pesadillas de Robin?

–Los niños utilizan los sueños para hablar de la realidad. Cuando sienten malestar o vergüenza, dicen que ha sido un sueño.

Genko notó que Wilson se mostraba evasiva.

–Al despertar, Robin dibujaba –añadió él, observando la reacción de la mujer–. Y en esos dibujos las personas tenían facciones de conejo.

Tamitria Wilson se quedó quieta mirándolo.

–Yo sé por qué ha venido aquí esta noche, señor Muster.

Bruno temió que su tapadera hubiera saltado.

–¿Ah, sí? –esbozó, con una expresión divertida, intentando conservar la calma.

–Sí –confirmó la mujer, seria. Y, a continuación, añadió–: Tal vez haya llegado el momento de que conozca a Bunny.

14

–Camine detrás de mí y tenga cuidado dónde pone los pies.

Tamitria Wilson había abierto una trampilla en el suelo de un trastero, descubriendo una escalera que conducía al sótano. Provista de una linterna, empezó a descender lentamente los escalones con el bastón. Genko la seguía, pero al mismo tiempo le preocupaba que se cayera.

–Lo siento, pero aquí abajo no hay electricidad –se disculpó ella mientras dirigía el foco–. La granja se cae a pedazos, y yo ya no puedo seguir manteniéndola. Lo he intentado, pero un día decidí que la casa envejecería conmigo. Ambas estamos llenas de achaques y nadie puede hacer nada por evitarlo.

Bruno relacionó la situación de una anciana sola en una casa grande con el teléfono que no funcionaba. Si se sintiera mal o tuviera un accidente, Tamitria ni siquiera podría pedir ayuda. Sus adorados perritos se darían un festín con su cadáver.

–Tendría que haberme marchado hace tiempo –dijo la vieja–. Pero éste es el único sitio que conozco.

Mientras tanto, Bruno se sujetaba al pasamanos y oía crujir los travesaños de madera con cada paso que daban. No lograba ver adónde iban. Eso le preocupaba un poco, porque Tamitria Wilson no había querido darle explicaciones: debía verlo con sus propios ojos, porque de otro modo no podría entenderlo, así se había justificado. ¿Quién era Bunny? ¿No acababa de decir la vieja que estaba sola en esa casa? Cabía la posibilidad de que el hecho de estar tanto tiempo sola la hubiera afectado, pensó Genko. Quizá no tenía la cabeza muy en su sitio. Él sólo quería recopilar información sobre el destino de Robin Sullivan y marcharse, pero ahora no tenía otro remedio que seguirla hacia el sótano.

Cuando por fin llegaron al final de la escalera, Tamitria recorrió el lugar con la linterna.

Era un almacén en el que se habían amontonado camas de hierro oxidadas, colchones, muebles, cajas y otros cachivaches. Había tantas cosas que era imposible saber lo grande que era.

–Después de la muerte de mi marido, seguí adelante durante algún tiempo –explicó la mujer mientras se adentraba renqueante entre armarios a rebosar y pilas de objetos–. Pero luego el gobierno dejó de ayudarnos, no pude contratar más personal y tuve que rendirme.

–¿Cuándo sucedió? –preguntó Genko.

–El último chico especial abandonó el nido hace más o menos nueve años.

–¿Y Robin?

Tamitria se apoyó en el brazo de Genko para pasar por encima de un muro de cajas que se habían caído de un montón.

–Se fue al cumplir los dieciocho, al igual que hicieron los demás. Por lo menos le ayudé a sacarse el diploma –añadió con orgullo.

Bruno temía que la mujer tropezara en medio de todos esos trastos.

–¿No ha vuelto a tener noticias suyas? ¿No tiene su dirección o un número de teléfono?

–Una vez me envió una postal de una localidad turística del sur de la bahía –contestó la mujer mientras rodeaban una montaña de viejas revistas amarillentas–. Pero después ya nada.

Los dos chuchos no los habían seguido allí abajo, y de tanto en tanto ladraban desde lo alto de la escalera. Los gañidos se oían cada vez más distantes y Bruno no reprobaba su cobardía. Bunny, se repitió. Esperaba que valiera la pena.

Llegaron junto a una pared de ladrillos ennegrecidos por la humedad. Tamitria se paró y enfocó la linterna a los pies del muro. Bruno dio un paso adelante y vio que en el suelo había un gran baúl verde con los acabados de latón, como los de antaño. La tapa estaba cerrada con un candado.

–Aquí está –anunció la anciana señora–. Ahí dentro está Bunny.

Genko tuvo la desagradable impresión de encontrarse ante un féretro. La mujer no añadió nada más: le pasó la linterna, dejó el bastón en el suelo y se arrodilló con la cara delante de la caja.

La vio trajinar con una cadenita. Se la quitó, y Bruno intuyó que de ella colgaba una llave porque, inmediatamente después, Tamitria toqueteó el candado. Cuando hubo terminado de retirarlo, levantó la tapa. Genko no se movió.

–Alúmbreme, por favor.

El investigador se acercó e iluminó el contenido del baúl.

Dentro sólo había sábanas blancas y toallas bordadas. Un antiguo ajuar.

–Se me ocurrió guardar a Bunny aquí en medio, porque no sabía dónde meterlo –dijo la señora Wilson mientras hurgaba entre la ropa–. Tal vez debería haberlo tirado, pero una parte de mí me decía que no lo hiciera.

¿De qué estaba hablando? ¿Qué había en esa caja?

Tamitria dejó de buscar de repente. Bruno comprendió que había encontrado algo, pero la espalda de la mujer le impedía verlo todavía. La anciana observaba el objeto sujetándolo con las dos manos.

–Bunny –oyó que decía en voz baja, como si acabara de encontrar a un amigo al que no veía desde hacía tiempo.

Por fin se volvió hacia él. Estrechaba un librito en el pecho.

–Bunny llegó aquí con Robin. Siempre comprobábamos el equipaje de los chicos nuevos, no queríamos que introdujeran en casa objetos peligrosos para sí mismos ni para los demás, como un tirachinas o un cúter... Cuando abrí la maleta de Robin Sullivan y vi esto, en seguida comprendí que algo no iba bien.

Se lo tendió a Genko.

–¿Nunca ha tenido un mal presentimiento sin que pueda explicarse por qué, señor Muster? –dijo la señora Wilson.

Bruno se sorprendió a sí mismo al quedarse titubeando un momento, algo frenaba su curiosidad, una sensación. Pero a continuación cogió el librito de las manos de la mujer y lo observó.

Era sólo un viejo cómic.

Los colores de la portada estaban desvaídos, aparecía un gran conejo azul con los ojos en forma de corazón. El animal tenía un aspecto divertido y muy tierno. Sonreía. Entre las largas orejas destacaba el título del libro. Una única palabra: BUNNY.

–¿Puedo hojearlo? –preguntó a la mujer.

–Claro, adelante.

Genko miró a su alrededor y distinguió un montón de maletas. Dejó la linterna encima, de manera que le quedasen las manos libres. Abrió el cómic y empezó a explorar sus páginas. Los dibujos, en blanco y negro, eran de factura modesta. La historia que narraba era bastante infantil. Bunny abandonaba el bosque para trasladarse al parque de una gran ciudad. Allí encontraba a un grupo de niños que se convertían en sus amigos. Jugaba con ellos, se divertía.

La historia y las ilustraciones no revelaban ninguna anomalía. Pero, en vez de infundir alegría y serenidad, transmitían una sensación perturbadora. Cuanto más hojeaba las páginas, más incómodo se sentía Bruno.

La vieja tenía razón, había algo en ese cómic que no estaba bien.

Hubo una cosa en particular que lo inquietó: los adultos que aparecían en la historia no eran conscientes de la existencia de Bunny.

«Sólo podían verlo los niños.»

Genko se obligó a profundizar en la lectura. Era consciente

de que se hallaba ante un umbral. Y, a pesar de que no podía ver nada más, sabía que al otro lado algo malvado lo estaba esperando.

Estaba tan concentrado que no se dio cuenta de que la anciana llevaba un rato sin decir ni una palabra. Genko tampoco advirtió la larga sombra que se levantaba sobre su cabeza ni el rápido movimiento del aire mientras el bastón de Tamitria Wilson descendía con fuerza hacia su nuca.

La última imagen que vio fue a Bunny sonriéndole.

15

Tuvo la prueba de que estaba vivo cuando sintió el sabor de su propia sangre.

Se exploró la boca con la lengua y descubrió que había perdido un diente. Debía de habérsele partido cuando se cayó de bruces al suelo. Vieja bastarda, pensó. Las tinieblas lo envolvían, pero por el olor a polvo y moho intuyó que todavía se encontraba en el enorme sótano de la granja de los Wilson. Intentó ponerse de pie, pero la cabeza empezó a darle vueltas. Náuseas, sudor frío y palpitaciones. Aunque, curiosamente, esta vez lo que le asustó no fue que le hubiera llegado su hora.

Era casi peor que morir.

Encerrado bajo tierra, sin una vía de escape, sin luz. Enterrado vivo. Un hijo de la oscuridad, según la expresión utilizada por Tamitria Wilson para describir a los niños que habían sido raptados.

Su monstruo era una vieja coja y solitaria.

Antes de que el pánico se apoderara de él, Genko intentó razonar sobre lo sucedido. Recordaba haber estado leyendo el cómic, el rostro de Bunny, luego el repentino mazazo en la nuca. ¿Por qué lo había golpeado la señora Wilson?

Podría haberse librado de él con cualquier excusa y no dejarlo siquiera entrar en casa. En cambio, lo había llevado allí abajo para mostrarle el libro de historietas de Robin Sullivan. No tenía sentido. Tal vez simplemente estaba loca.

Buscó a tientas un asidero para sostenerse, se agarró al borde de un arcón. Clavó una rodilla en el suelo y se levantó. Notó el cuello entumecido; ráfagas de dolor agudo invadieron su campo visual. Emitió un breve quejido, sordo y profundo: era su estómago que volvía a ponerse en su sitio. Seguidamente alargó una mano en busca de la montaña de maletas donde había dejado el cómic y allí lo encontró, todavía abierto. Lo cerró y se lo guardó en el bolsillo de la chaqueta, para hacer compañía a su talismán. En ese momento, también se dio cuenta de que ya no tenía la cartera, el móvil ni la tarjeta falsa que le habría mostrado a la mujer al llegar.

«No se me ha caído. Lo ha cogido ella.»

Lo primero que tenía que hacer era volver a la escalera que conducía a la superficie. Pero no recordaba el trayecto que había seguido para llegar hasta el baúl verde. Iba a ser difícil moverse hacia atrás en la absoluta oscuridad. A pesar de todo, no quería rendirse sin al menos intentarlo.

De modo que tendió los brazos hacia delante y empezó a tantear la oscuridad en busca de un camino.

Mientras avanzaba, intentaba reconocer los objetos que se le ponían delante. La hoja de un armario, un perchero, una lámpara. De vez en cuando las rodillas chocaban con algo y, así, tropezó en un par de ocasiones. Genko, sin embargo, sólo estaba concentrado en su propia respiración.

«Mientras quede aire en los pulmones», se recordó a sí mismo la promesa que le había hecho a Linda.

El plan era llegar a la trampilla de acceso al trastero. Estaba seguro de que la encontraría cerrada, tendría que intentar derribarla golpeándola con los hombros. Pero no estaba nada convencido de poder conseguirlo, le había parecido bastante robusta. Una vez fuera, estaba seguro de que se encontraría delante a Tamitria Wilson y su bastón. Y quizá la mujer tuviera un arma en casa;

recordó la escopeta de caza que empuñaba el señor Wilson en la foto de la chimenea. A Bruno Genko no le gustaban las armas. En su trabajo sólo un par de veces había necesitado una, y nunca había tenido que disparar una sola bala. Pero sabía manejarlas y se entrenaba regularmente en un polígono privado. Tenía dos pistolas. Una Beretta, que guardaba en la caja fuerte de su estudio, y una semiautomática que estaba oculta bajo la rueda de recambio del Saab en una funda de plástico. En ese momento no podía acceder a ninguna.

Avanzó lentamente sin saber qué le estaría esperando, hasta que las yemas de sus manos tocaron algo viscoso y duro. Advirtió que había acabado en un callejón sin salida, ya que tenía delante una pared de ladrillos.

–¡Mierda! –exclamó.

Pero no había motivo para enfadarse. Tal vez esa situación era un ensayo de lo que le esperaba después de la muerte. Un oscuro infierno sólo para él. El justo castigo por los pecados que había cometido en el transcurso de su vida. Por el contenido de la caja fuerte de la habitación 115 del Ambrus Hotel, se dijo. Y se avergonzó. Pero después oyó unos sonidos bajos y sofocados que procedían de su izquierda.

Un lamento. No, era una voz.

Se movió hacia esa dirección. Palpando la pared, poco después encontró una especie de columna. La examinó con más atención. Se trataba de un grueso tubo de hierro conectado a la superficie. Lo supo porque en el interior hueco resonaba la voz que había escuchado un momento antes.

Procedía de la casa que estaba justo encima de él.

Como no podía entender lo que decía, Genko pegó el oído al metal. Los sonidos eran confusos, pero le pareció reconocer la voz de Tamitria Wilson. Las palabras se desvanecían antes de adoptar un significado. Bruno intentó concentrarse más. Imposible, el grosor del tubo impedía comprender el sentido de esa especie de canto gutural. Pero entonces de repente el conducto captó mejor la voz y las palabras se hicieron más claras. La mujer debía de haberse acercado al punto bajo el que se encontraba él y por fin Genko consiguió percibir algunas frases.

–... Me ha mostrado una tarjeta falsa. Pero después le he cogido la cartera y he descubierto por la documentación que se llama Bruno Genko y es detective privado. Maldito...

Estaba muy furiosa. No podía saber con quién hablaba porque nadie contestaba a sus invectivas. Estará hablando sola, vieja loca. O tal vez con sus perros, se dijo Bruno.

–... Lo he llevado con Bunny, ¿qué iba a hacer? No se me ha ocurrido nada más. Y luego he pensado que cuando estuviera allí abajo le daría un golpe en la cabeza. De hecho, he aprovechado en cuanto me ha dado la espalda...

Bruno no sabía si tomarla con ella o consigo mismo por haberse dejado engañar de una manera tan idiota.

–... No lo había visto antes de esta noche. No sé si lo ha enviado alguien...

No parecía que dijera la última frase por casualidad. Parecía más bien una respuesta. Sintió un frío repentino, como el beso de un espectro. No está hablando sola, se dijo.

–... He pensado en avisarte en seguida...

Estaba al teléfono con alguien. La línea fija no funcionaba, pero la vieja debía de tener un móvil.

–... Lo he encerrado abajo... Sí, puedes estar tranquilo: de ahí no puede salir...

¿«Quién» podía estar tranquilo? ¿A quién se dirigía la vieja? Bruno tuvo un mal presentimiento. Se había metido él solo en esa trampa, y las cosas estaban a punto de empeorar. ¿Quién era el misterioso interlocutor de Tamitria Wilson?

–... Está bien, entonces te esperaré...

Genko dejó de buscar una respuesta.

Quienquiera que fuera estaba al llegar.

16

Está viniendo a por mí.

Cada vez le costaba más respirar, se sentía como un ratón encerrado en una caja. ¿Cuánto tardaría el hombre del teléfono en llegar a la granja? ¿De cuánto tiempo disponía para que se le ocurriera algo? Vagaba por el almacén sin fijarse dónde ponía los pies. Estaba ocupado buscando un objeto con el que defenderse, pero en la oscuridad era difícil orientarse.

Hasta unas horas antes, la idea de que le quedaba poco tiempo de vida era una especie de superpoder que lo hacía sentir invulnerable. Total, nada podía ser peor, ¿no? Ahora, en cambio, se sorprendía por cómo su instinto de supervivencia todavía tenía tanta fuerza en su interior. El miedo que sentía era prueba de ello.

Vendrá, y será el final.

Resbaló y se desplomó sobre un montón de cajas de hojalata que cayeron ruidosamente al suelo, también algo de cristal se rompió en mil pedazos. Acabó tumbado en el suelo, boca abajo, con los brazos extendidos hacia delante. Sin querer, la mano derecha se había metido en algo blando. Parecía la madriguera de un insecto grande. Al levantar el brazo, arrastró consigo unos filamentos, parecidos a una tela de araña. Intentó quitársela de encima rápidamente, con repulsión. Pero, al examinarlos más atentamente con el tacto, se dio cuenta de que sólo era lana. Debajo de él había una cesta de ovillos.

Mientras intentaba calmarse, comprendió que ya había perdido el control. En ese momento, sin embargo, notó un leve resplandor frente a él. Había encontrado la escalera que conducía a la trampilla del trastero.

Subió por ella.

En lo alto de los escalones, la luz del piso de arriba se filtraba entre las ranuras del postigo de madera. De vez en cuando la interrumpía una sombra al pasar. Eran los perros, que montaban guardia ante la salida. Genko apoyó el hombro derecho en la trampilla e hizo palanca con la intención de levantarla. Como había previsto, al otro lado había un cierre; por el ruido metálico supo que se trataba de un pestillo. La enfermedad había minado su cuerpo: estaba demasiado débil, no iba a conseguir arrancarlo.

Pero, desde la posición en la que se hallaba, podía intuir mejor lo que sucedía en la superficie. Reconoció el sonido del bastón de Tamitria Wilson al acompañar la cojera de la pierna que arrastraba. Juntos producían un ritmo obsesivo, casi hipnótico; un golpe y un breve frotamiento, un golpe y un breve frotamiento, y así sucesivamente.

Olía a café recién hecho y a galletas. La vieja bruja trasteaba en la cocina a la espera de su invitado.

Le pareció reconocer el ruido de un coche que llegaba. Oyó alejarse a la señora Wilson. Al cabo de unos minutos, la oyó regresar. Por el número de pasos en el suelo, comprendió que ya no estaba sola.

–He pensado en llamarte porque he visto en seguida que algo no iba bien –estaba explicando la mujer. –Su tono de voz ya no tenía la dureza de un rato antes, ahora era amable–. Como te he anticipado por teléfono, ese charlatán me ha hecho un montón de preguntas sobre los chicos que vivían aquí, cuando en realidad sólo le interesaba uno.

Al parecer, había sido suficiente con nombrar a Robin Sullivan para provocar la inquietud de la anciana. Genko se dio cuenta de que había abierto una peligrosa puerta hacia el pasado. Desde allí se había precipitado a un abismo desconocido y ahora la única vía de escape se estaba cerrando rápidamente tras él.

–Lo he registrado bien: no va armado. Aquí tienes el móvil y la documentación –afirmó Tamitria mientras probablemente le mostraba los objetos que le había quitado.

Bruno se sintió como un estúpido. Normalmente, cuando tenía que hacer una visita a domicilio, siempre escondía en alguna parte el teléfono y la cartera; en el buzón de algún vecino, o los metía en algún recoveco del compartimiento del motor del Saab. Ahora esos dos sabían demasiado de él.

–Está abajo. Se ha recuperado del golpe porque hace poco he oído ruido. Ahora hace un rato que está tranquilo, a lo mejor se ha escondido o está cavilando algo.

El huésped de Tamitria escuchaba y seguía callado.

–No tengo ni idea de por qué ha venido a meter las narices –prosiguió la anciana.

En ese momento, Genko los oyó caminar y moverse en su dirección. El corazón enfermo de Genko era un pistón en su pecho, parecía que iba a estallar de un momento a otro, tal y como habían pronosticado los médicos.

Cuando llegaron junto a la trampilla, ambos se pararon. Bruno se acercó a una de las rendijas, quería verle la cara al hombre que estaba con Tamitria Wilson. Pero la posición de ella se lo impedía.

–¿Qué quieres hacer con él? –preguntó la mujer.

«Buena pregunta», se dijo Genko. A él también le hubiera gustado saberlo.

Sin embargo, el huésped no contestó.

No era buena señal, pensó el investigador. A continuación, se oyó un disparo. Transcurrieron unos segundos de silencio absoluto. Bruno se estaba preguntando qué estaba ocurriendo cuando de repente apareció el ojo de la vieja bruja en la rendija.

Se apartó rápidamente, pero era demasiado tarde.

Supuso que Tamitria Wilson se pondría a gritar. En cambio, la mujer no dijo nada. Siguió mirándolo, hasta que un reguero de sangre se deslizó por su iris inmóvil.

Estaba muerta.

Genko retrocedió lentamente por la escalera de madera intentando no hacer demasiado ruido. Al mismo tiempo, seguía vigilando la trampilla, ya que suponía que se abriría de un momento a otro. Consiguió llegar hasta las tinieblas del almacén subterráneo y se apostó detrás de un mueble mientras se mantenía a la espera.

Aquí abajo ambos estaremos a oscuras, él no querrá correr riesgos. Me sacará de aquí con humo, pensó. O peor aún: incendiará la granja y dejará que sean las llamas las que se ocupen de mí y del cuerpo de la vieja. Pero Bruno descartó la idea de inmediato. No lo hará, se dijo. Antes debe recuperar algo que le importa demasiado. Se llevó una mano a la cadera y acarició el ejemplar del cómic que guardaba en la chaqueta.

Bunny. Él nunca dejaría que se quemara.

Rogó tener razón, y mientras tanto transcurrieron unos interminables minutos más. Luego, al fin, sucedió algo. Oyó cómo descorría el pestillo. La trampilla empezó a levantarse. La luz del trastero se metió por la abertura, deslizándose como un arroyo por las escaleras hasta el suelo del almacén, donde se recogió alrededor de una larga sombra negra.

«Ahí está», se dijo Genko. «Adelante, ven aquí abajo. Ven a por mí, ánimo.»

Pero el hombre no se decidía. Bruno reconoció el ruido de la corredera de una pistola automática. Era una advertencia: el huésped quería que supiera que la siguiente bala sería para él. Por fin dio el primer paso hacia el abismo. A continuación, un segundo, un tercero. Genko se asomó un poco más desde su escondite y supo que el otro había llegado a la mitad de la escalera. Cogió del suelo las extremidades de los hilos de lana que había encontrado en la cesta de ovillos y tiró con fuerza.

Vio que la telaraña se desplegaba en el momento exacto en el que su presa quedaba atrapada dentro.

El desconocido intentó liberarse de la trampa. Pero, como estaba desprevenido, perdió el equilibrio y se precipitó hacia delante. Genko siguió la parábola como si pasara a cámara lenta y lo vio planear hasta el suelo. Produjo un ruido sordo, acompañado de un quejido. Aunque no era de dolor, sino que estaba cargado de rabia.

Genko aprovechó el momento, dio un salto hacia delante y corrió hacia la escalera.

Saltó por encima del hombre mientras éste forcejeaba intentando soltarse. También extendió un brazo para agarrarlo; Bruno notó en el tobillo la caricia de los dedos a los que se les escapaba la presa. Subió los escalones de dos en dos, en busca de la trampilla que lo esperaba con las fauces abiertas. Antes de zambullirse en medio de la luz, oyó el sonido inconfundible de un disparo. La bala le rozó una oreja. Genko se agarró al suelo del trastero y, con un caderazo, consiguió meterse en el cuchitril. Se encontró delante la mirada aterradora de Tamitria Wilson. Estuvo a punto de volver a caerse hacia atrás, pero logró evitar lo peor y aterrizó de costado. Aunque se había quedado sin respiración, se volvió rápidamente con la intención de cerrar el postigo y dejar al hombre encerrado en el sótano. Un segundo disparo lo hizo desistir: la bala fue a impactar contra la madera y cayeron sobre Bruno una miríada de astillas. Presa del pánico, se desentendió de la trampilla y huyó sin mirar atrás, precipitándose hacia la salida.

El breve trayecto le pareció interminable. Cuando por fin llegó a la puerta, agarró de la manija, la bajó y tiró de ella. Pero la puerta no se abrió. No había previsto la posibilidad de que estuviera cerrada con llave.

Oyó los pasos subiendo rápidamente por la escalera a su espalda.

No se volvió a mirar. Era absurdo, pero estaba convencido de que si lo hacía moriría al instante. Empezó a dar patadas a la puerta de manera casi histérica, manifestando una voluntad de salvarse bastante singular para alguien que ya había gastado su ración de vida.

Los pasos se detuvieron detrás de él.

Me está apuntando, se dijo a la espera de oír la bala perforándole la carne. Sin embargo, tuvo tiempo de localizar una ventana en el salón. Con la única fuerza de la desesperación, corrió hacia ella, la levantó y pasó al otro lado.

Una vez fuera, vio el Saab. Todavía estaba donde lo había aparcado, a unos veinte metros del porche. Quince, diez, cinco. «No me dispara, ¿cómo es posible?» Bruno rodeó el vehículo, se agachó al lado de la rueda y se arrastró hacia el lado del conductor. Abrió la portezuela y saltó sobre el asiento. Manteniendo en todo momento la cabeza gacha por miedo a que lo alcanzara un disparo a través del cristal trasero, buscó la llave que providencialmente había dejado en el cilindro del contacto. Piso el acelerador con el pie. El motor produjo un estertor prolongado, como si fuera a ahogarse. Pero luego el carburador asimiló el exceso de gasolina y el coche arrancó de golpe. No fue hasta ese momento que Genko se incorporó en el asiento. Por el retrovisor echó un último vistazo a la casa y entrevió una figura perfilarse detrás de la misma ventana por la que un momento antes había logrado escapar.

El conejo Bunny lo estaba saludando.

17

–Sam, háblame de la puerta.

Oye la voz del doctor Green, pero no logra contestarle. Su mente está bloqueada en el laberinto, delante de la puerta de hierro tras la que se oculta un sonido obsesivo.

Parecido a un ratón royendo o a un insecto masticando.

–¿Quién hay detrás de la puerta, Sam?

–Hay alguien conmigo en el laberinto...

Otra voz se superpone a la del doctor Green, pero no está en la habitación del hospital. Es una voz fina. Otra niña. Rasca la puerta y llora.

–Eh, tú, ¿me oyes? –le dice.

No hay respuesta.

–¿Puedes oírme?

Sorbe por la nariz.

–¿Cómo te llamas?

No hay manera.

–¿Estás sorda? –No, lo cierto es que oye perfectamente. Sólo está asustada. Muerta de miedo–. Escucha: no debes tener miedo, no quiero hacerte daño. Soy como tú, a mí también me pasó lo mismo. Y ahora me encuentro aquí y no sé dónde estoy. –Siente una extraña euforia. Lo sabe, es egoísta. Pero se alegra de no

estar sola–. Te prometo que te ayudaré. –Le está mintiendo, es consciente de ello porque ella también necesita ayuda. Debería decirle: «Nadie te ayudará aquí abajo». En cambio, le miente. El hecho es que no quiere perder a su nueva amiga–. Es sólo un juego –le dice–. Es fácil, no tienes más que respetar las reglas. –Debería añadir que las reglas las decide él, pero no lo hace–. Yo me he dado cuenta al cabo de un tiempo, pero cuando comprendes el mecanismo entonces es todo más sencillo… Él sólo quiere jugar con nosotras.

–¿Quién es él? –pregunta por fin una vocecita apagada al otro lado de la puerta.

No sé, piensa. Tal vez es Dios. Porque allí abajo él es Dios y decide si vas a estar bien o mal, si debes vivir o morir. Y te pone a prueba con sus juegos.

–Él nunca responde a mis súplicas. Depende sólo de nosotras… Podemos escoger si jugar o no. Pero si no juegas, no recibes comida ni agua… Si no juegas, no sobrevives…

–¿Cuántos juegos has hecho? –pregunta la voz.

–Muchos… –Ya ha perdido la cuenta–. Pero ya verás, te gustará. –Es absurdo. ¿Cómo le va a gustar? ¿Por qué le ha dicho algo así? Ese lugar no tiene nada de agradable, «agradable» es la palabra menos adecuada para definir lo que sucede en el laberinto. Lo odiarás, debería haberle dicho. Lo odiarás todo, incluso a ti misma por lo que él va a obligarte a hacer–. Ahora sólo tenemos que ver la manera de que puedas salir de ahí –dice mientras tantea la solidez de la puerta de hierro.

–Tengo la llave.

La información la coge desprevenida.

–¿Y a qué esperas? Abre y sal…

Silencio.

Pero ella no desiste.

–¿Tienes hambre? Tengo comida aquí…

Ninguna reacción.

–¿No te fías? –Tal vez tenga razón, con todas las mentiras

que le ha contado–. No te hagas la estúpida. –Está perdiendo la paciencia–. Ya te lo he dicho: no voy a hacerte daño. –Es frustrante–. Pero si quieres quedarte ahí encerrada, tú misma... Morirás ahí dentro, ¿lo sabes? –Se siente como un gusano por la frase que acaba de decirle. Todavía recuerda su primer día en el laberinto; se sentía aterrorizada por todo–. Está bien, perdona... Es que hace demasiado tiempo que no hablo con nadie. No me parece real que estés aquí. Yo... –Está llorando, llora y se detesta por ello–. Yo... sólo querría que fuéramos amigas.

Un ruido metálico interrumpe el silencio. Es una llave girando en la cerradura, dos, tres vueltas.

No se lo puede creer: la ha convencido.

La puerta de hierro se abre, pero sólo una rendija. Oye unos pasos alejándose; retroceden, prudentes. Entonces con una mano empuja la puerta, se va abriendo lentamente y aparece una chiquilla asustada, de pie en el centro de la habitación. Lleva un camisón rasgado en varios puntos. Va descalza y le sangran los pies. El pelo rubio y la cara están manchados de barro. La mira con unos ojos muy azules. Tiene los brazos cruzados detrás de la espalda y se balancea, igual que una niña.

–Hola –le dice.

–Hola –contesta ella. Se dispone a acercarse, pero la niña retrocede. Comprende que todavía desconfía. –De acuerdo, para ganarse su confianza hace falta tiempo–. Ven conmigo, tengo ropa limpia que te irá bien. –Le tiende la mano, pero la otra no le devuelve el gesto–. Te mostraré dónde me he instalado, la habitación en la que tengo todas mis cosas. También hay un colchón, puedes descansar en él si quieres. –Pero la perspectiva no debe de parecerle atractiva, porque todavía no se mueve–. Tienes que alimentarte, dormir. Si no, no estarás preparada.

–¿Preparada para qué? –pregunta.

–Para un nuevo juego –le responde–. Nunca se sabe cuándo puede empezar. Pero te lo explicaré todo, te lo prometo. –Le da

la espalda y se dirige hacia el pasillo porque espera que al final se decida a seguirla.

–Lo sé todo –dice la niña.

Se queda sorprendida. ¿Qué significa que ya lo sabe todo?

–El juego soy yo.

Las últimas palabras resuenan en su cabeza como una bola de la máquina del millón. Se está girando y ya ha notado un cambio por el rabillo del ojo. La niña suelta los brazos que hasta ahora tenía cruzados detrás de la espalda y Sam ve aparecer un reflejo brillante a la altura de su costado. Es la luz del neón reflejada en la hoja del cuchillo cuando lo saca.

–Él ha dicho que debo hacerlo –dice mientras lo levanta–. Porque si lo hago, podré irme a casa.

¿Cuántos pasos las separan? ¿Una decena? El instinto desarrollado en el larguísimo cautiverio le sugiere que sólo tiene tres opciones ante sí. Escapar. Luchar. Sucumbir. Está a punto de escoger la primera, pero se lo piensa mejor. Y en vez de salir corriendo, se abalanza contra la niña. Y ella hace lo mismo, porque ha visto sus intenciones. Ambas se dirigen a la puerta de hierro, que marca la diferencia entre la vida y la muerte. Sam tiene ventaja, pero debe arrebatarle la llave. Alarga un brazo, curva la muñeca, flexiona los dedos. La coge. La saca. La tiene en el puño. Tira de la puerta en el momento en que su adversaria se engancha al borde con ambas manos, dejando caer el cuchillo. Lo siguen las dos con la mirada mientras se precipita hacia el suelo. Inmediatamente ella tira lo más fuerte que puede, mientras la otra clava los pies y grita:

–¡No! ¡No! ¡No!

La puerta se cierra con un fuerte estrépito que retumba en todo el laberinto. Es lo bastante rápida para meter la llave en la cerradura. Las manos le tiemblan, pero consigue dar la primera vuelta. Después la segunda. La tercera. Y mientras tanto la niña sigue gritando, y llora. Y ella la odia. La odia muchísimo. A continuación, ella también empieza a gritar.

–Se ha acabado... Sam, ¿me oyes? Se ha acabado.

El doctor Green la estrechaba en un abrazo. Pero ella seguía debatiéndose.

–Escucha, Sam, ahora estás a salvo. No te pasará nada.

Temblaba de la desesperación y no podía parar.

–Quiero que respires profundamente... Adelante...

Ella lo intentó y por un instante pareció que lo conseguía.

–No te rindas ahora, Sam.

Efectivamente, se sintió mejor.

–Yo no quería... –dijo con un hilo de voz.

–¿Qué es lo que no querías? –preguntó Green abrazándola.

–Te lo ruego, perdóname...

–¿Por qué tengo que perdonarte, Sam? No has hecho nada...

Pero Green no entendía que no era ella quien hablaba, sino la niña del laberinto.

–Abre, por favor. Perdóname –implora la niña detrás de la puerta cerrada–. ¡Te lo ruego, no me dejes aquí!

La oye desde su habitación, pero ha decidido no contestarle. Se queda sentada sobre el colchón, con las rodillas pegadas al pecho, la mirada perdida en el vacío. Y la ignora.

–No lo haré más, créeme.

Ahora es ella la que no puede fiarse. La niña no le ha dejado otra opción. Son las reglas del juego. Y ahora el juego prevé que la niña encerrada en la habitación siga gritando y llorando mientras tenga fuerzas.

–No sé cuánto tiempo duró...

–¿De qué hablas, Sam?

–Tal vez fueron días, o semanas... Mientras tanto, yo sabía lo que estaba sucediendo detrás de aquella puerta. Al principio ella quería que la liberara. Suplicaba, a veces me maldecía. Después empezó a pedir comida, y agua. Luego ya nada... Ya no dijo ni una palabra... Pero yo sabía que todavía estaba viva, lo sabía... Y no hice nada, no moví un dedo... Debería haber abierto la puerta... Pero él me puso a prueba, quería saber si yo era capaz de resistir, si sentiría más pena por ella o por mí. Ése era el objetivo del juego…

Green había dejado de abrazarla.

Ella se dio cuenta y lo miró.

–Y cuando empecé a notar el olor, comprendí que había ganado yo.

18

–A principios de los años ochenta, Robin Sullivan tenía diez años; en la actualidad debería tener cerca de cincuenta. –Todavía no había amanecido y ya hacía un calor insoportable. El ventilador del techo giraba demasiado despacio para mover el aire estancado de la pequeña oficina de la comisaría de policía. Las aspas producían un triste chirrido, parecido a un reclamo para pájaros. A Genko le molestaba, pero aun así intentaba explicar lo que había descubierto–. Deberíais cursar una orden de búsqueda y captura.

Bauer estaba apoyado en la mesa y se secaba el sudor del cuello con un pañuelo de papel. Delacroix estaba frente a Bruno, sentado a horcajadas en la silla y con los brazos cruzados bajo la barbilla. Ninguno de los dos se esforzaba siquiera en parecer interesado.

–Vamos, chicos, que he tenido una nochecita... –intentó protestar el detective privado.

Tenía rasguños en la cara de las astillas de madera que había salido despedidas de la trampilla. Y no paraba de venirle a la mente la imagen de Bunny mirándolo desde la ventana de la granja mientras se iba.

El policía blanco hizo una bola con el pañuelo y la lanzó hacia una papelera, fallando por poco. El otro suspiró, como si estuviera sopesando la información.

–A ver si lo entiendo: ¿estás afirmando que ese tal Robin Sullivan mató a una mujer y luego también intentó acabar contigo?

Sólo con dos balas, en realidad. Porque después dejó de dispararle. «¿Por qué lo había hecho?»

–Si vais a comprobarlo, encontraréis el cadáver de la vieja.

–¿Por qué motivo iba a querer eliminarte? Sigo sin entenderlo... –lo despachó Bauer.

Era desalentador.

–Porque he llegado hasta él –dijo Bruno como si fuera lo más evidente del mundo–. Es el hombre que estáis buscando, el secuestrador de Samantha Andretti. –Se imaginaba un poco más de entusiasmo después de semejante revelación–. Pensadlo bien: Robin Sullivan fue un «hijo de la oscuridad» –afirmó citando a Tamitria Wilson–. De pequeño lo raptaron durante tres días y después ya no volvió a ser el mismo. –«El niño nunca había querido revelar lo que le había sucedido», recordó el investigador.

–¿Y qué más? –preguntó Bauer otra vez.

Genko se los quedó mirando.

–Estáis de broma, ¿verdad? –Abrió los brazos–. Sólo tenéis que abrir cualquier manual de psiquiatría: alguien que de pequeño ha sido víctima de abusos tiene más posibilidades de repetir de adulto los mismos comportamientos con víctimas inocentes.

«La oscuridad lo infectó», dijo la señora Wilson refiriéndose a Robin.

–Pero, si lo he entendido bien, se trata sólo de una conjetura –replicó Bauer–. Porque no le has visto la cara al hombre que te ha disparado.

Rememoró los momentos en que la había emprendido a patadas con la puerta de entrada para escapar de la granja. Oyó otra vez el ruido de los pasos a su espalda. El terror incluso le había impedido volverse a mirar al hombre que lo seguía, mientras éste por su parte vacilaba en vez de disparar. «¿Por qué había titubeado?»

–Ya os lo he dicho: llevaba la cara tapada. –No había especificado que se trataba de una máscara de conejo. Y teniendo en cuenta el crédito que daban al resto de la historia, había hecho bien.

–Por eso, aunque encontrásemos a Robin Sullivan, no serías capaz de reconocerlo. –Bauer sacudió la cabeza–. Y vuélvemelo a contar: ¿cómo llegaste hasta esa tal Tamitria Wilson?

–¿Tengo que recordarte que no estoy obligado a desvelar mis fuentes? –Pero el policía lo sabía perfectamente, sólo quería jugar con él.

–Qué raro, porque por ahí tenemos a un cazador furtivo llamado Tom Creedy que afirma que hace poco se le acercó un tipo en un bar que olía asquerosamente y que le hizo un montón de preguntas sobre Samantha Andretti y que además lo intimidó. –Bauer se volvió hacia Delacroix–. ¿Tú crees que es suficiente para acusarlos a ambos de secuestro?

Genko sonrió, no podía creérselo.

–¿Y también os ha hablado del tipo de la cabeza de conejo? –preguntó a bocajarro–. Porque, las cosas claras, chicos, si vais a usar al querido Tom contra mí, también tendréis que hacer público ese asunto del hombre conejo y el hecho de que vuestro principal testigo necesita una evaluación psiquiátrica.

Los dos hombres no se inmutaron.

–¿Qué sabes de esa historia? –preguntó, en cambio, Delacroix.

Genko no había mencionado a Bunny ni el cómic. Eran los elementos más débiles de la investigación, ni siquiera él había comprendido todavía qué papel jugaban ni su significado.

«Sólo los niños pueden ver el conejo», recordó.

–Si fue Tom Creedy quien te llevó hasta Tamitria Wilson, entonces te reveló algo que no nos dijo a nosotros –lo apremió Delacroix.

–¿O deberíamos creer que sólo te coló la trola del hombre conejo? –afirmó Bauer desdeñoso.

«Tanto si lo crees como si no, así es como fue», pensó Bruno, pero no replicó.

Delacroix intentaba ser conciliador.

–A lo mejor Creedy, involuntariamente, te proporcionó un detalle que luego olvidó, porque no lo consideraba esencial.

–Estáis perdiendo el tiempo –los interrumpió Genko–. No he venido aquí sólo para denunciar un homicidio, ¿está claro? Estoy aquí para echaros una mano, os he dicho lo que sé y os he invitado a que lo comprobéis. He cumplido con mi deber como ciudadano, y ni siquiera estaba obligado a ello. Y en calidad de tutor legal de Samantha Andretti...

Bauer dio un salto hacia él y lo cogió por la pechera de la chaqueta.

–Oye, gilipollas, hemos localizado a su padre. Cuando le dijimos tu nombre, nos contó que hace quince años les sacaste un montón de dinero y desapareciste.

No iba del todo desencaminado, pensó Bruno.

–Así que ya sé lo que tienes en mente: intentas promocionarte alardeando de un encargo que nadie te ha asignado. Sólo eres un asqueroso parásito.

Bruno ni siquiera intentó rebatir las acusaciones. Al cabo de unos segundos, Bauer le soltó la chaqueta y volvió al sitio donde estaba antes.

El móvil de Delacroix se puso a sonar. El policía contestó y escuchó brevemente.

–De acuerdo, gracias.

Cuando colgó, se volvió hacia Bruno.

–La patrulla que hemos enviado a la granja Wilson no ha encontrado ningún cadáver.

Genko habría querido rebatir que era previsible que Robin Sullivan se desembarazara del cuerpo. Pero no lo hizo, porque Delacroix todavía no había terminado.

–Sin embargo, los agentes han dicho que había señales de lucha en la casa. Además, en la trampilla que conduce al sótano, había arañazos compatibles con un disparo.

–¿Han encontrado el móvil de la señora Wilson? Así podréis rastrear la última llamada –preguntó Genko.

–No había ningún móvil.

Nadie dijo nada durante un rato. A continuación, alguien llamó a la puerta del despacho. Bauer fue a abrir.

–Disculpad, el doctor Green quiere hablar con vosotros –dijo un agente joven.

–Voy en seguida –dijo Delacroix dirigiéndose a Bauer, su colega captó el mensaje y los dejó solos. El policía de color se levantó de su sitio–. El hombre al que estamos persiguiendo es muy peligroso –dijo.

–Puede que yo ya lo sepa, teniendo en cuenta que ha intentado matarme –ironizó Bruno.

–No, no lo sabes –le advirtió el otro. Estaba muy serio–. No es una advertencia ni un consejo para que te olvides de esto. Cuando hablo de peligro me refiero a que es capaz de perversiones que ni tú ni yo no seríamos capaces ni de imaginar... Green lo ha definido como un «sádico virtuoso». Forma parte de una categoría de psicópatas que los analistas llaman «consoladores».

Genko asimiló el término, nunca lo había oído. Intuyó que ese Green era el analista de métodos poco ortodoxos encargado de ocuparse de Samantha Andretti.

–La palabra «consolador» en seguida me hizo pensar en una acepción positiva –siguió diciendo el policía–. Al fin y al cabo, el raptor de Samantha la mantuvo con vida durante quince años. Incluso se podría pensar que no tuvo valor para matarla, que se ocupó de ella y que incluso podía sentir compasión. Pero me equivocaba... –Delacroix se mordió el labio, parecía muy afectado por lo que contaba–. A diferencia de un asesino en serie, un sádico consolador no se conforma con matar: la muerte es un hecho puramente marginal.

Bruno pensó en Bunny y en el hecho de que le hubiera perdonado la vida.

–El objetivo principal de estos psicópatas es transformar a la víctima en un ser abyecto –prosiguió el policía–. En la prisión de un consolador se somete a la víctima a pruebas crueles, se la subyuga con el miedo, se la obliga a cometer actos abominables. De este modo es como se «consuelan» a sí mismos por el hecho de ser unos monstruos.

Bruno no replicó.

Delacroix se levantó.

–Si cometes un error y acabas en manos de ese maníaco, rezarás por morir deprisa –concluyó. Seguidamente, le dedicó una última mirada de reprobación y se fue dejando la puerta abierta.

Fuera de la sala había un continuo ir y venir de agentes. Genko se sintió fuera de lugar en medio de todos esos uniformes. Antes de salir, respiró profundamente y después resopló. Debería haberse imaginado que los dos policías no se creerían su historia. Mientras consideraba la idea de tomarse un café solo en el Q-Bar, vio pasar un gran perro peludo por el pasillo.

Hitchcock, recordó.

Después también oyó unos gritos. Fue a ver qué estaba ocurriendo. Desde el umbral, vio a Simon Berish llegar casi a las manos con Bauer. Los agentes hacían esfuerzos por separar al policía del Limbo de su colega.

Es culpa mía, se dijo Bruno recordando la llamada en la que se había hecho pasar precisamente por Bauer para obtener información sobre el informe de «R.S.».

Se dio cuenta de que el perro grande lo miraba. Y antes de que Berish advirtiera su presencia, se escabulló hacia la salida.

19

«Si cometes un error y acabas en manos de ese maníaco, rezarás por morir deprisa», había dicho Delacroix.

Bruno Genko no tenía el problema de morir deprisa. Porque, de hecho, ya se estaba muriendo, deprisa.

Sin embargo, cuando el policía afirmó que la categoría de criminal a la que pertenecía Bunny no estaba interesada en matar a sus víctimas, se le había roto algo por dentro. Porque en la granja de los Wilson, cuando estaba atrapado delante de la puerta cerrada y sabía que tenía al monstruo a su espalda, Bunny titubeó en vez de disparar.

Me quería con vida, pensó Genko mientras se dirigía al Saab en el aparcamiento de la comisaría. Quería llevarme al almacén del sótano. Arrastrarme allí abajo, a la oscuridad. Y mostrarme de qué es capaz.

Se metió en el coche, pero esperó un rato antes de ponerlo en marcha. ¿Cuánto hacía que no dormía? Estaba agotado. Descartó la idea del café en el Q-Bar porque ya estaba harto de policías. Podría pasarse a ver a Linda y pedirle que le preparase el desayuno. Quizá también podría tumbarse en su sofá y descansar al menos media hora, velado por los unicornios. No parecía una mala idea, ya que sin duda estaría preocupada porque no había vuelto a llamarla. ¿Cómo iba a hacerlo? Bunny tenía su cartera y el móvil. Por suerte, se había llevado de la granja lo más importante.

Metió una mano debajo del asiento del pasajero y sacó el cómic. El simpático conejo le sonrió, siniestro.

A pesar de no ser ningún experto en la materia, Bruno se dio cuenta de que en la cubierta aparecía sólo el título y nada más. Dio la vuelta al cómic y vio que en la contracubierta tampoco había nada escrito. Examinó el interior y advirtió que faltaba el nombre del editor y la referencia al lugar de impresión. No constaba el precio de venta ni tampoco ningún código de barras. Qué raro, pensó. Pero estaba convencido de que detrás del misterioso origen del librito se escondía algo. Por eso se olvidó en seguida de Linda y de sus unicornios: ahora, más que nunca, debía saber qué significaba el cómic.

Los adultos no ven a Bunny. Sólo los niños.

Arrancó el motor y se dirigió hacia el centro.

Eran poco más de las seis de la mañana y las calles se estaban vaciando. Los vampiros volvían a esconderse de la luz del sol. Recorrió la circunvalación y cruzó el puente. Normalmente a esa hora el tráfico era ya insoportable y los coches avanzaban a paso de tortuga. Pero el calor había limpiado la ciudad del caos y del frenesí: tardó menos de veinte minutos en llegar a su destino.

El viejo Saab desentonaba en ese barrio residencial tan de moda, con avenidas arboladas, que tiempo atrás había sido el lugar de reunión de artistas e intelectuales bohemios y que ahora albergaba, sobre todo, las sedes de nuevas empresas y a los descendientes de la alta burguesía.

Estacionó el coche junto a un edificio blanco de tres plantas que databa de principios del siglo XX. En una elegante placa de vinilo figuraban los caracteres plateados M.L. – GALERÍA DE ARTE.

Las amplias cristaleras que daban a la calle estaban ahora cubiertas con unas gruesas cortinas grises, probablemente para preservar las obras del embate de otra tórrida mañana.

Antes de llamar a la puerta, el detective privado reparó en cómo iba vestido. En otras circunstancias, en contextos de semejante elegancia, su aspecto actual no lo habría ayudado a obtener la información que buscaba. Pero esta vez tenía la suerte de que conocía personalmente al dueño.

Le abrió la puerta un hombre mayor, con cabellos canos peinados perfectamente hacia atrás y unas gafas de lectura apoyadas en la nariz. A pesar del calor sofocante, Mordecai Lumann iba impecable como siempre: *blazer* azul, camisa de vestir, corbata roja, pantalón gris y un par de mocasines negros. Llevaba siempre un pañuelo de color en el bolsillito de la americana. Escrutó a Bruno de la cabeza a los pies.

–¡Señor Genko! –exclamó nada más reconocerlo. Hacía tres años que no se veían.

–¿No le he despertado, verdad? –preguntó Bruno, aunque imaginaba que el hombre no se iría a la cama vestido de punta en blanco.

–No comparto la locura de vivir de noche. Y, además, sufro de insomnio. –Se apartó del umbral–. Por favor, pase.

Genko lo siguió al interior de la casa por un pasillo con las paredes de color verde oscuro y revestimiento de madera blanca.

En el pasado, Lumann se dirigió a él para resolver un delicado asunto familiar. Un sobrino demasiado espabilado le sustrajo una obra de mucho valor para saldar sus deudas de juego. De modo que, para no disgustar a su hermana, el tío decidió no recurrir a la policía. Genko consiguió localizar al chico en el hotel de un gran casino. Se aseguró de que todavía tenía el botín en su poder y fingió ser un comerciante de arte ansioso por invertir su dinero. Recuperó lo robado y llevó al libertino de vuelta a casa.

–¿Le apetece una taza de té? –dijo Mordecai. Su tono de voz era austero; sus maneras, remilgadas.

–Sí, gracias.

Entraron en el amplio salón que albergaba las obras a la venta. Lumann no era un galerista común. No le interesaban los cuadros o las esculturas. Se dedicaba exclusivamente a los cómics y a las novelas gráficas. Sagas de superhéroes y manga japonés eran los platos fuertes de las obras que tenía expuestas.

En un rincón de la sala, Mordecai preparaba el té con un hervidor. Mientras tanto, Genko deambulaba entre los ejemplares originales que estaban a la vista. En ese momento había sólo cinco a la venta, colocados en otros tantos caballetes.

–Hay pocas piezas, pero son muy valiosas –dijo el anfitrión imaginando lo que pensaba.

Bruno se acercó a uno de los dibujos para observarlo mejor. Plasmaba el enfrentamiento de un chico ninja de ojos desproporcionados con unos cuantos monstruos robóticos.

–Representa la última batalla de la humanidad, la apoteosis de la lucha, el desafío final entre el hombre y el producto sublime de su propio intelecto: la máquina –afirmó Mordecai, describiendo la obra–. Le ruego que se fije en cómo el dibujante perfila los robots: casi parecen divinidades. El joven ninja recoge la herencia gloriosa de los siglos. –A continuación, se reunió con él llevando dos tazas hirviendo–. No es la bebida más adecuada para el clima actual, soy consciente de ello, pero opino que el té frío es una blasfemia. –Le tendió una al detective–. ¿Qué puedo hacer por usted, señor Genko?

–Nada especial –restó importancia–. Una simple consulta. –Seguidamente, manteniendo en equilibrio el platito con la taza, sacó de la chaqueta el ejemplar del cómic de Bunny y se lo tendió al hombre.

Mordecai estaba a punto de coger el librito, pero se paró en seco.

Genko advirtió la expresión de asombro en su rostro.

–No puede ser –dijo, dejando la taza encima de una mesita. Hecho esto, hurgó en los bolsillos del *blazer* y extrajo un par de guantes blancos de algodón. Se los puso y cogió el ejemplar con un gesto delicado, levantándolo con la punta de los dedos–. Venga conmigo –dijo, sin añadir nada más.

Bruno siguió sus pasos hasta un cuartito de la trastienda donde se encontraba su estudio privado. Vio que colocaba el cómic sobre un atril.

El hombre encendió una lámpara orientable y la enfocó hacia la portada. Luego empezó a hojear el ejemplar atentamente.

–Había oído hablar de él, pero nunca había tenido la ocasión de ver uno en persona.

Genko todavía no lograba entender el sentido de tanta fascinación, teniendo en cuenta que la factura del cómic le había parecido bastante mediocre. Pero después de la primera reacción del experto, comprendió que había sido una buena idea llevar a Bunny a ver a Mordecai Lumann, en vez de someterlo al juicio del dependiente friki de cualquier tienda de cómics.

El galerista tenía la cara inmersa en las páginas, mientras con los dedos recorría los dibujos con la misma admiración que lo haría un historiador que se dedica a miniaturas preciosas y con la excitación de un niño ante el tebeo que acaba de comprar con sus ahorros.

–Bunny el conejo –afirmó, como si lo saludara–. Muchos colegas míos piensan que sólo se trata de una leyenda... La verdad, a menudo yo también he tenido mis dudas al respecto.

–Perdone que se lo pregunte –intervino Bruno interrumpiendo su concentración–. ¿Dudas en cuanto a qué? ¿Podría explicarse mejor?

–Es sencillo, señor Genko: este cómic no debería existir.

La noticia lo dejó atónito.

–¿Qué significa eso?

–La calidad de la impresión, el papel utilizado y el método de encuadernación hacen que la publicación se remonte posiblemente a los años cuarenta del siglo pasado. De hecho, Bunny el conejo fue un experimento editorial de esa época... Era un momento de mucha ebullición en el mundo de los cómics. De modo que, para atraer a nuevos sectores del público, se incentivaba a los editores a explorar nuevos caminos.

–Me parece que nunca he oído hablar de este personaje.

–¿Cómo iba a hacerlo? –dijo Lumann–. La vida de Bunny fue bastante breve: como sucedía a menudo en aquella época, el fracaso decretó su rápido olvido.

–Y con el tiempo, los ejemplares que quedaban se convirtieron en objetos raros y buscados, ¿es así? –preguntó Bruno, pensando que después de setenta años el valor del cómic habría aumentado desmesuradamente a causa de la locura de los coleccionistas.

–Ni siquiera eso es exacto –lo corrigió el otro–. Los cómics de Bunny no son en absoluto una rareza, podría encontrarlo fácilmente en algún trapero o en los puestos de algunas ferias del sector. Pero hay una excepción: el ejemplar que me ha traído hoy. –Mordecai se volvió hacia Genko: tenía los ojos brillantes–. Se trata de un texto apócrifo.

–Ni autor, ni diseñador, ni editor ni impresor –confirmó Bruno–. No hay ninguna indicación sobre su origen.

–Y lo que es más relevante cuando se trata de un cómic: falta el número de serie –añadió Lumann–. Eso significa que no forma parte de una colección. Es una pieza única.

–¿Y esto aumenta su valor? No lo entiendo...

–No es una cuestión de dinero, señor Genko. –Lumann se quitó las gafas de la nariz, sacó el pañuelo del bolsillito de la americana y empezó a limpiarlas–. A pesar de que estoy convencido de que alguien pagaría sumas desorbitadas por poseerlo, la peculiaridad de este objeto no reside en que sea único... Sino en su finalidad.

–Entretener a los más pequeños –afirmó Genko cándidamente.

–¿Está seguro? –preguntó el otro–. ¿No ha notado nada particular cuando lo ha hojeado?

La pregunta hizo que se sintiera ingenuo.

–En la historia, sólo los niños pueden ver al conejo. A los adultos no les está permitido –dijo.

–¿Y no se ha preguntado el motivo?

Genko no sabía qué responder.

Mientras tanto, Mordecai se había acercado hasta un escritorio.

–Es indiscutiblemente feo, ¿no le parece? –dijo mientras hurgaba entre los papeles de encima de la mesa–. Los dibujos y los diálogos son pésimos.

–Sí, así es.

Al final, Mordecai encontró lo que estaba buscando y volvió al atril con un pequeño espejo rectangular.

–Cada época elige su propia estética y, a veces, lo feo también puede generar lo bello. ¿Está de acuerdo?

A Bruno le vino a la cabeza el collage de Hans Arp que tenía colgado en su casa, en el estudio. No todo el mundo lo habría considerado una obra de arte. Se necesitaba un cierto gusto o una cierta cultura. Tal vez había cometido el mismo error de valoración respecto al cómic de Bunny.

–En su opinión, ¿ese conejo es arte?

Mordecai se puso serio.

–No, amigo mío. En absoluto. –A continuación, se acercó al atril con el espejo, lo situó de perfil y en diagonal encima de una página cualquiera y se dirigió a Genko–. Obsérvelo usted mismo...

Bruno se acercó lentamente y lo vio.

En el reflejo, los dibujos bastos e infantiles se transfiguraban. La expresión de Bunny, tierna y sonriente, se volvía ambigua. El conejo de los ojos con forma de corazón se exhibía ahora en explícitos actos sexuales con una mujer. Genko repitió el experimento del espejo en otras páginas. Bunny siempre aparecía en situaciones obscenas salpicadas de violencia y crueldad. Fetichismo, *bondage* y otras prácticas de sadomasoquismo extremo.

–Pornografía. –El detective recordó la sensación de desagrado que sintió al hojear el ejemplar por primera vez, sin imaginar ni de lejos su contenido subliminal.

–El relato especular es una técnica gráfica que ya se conocía en el siglo XIX, pero se puso de moda durante un breve período en los años cuarenta –explicó Lumann–. Todavía se utiliza en algunas novelas gráficas para ocultar una segunda trama o un subtexto. A menudo el editor no tiene conocimiento de ello, se trata mayoritariamente de bravatas de los dibujantes. Hay coleccionistas que les encanta ir detrás de estas «anomalías».

–Hace un rato usted ha hablado de una finalidad... –le recordó Bruno–. ¿A qué se refería?

Mordecai respiró profundamente.

–He dedicado toda mi vida a los cómics porque los considero obras alegres: mi profesión consiste en guiar a los coleccionistas en la adquisición de un objeto artístico, pero sé perfectamente que en el fondo el objetivo que los mueve es sentir la emoción de volver a la infancia o a la adolescencia. –Hizo una pausa–. Por eso, honestamente, no sé qué puede empujar a alguien a crear algo tan ambiguo –dijo refiriéndose al cómic del atril.

«Sólo los niños pueden ver a Bunny.»

Mordecai Lumann cerró el librito y se lo devolvió a Bruno.

–Mi curiosidad acaba aquí, señor Genko. Pero si quiere aceptar el consejo de un amigo, líbrese de él lo antes posible.

«No puedo hacerlo», habría querido decirle Genko. Debía cumplir con su deber hacia Samantha Andretti, contraído hacía quince años a través de sus padres. Para Bruno esto también significaba pasar cuentas con su propio pasado. Y con un paquete enterrado en la caja fuerte de la habitación 115 del Ambrus Hotel. Le había pedido a Linda que destruyera su contenido tras su muerte. Pero había cambiado de idea.

De modo que, mientras Mordecai Lumann lo acompañaba a la salida, Genko decidió que había llegado el momento de abrir ese envoltorio.

20

El Ambrus Hotel era un estrecho paralelepípedo encajonado en medio de una hilera de edificios iguales, cerca del puente del ferrocarril.

La estructura era ruinosa y se contaban extrañas historias sobre el establecimiento. Una de ellas era que, en una de las habitaciones, la gente desaparecía sin dejar rastro. A Genko eso no le interesaba, lo había elegido para morir allí únicamente porque era coherente con la imagen desaliñada de sí mismo que siempre había ofrecido al mundo. Nadie debía conocer al verdadero Bruno Genko: el profesional escrupuloso, el perfeccionista, el hombre con una fortuna escondida en el extranjero y que en una pared de su casa tenía una obra de Hans Arp.

Y, por encima de todo, nadie debía tener nunca acceso a sus secretos.

No se trataba de lo que había descubierto en el transcurso de delicadas investigaciones privadas. Lo que intentaba ocultar eran los métodos que utilizaba para resolver esos casos. Genko no estaba orgulloso de lo que se había visto obligado a hacer.

Tecleó el año de nacimiento de Linda y desbloqueó la combinación. Cogió el paquete y lo sopesó con la mirada. No imaginaba que volvería a verlo. Entonces, ¿por qué no se había deshecho de él personalmente en vez de pedirle a su amiga que se ocupara de ello después de que hubiese muerto? La verdad era que lo había guardado porque sabía que podía llegar un momento como éste en el que fuera necesario emplear cualquier herramienta, incluso ilícita, para alcanzar el objetivo. Entonces, el contenido del paquete le sería útil.

Lo metió en una bolsa de tela de la lavandería del hotel y abandonó rápidamente la habitación.

Una vez en casa, siguió el ritual de costumbre y se quitó la ropa en la entrada, sin perder de vista en ningún momento la bolsa que había dejado momentáneamente en el suelo. Tenía miedo, porque, de hecho, se había jurado a sí mismo que no volvería a hacer más pactos con el diablo.

Sudaba a mares, se habría dado una ducha de buena gana. Sin embargo, en vez de eso, se puso un chándal y se sentó delante del ordenador del estudio. Nada de música clásica en esta ocasión; ni siquiera la obra dadaísta de la pared de enfrente del escritorio tenía el poder de animarlo.

Quitó los precintos del envoltorio, lo abrió con la ayuda de un abrecartas. A continuación, extrajo una cajita plateada. La conectó al MacBook Air con un cable USB. Por último, accedió a internet.

El objeto que había escondido en el Ambrus Hotel abría un pasadizo secreto.

Durante sus años de profesión, Bruno Genko había aprendido que existen lugares en la faz de la tierra donde las reglas, todas las reglas, sin distinciones, están suspendidas por tiempo indefinido. Sitios en los que el mal prospera sin obstáculos y la naturaleza secreta de los hombres puede liberarse sin encontrar límites. En estos desiertos de egoísmo, la vida y la muerte tienen un valor relativo y el sufrimiento de los demás se convierte en moneda de cambio.

Uno de esos lugares era la *deep web*, la internet oscura dentro de internet, la red detrás de la red, una tierra inhóspita. Gracias a los bitcoins, la moneda virtual reconocida sólo en el ciberespacio, se podía vender y comprar cualquier cosa: armas, droga, datos, incluso personas.

Mujeres y niños eran los artículos más preciados.

La *deep web* funcionaba exactamente igual que la internet oficial. Había motores de búsqueda como Dark Tor y Ahmia. O Grams, cuya apariencia gráfica era un calco perfecto de Google. Podían usarse para orientarse entre los sitios que ofrecían bienes o servicios: una pistola con el número de serie borrado, y también la mano que apretaría el gatillo. Había blogs que explicaban cómo ensamblar una bomba con artículos de supermercado y videotutoriales que mostraban cómo violar a una mujer sin dejar huellas.

Para Bruno Genko, la *deep web* era sobre todo un lugar perfecto para la compraventa de información. La negociación no tenía nada de sofisticado, se parecía mucho a un mercadillo dominical, aunque en este caso los usuarios ponían a la venta los datos sensibles que tenían en su poder.

La profesión de Bruno se basaba en la capacidad de obtener noticias que tuvieran una utilidad o un valor. Para encontrarlas, por lo general, un buen investigador privado se sometía a infinitas y a menudo aburridas batidas de búsqueda. Se trataba de ir por la calle, hablar con la gente, filtrar cualquier dato y comprobar su credibilidad. Era un proceso largo y laborioso. Pero, a veces, el tiempo del que disponía para cerrar una investigación era tan exiguo y lo que estaba en juego era tan elevado que requería tomar un atajo.

Bruno era un detective de la vieja escuela, se servía de confidentes cumplidores y difundía noticias manipuladas con maña para conseguir a cambio información fidedigna. Por eso, la *deep web* no era su territorio. No se sentía cómodo cuando debía poner un pie en el lado oscuro de la red. Durante años simplemente había observado ese universo paralelo sin dejarse ver en ningún momento. De ese modo había podido realizar un amplio aprendizaje, saber cómo funcionaba y prevenir posibles peligros.

Además, antes de dar los primeros pasos, también se había impuesto un código. Constaba de una sola regla.

En la *deep web* nadie está a salvo.

Se lo repitió también en ese momento, mientras en el centro de la pantalla negra aparecía un cronómetro con una cuenta atrás. El acceso no era inmediato, sino que estaba subordinado a una serie de pasos. Ante todo, como cuando se planea viajar a un país desconocido, siempre era mejor protegerse. Las vacunas usadas en la web eran potentes antivirus y cortafuegos. Después de haber creado las barreras, el navegador tenía que someterse al control de los otros usuarios. Si no lo consideraban lo bastante «fiable», lo expulsaban como a un cuerpo extraño.

Con el paso de los años, Bruno había creado diversas identidades para moverse ágilmente por las tinieblas del ciberespacio. Cada vez que notaba que algo no iba bien, quemaba la que estaba usando y pasaba a la siguiente. Podía incluso tratarse de una simple sensación, pero con eso bastaba.

Por fin, el cronómetro terminó el escaneo y apareció una barra central en la que Genko tecleó el nombre de un sitio web. Obviamente, también había redes sociales en la *deep web*. Y en HOL, Hell On-Line, podía encontrarse una amplia y variada muestra de humanidad maldita.

Genko esperaba encontrar a Bunny allí.

En otras circunstancias, habría invertido el tiempo en ir a la caza de Robin Sullivan en el mundo real. Pero en vista de que su recorrido vital estaba a punto de terminar, buscaría allí el *alter ego* del secuestrador.

Un «sádico consolador» recordó, haciendo suya la definición que había empleado Delacroix. Un «hijo de la oscuridad», lo había llamado Tamitria Wilson. Dos expresiones que designaban lo mismo, es decir, que Robin Sullivan no era dueño de su naturaleza perversa, sino esclavo de su obsesión. De otro modo, no habría tenido la perseverancia necesaria para prolongar un secuestro durante tanto tiempo.

«Es organizado», se dijo. «Está socialmente integrado; por lo tanto, fuera de sospecha. Nosotros vemos al monstruo, pero bajo la inquietante apariencia de Bunny hay un ser humano.»

Un hombre con dos máscaras.

La primera, el conejo, era sólo una broma, una mentira. La segunda, su cara, era la verdadera máscara, la que ocultaba su auténtica naturaleza al mundo de su alrededor.

«Bunny me dejó escapar», se dijo recordando la experiencia que había vivido en la granja de los Wilson. «A lo mejor es que todavía tiene ganas de cazarme.»

HOL era el lugar adecuado para saber si era realmente así. Genko eligió un alias y abrió un nuevo perfil, acreditándose como aficionado al *bondage* y vinculando su página a imágenes inequívocas.

A continuación, empezó a relacionarse con los usuarios de la red social.

Por lo general, los maníacos que la frecuentaban intercambiaban pornografía extrema. Era el lugar apropiado para revelar las fantasías más enfermizas y para desahogarse de las peores perversiones. Todas las parafilias estaban representadas. Los más aclamados eran los violadores que anunciaban con antelación sus gestas e inmediatamente después colgaban los vídeos de sus actos para recabar comentarios entusiastas y *likes* de la comunidad. Se podía encontrar a cualquier tipo de psicópata. De necrófilos a «parásitos» que espiaban a gente normal que no era consciente de ello y después compartían las fotos robadas. A menudo, de esta manera, eran ellos quienes proporcionaban los llamados «perfiles» a grupos de usuarios que se reunían para ir a dar una paliza a un inocente padre de familia a la salida de su oficina o a violar a una estudiante desprevenida que se encontraba sola en su casa por la noche.

En los últimos días, el tema de discusión preferido en HOL era Samantha Andretti.

Ensalzaban a su secuestrador, lo tildaban de «héroe» y le daban las gracias por haber «dado ejemplo». Y abundaban las vulgaridades a costa de la víctima del secuestro, incluso alguien proponía introducirse en el hospital en el que se encontraba para «terminar el trabajo».

Bruno sintió repulsión por seres tan despreciables que ignoraban el carácter inviolable de la vida de los demás, además de la suya. Los imaginó con vidas normales. Quizá todavía tenían padres o habían traído hijos al mundo. «¿Qué pensarían sus seres queridos si conocieran la verdad? ¿Y qué os pasará cuando, como a mí, se os esté acabando el tiempo? ¿Cuál será vuestra actitud ante la muerte? Os llevaréis a la tumba el monstruo que habita en vosotros, pero lo que todavía no sabéis es que él será vuestra única compañía durante el resto de la eternidad.»

Genko apartó esos pensamientos, no debía desconcentrarse. Y volvió a sumergirse en la turbia oscuridad que lo llamaba desde la pantalla. Había llegado el momento de lanzar el anzuelo: tecleó un mensaje dirigido a los compañeros del infierno.

«Busco a Bunny, un simpático conejito con los ojos en forma de corazón. Pago bien cualquier tipo de información, incluso indiscreciones. Quien sepa algo, que contacte conmigo por privado.»

Había utilizado referencias que sólo alguien que conociera directamente los hechos podía entender. Partía de la idea de que los monstruos como Robin Sullivan no se conformaban con vivir su experiencia en secreto, sino que, en un momento determinado, buscaban un escenario para alardear de su «trabajo». Hell On-Line era perfecto para ello.

Si ha confiado en alguien, algo saldrá. Genko se observó las manos todavía suspendidas sobre el teclado del Mac. Le temblaban visiblemente. Es el cansancio, tengo que dormir.

Aprovechando que la noche todavía estaba lejos y que, de todos modos, no tenía otra opción que esperar una respuesta de la *deep web*, se dirigió a su dormitorio y se dejó caer en la cama. Se llevó las manos al pecho, cerró los ojos y se concentró en las pulsaciones de su corazón.

¿Cuántos latidos me quedan?

Pero antes de imaginar una posible respuesta, se quedó dormido.

Un sonido lejano empezó a disolver la oscuridad, una gota blanca en un océano de agua negra y densa. Lentamente, Genko emergió del sueño. Por un instante, le pareció que aún estaba soñando.

Pero el sonido existía de verdad. Tal vez fuera un canto.

No estaba acostumbrado a oír voces humanas en esa casa. Sólo música clásica y silencio. Le llamó la atención que no fuera una voz como las demás. Pertenecía a una mujer. Y, pensándolo bien, tampoco era un canto.

Aunque de vez en cuando resultaba melodioso, era un lamento.

Bruno se levantó de la cama, todavía aturdido. ¿Qué hora era? Fuera ya era de noche. Una terrible migraña le impedía pensar. Estaba deshidratado y habían vuelto las náuseas. Pero se obligó a ir en busca de la fuente del sonido misterioso.

Procedía del estudio. Más concretamente, del ordenador.

En torno al Mac había una especie de burbuja de luz tenue producida por la pantalla. Genko arrastró las pesadas piernas para ir a ver.

Se sentó a la mesa y en seguida vio que algo había cambiado en la página de su perfil de Hell On-Line. Debajo del mensaje publicado unas horas antes había aparecido una ventana en la que se movían unas figuras. Amplió el tamaño del recuadro y subió el volumen.

Era un vídeo pornográfico.

La cámara, sin embargo, grababa la escena desde un ángulo extraño. En la habitación, sumida en la penumbra, sólo se distinguían partes de dos cuerpos desnudos. El canto o lamento que había oído poco antes no era otra cosa que el repetido gemido de placer de una mujer.

Estaba boca abajo y su pareja, que apenas se veía, la penetraba desde atrás.

Genko no dio mucha importancia a las imágenes y pensó que la filmación le había llegado accidentalmente. Estaba a punto de cerrar la ventana cuando de golpe se fijó en algo. La sombra de la pared que había detrás de ella no era humana.

Parecía sin duda la de un conejo gigante.

Genko no se imaginaba que Bunny fuera a aparecer en persona. Pero tampoco entendía lo que estaba viendo en realidad. ¿Qué sentido tenía ese vídeo? ¿Qué quería mostrarle?

Los gemidos aumentaron de intensidad, ella estaba a punto de alcanzar el punto álgido del placer. Una mano femenina apareció de repente en primer plano y empujó distraídamente la cámara, que cayó al suelo. A pesar de ello, seguía grabando la escena desde esa posición.

Genko intentaba fijarse en otros detalles del vídeo: habría resultado útil descubrir dónde lo habían grabado. Se veían unos elementos al fondo del encuadre, pero no eran nítidos. El detective privado se esforzó por entender de qué se trataba. Agrandó la imagen. Parecían animales. Tal vez perros. Y miraban la escena. Es absurdo, pensó. No, no eran perros, sino caballos.

Bruno se quedó helado de repente. Se había equivocado una vez más.

Eran unicornios.

Su mano se alargó espontáneamente hacia el teléfono del escritorio, pero los dedos permanecieron suspendidos sobre el teclado.

«El número de Linda está en la agenda del móvil. Él me lo cogió. Así es como la ha encontrado.»

Pero no era el momento de pensar en eso, debía saber si Linda estaba bien. «En la *deep web* nadie está a salvo.» Excavó en su memoria en busca de ese maldito número. Una tras otra las cifras comenzaron a aflorar. Empezó a teclearlas, pero su mente seguía atascándose. Entonces colgaba y volvía a empezar. «En la *deep web* nadie está a salvo.» Piénsalo, es como una cancioncilla: números seguidos que tienen un ritmo propio. Dudó con las dos últimas cifras. Eran un 7 y un 4. Los marcó y esperó. Transcurrieron unos instantes infinitos.

El vídeo de Bunny seguía pasando delante de sus ojos. Al otro lado, el teléfono empezó a sonar libremente. Lo que sobrecogió a Bruno Genko fue oír la llamada en el audio del ordenador que tenía delante.

No se trataba de un vídeo grabado.

Era en directo.

El sonido pareció despertar al hombre conejo. La reproducción se interrumpió bruscamente. En el último y fugaz encuadre, Bruno vio aparecer la hoja brillante de un cuchillo.

21

La puerta de entrada estaba sólo entornada.

Genko la observó durante unos segundos, parado en el rellano. Tal vez era una trampa, era consciente de ello. Bunny podía haber ideado un modo para atraerlo hasta allí y matarlo.

«Si es así como tiene que terminar, entonces me parece bien.»

Con cuidado, empujó la puerta con la mano izquierda mientras con la otra sostenía la pistola. El interior de la casa estaba a oscuras, el único resplandor procedía de los letreros de las tiendas de la calle. Bruno llevaba una pequeña linterna, guardada de momento en el bolsillo de la chaqueta.

Rebasó el umbral y comprobó rápidamente los rincones ciegos del primer espacio para evitar una emboscada de su adversario. A continuación, dando pequeños pasos, avanzó hacia el salón.

No se oían sonidos o ruidos de ningún tipo. El aparato del aire acondicionado también estaba apagado y hacía un calor desagradable. Todo parecía en orden. El sofá blanco y la moqueta, los muebles lacados en negro, los unicornios. A pesar de que no hubiera signos evidentes, Genko sabía que había sucedido algo terrible. Sentía la energía negativa en el aire, como una crepitación electrostática en la ropa.

Prosiguió hacia el dormitorio. Lo primero que notó en cuanto puso un pie en la habitación fue el olor, agrio, crudo, inconfundible. La sangre había impregnado la moqueta, goteando desde la cama.

Linda yacía exánime en la oscuridad.

Bruno fue hacia ella, pero manteniendo la cautela, por si había alguna sorpresa. Estaba boca arriba, desnuda. Con el vientre destripado a puñaladas. Los ojos abiertos de par en par mirando al vacío, pero todavía llenos de miedo. Le cogió la mano e intentó encontrarle el pulso. Nada. Entonces se inclinó y apoyó una oreja en el tórax.

«Mientras quede aire en los pulmones», se dijo. Pero su amiga ya no respiraba.

Estaba a punto de echarse a llorar. ¿Cómo había podido ocurrir? Los brazos del cadáver estaban cubiertos de rasguños, al igual que las piernas. Señal de que no se había rendido en seguida, que había luchado. Bruno se sintió orgulloso de ella. Reconoció en la mesilla de noche la cartera y el móvil que le habían sustraído en la granja de los Wilson. Ahora Bunny ya no los necesitaba. Se había llevado a la única persona para la que Bruno Genko no era sólo un desecho humano al que ignorar. La única que lo apreciaba.

Cogió el teléfono y marcó el número de emergencias. Pero antes de completar la llamada, su mirada se cruzó con el ojo electrónico con el que el asesino había grabado la escena de sexo que había culminado con el asesinato: la webcam todavía estaba en el suelo. ¿Por qué la ha dejado aquí? Genko se preguntó si Bunny lo estaba mirando en ese momento. Quizá se habían intercambiado los papeles. Quizá ahora el espectador era el monstruo.

Mientras pensaba en esa posibilidad, acabó de hacer la llamada. Fue entonces cuando oyó el ruido.

Un sonido nítido, parecido a un golpe. No era fruto de su imaginación, lo había percibido perfectamente. Procedía de otra parte de la casa. Y las únicas habitaciones que no había revisado eran la cocina y el baño.

Tendió los brazos hacia delante para que la pistola le abriera paso. A continuación, se encontró de nuevo en el pasillo. Se detuvo al lado de la puerta de la cocina, esperó unos segundos por si el ruido se repetía. Entró de un salto. No había nadie. Después prosiguió hacia el baño. Conocía la casa de Linda, había estado allí varias veces. Intentó recordar cómo estaba distribuido. No era demasiado grande y tenía una bañera. La puerta estaba entornada. Se acercó y, una vez más, intentó captar algo con el oído.

Se percibía la presencia de alguien.

Genko alargó la mano hacia la manija, pero en cuanto apoyó la palma notó algo viscoso. Estaba manchada de sangre. Su corazón enfermo le mandaba señales inequívocas: no creía que pudiera aguantar la tensión. Tenía que decidir si ir a ver lo que se escondía al otro lado de la puerta. Pero necesitaba una distracción.

«La linterna», pensó.

La cogió del bolsillo y la empuñó junto a la pistola. Entonces contó hasta tres, dio una patada a la jamba y rápidamente apuntó el arma hacia el interior, encendiendo al mismo tiempo el haz de luz para deslumbrar a su blanco.

Tardó unos instantes en racionalizar la escena que se descubrió frente a él.

Bunny el conejo estaba allí, desplomado en el suelo, desnudo. Con la espalda en la pared y un brazo apoyado en el váter. Tenía el cuchillo con el que había matado a Linda clavado en el abdomen. Perdía mucha sangre. De la máscara sólo salía una respiración jadeante, parecida a un estertor. Linda no se había simplemente defendido, pensó Bruno. Había herido gravemente al asesino.

Pero para Genko todavía no era suficiente. La sola idea de que ese bastardo pudiera salvarse le repugnaba. Estaba rebosante de rabia y consideró que, si terminaba lo que Linda había empezado, nunca tendría que pagar por ello. «¿Qué pueden hacerme, condenarme?» Ni siquiera tendrían tiempo de procesarlo: una justicia más elevada e inexorable estaba actuando sobre él. De modo que avanzó hacia el monstruo y le apuntó.

–Quítate esa mierda de máscara –le conminó–. Quiero verte la cara.

El gran conejo al principio no se movió. Luego, con esfuerzo, levantó un brazo, cogió con los dedos una de las largas orejas y empezó a tirar. Mientras se sacaba la grotesca apariencia animal, apareció el rostro de un ser humano. Menos de cincuenta años, tal y como Bruno había pronosticado. Bien afeitado, nariz normal y corriente, pómulos altos. Ojos marrones, profundos y melancólicos, que por un momento le rompieron el corazón. Una calvicie incipiente. Robin Sullivan, una persona normal.

Pero Bruno no se dejó engañar. «Nosotros dos no somos iguales. No lo seremos nunca.» Le habría gustado matarlo con sus propias manos, arrancarle los miembros, torturarlo con su propio cuchillo. En vez de eso, cargó la bala en el cañón y se acercó un paso más, listo para disparar.

Sullivan cerró los ojos, el rostro se contrajo en una mueca de miedo. Temblaba.

–Te lo ruego... Déjalas ir.

La frase distrajo a Bruno de su propósito. ¿Qué estaba balbuceando? Todavía se sintió más encolerizado, porque no le importaban nada sus últimas palabras.

–Te lo suplico... –siguió el otro, echándose a llorar.

–¿Qué coño estás diciendo? No te entiendo. –Estaba furioso–. Se acabó, Robin. Se acabó –remachó.

–He hecho lo que me has dicho... Ahora déjalas marchar.

Genko se quedó quieto. Le parecía un truco, pero ese hombre estaba perdiendo sangre. Si era un engaño, no tenía sentido. Una sospecha empezó a abrirse paso en su mente, una idea que no le gustaba en absoluto.

–¿Alguien te ha enviado aquí?

El hombre dio un respingo. Probablemente él también pensaba que tenía delante a otra persona.

Genko le quitó la linterna de la cara para que lo viera.

–¿Quién ha sido? –le preguntó, aunque ya sabía la respuesta.

–Se metió en nuestra casa. Encerró a mi mujer y a las niñas en el sótano. Me dijo que hiciera lo que me ordenaba, si no las mataría... –Se echó a llorar. Los sollozos le sacudían el pecho, la sangre manaba de la herida de la barriga.

¿Quién era el hombre que yacía a sus pies?

–¿Dónde vives? –le preguntó.

–Lacerville, 10/22.

Era un bonito barrio residencial, formado por casitas con jardín. Estaba habitado por familias burguesas. Podía ser un farol, algo le decía que no se fiara. Pero luego, sin bajar el arma, Genko cogió el móvil para avisar a la policía. Pidió una ambulancia y a continuación añadió:

–Tienen que enviar a alguien inmediatamente a Lacerville: una mujer y sus hijas podrían estar en grave peligro en el 10/22. –Esperó a que al otro lado tomaran nota y, a continuación, añadió–: También quiero que me ponga en contacto con los agentes Delacroix y Bauer, dígales que Bruno Genko quiere hablar con ellos urgentemente.

–Llevaba una máscara, pero yo lo conozco... –murmuró el herido.

Genko se olvidó de la llamada.

–¿Qué has dicho? –preguntó, quería asegurarse de que lo había entendido bien.

El hombre lo miró.

–Yo sé quién es.

22

Cinco toques rápidos, después dos lentos.

El sonido la alegró. A continuación, la puerta de la habitación se abrió y Green entró empujando un carrito con un viejo televisor. Tenía una sonrisa maliciosa estampada en la cara.

–Tengo una buena noticia –anunció–. La policía ha logrado encontrar a tu padre, ya está en camino.

No sabía cómo reaccionar. Hubiera querido mostrarse contenta, pero ni siquiera recordaba la cara de su padre. Para no decepcionar a Green, se limitó a sonreír.

Por suerte, el doctor cambió en seguida de tema y señaló el televisor.

–Lo he cogido prestado de la sala de enfermeras –le confió, orgulloso como un niño que ha hecho alguna travesura–. Me gustaría mostrarte una cosa.

Seguidamente colocó el aparato frente a la cama.

Mientras el hombre manipulaba los cables intentando conectar el televisor a las tomas de la pared, ella se enderezó con curiosidad para seguir mejor la operación.

Cuando terminó, Green sacó teatralmente el mando a distancia que se había guardado en el bolsillo posterior del pantalón y, como un cowboy en un duelo, lo apuntó en dirección a la tele.

–Que empiece el espectáculo –anunció mientras la encendía.

En la pantalla aparecieron las imágenes transmitidas en directo por un canal de noticias. Era de noche y se veía a gente congregada alrededor de una extensión de velas, peluches y flores. Algunos cantaban, había un clima festivo. En frente se veía un hospital.

–¿Qué está haciendo esa gente? –preguntó ella, asombrada.

Green no le contestó, en vez de eso, subió el volumen.

«... La policía ha intentado varias veces desanimarlos, pero siguen llegando –estaba explicando un comentarista–. Les mueven las ganas de llevar una muestra de su afecto a la mujer que está ingresada en el Saint Catherine.»

¿De verdad estaban ahí por ella? No se lo creía.

«Samantha Andretti hoy es la hija y la hermana de todos nosotros –añadió una voz femenina–. Pero también es la heroína de todas las mujeres que cada día sufren abusos y violencia en la calle, en el trabajo y en sus propios hogares. Porque Sam lo ha conseguido: salvándose a sí misma, ha derrotado a su monstruo.»

Se conmovió. En el laberinto intentaba retener las lágrimas lo máximo posible, porque llorar significaba que el bastardo estaba ganando, que estaba debilitando sus defensas y que pronto ella le cedería el control de sí misma. Pero ahora podía por fin dejarse llevar. Fue casi una liberación.

En la pantalla, volvió a intervenir el comentarista. «La mujer está proporcionando a la policía una serie de indicaciones que, durante las próximas horas, podrían llevar a la captura del secuestrador...»

La última frase la turbó. Tal vez Green se dio cuenta, porque apagó en seguida el televisor.

–¿Por qué todos esperan algo de mí? –preguntó. Pero la verdadera pregunta era: ¿por qué no querían dejarla en paz?

–Porque nadie puede detenerlo, aparte de ti –dijo el doctor. Seguidamente volvió a sentarse en su sitio–. Hace algún tiempo, en un pueblecito de los Alpes llamado Avechot, desapareció una niña. Entonces la gente también se congregó delante de la casa donde vivían sus padres, llevando regalos y rezando. Pero lo que sucedió después no se olvidará fácilmente...

–¿Por qué me cuenta esta historia?

–El motivo es simple, Sam. –Green se inclinó hacia ella–. Quiero que te libres para siempre de esta pesadilla. Lo sabes mejor que yo; si no lo cogemos, una vez estés ahí fuera no podrás llevar una vida normal...

Desvió la mirada hacia el teléfono amarillo de encima de la mesilla. El doctor tenía razón: no quería sentirse atemorizada por todo. Si, un rato antes, una simple llamada le había dado un susto de muerte, ¿qué pasaría en el mundo exterior? No iba a haber siempre un policía en la puerta para protegerla. Y aunque le proporcionaran una nueva identidad y un lugar seguro en el que vivir, igualmente se pasaría todos los días temiendo que «él» pudiera regresar.

–¿Qué quiere que haga? –dijo, y parecía decidida.

–Me gustaría intentar algo un poco más... radical –le anunció el otro, y echó un rápido vistazo a la pared del espejo, como si buscara la aprobación de los que seguían la escena desde allí detrás–. Si estás de acuerdo, aceleraré el suministro del antídoto para los psicotrópicos. –Y señaló el gotero conectado a su brazo.

Siguió la mirada del doctor y miró la bolsa con el líquido transparente.

–¿Es peligroso?

Green sonrió.

–Nunca haría que corrieras ningún riesgo. La única contraindicación es que después te cansarás más de prisa y tendremos que suspender un rato nuestra charla para que puedas recobrar las fuerzas.

–Está bien, hagámoslo –afirmó sin titubear.

Green se levantó para trastear con el gotero. Mientras giraba la pequeña válvula que regulaba el flujo del medicamento, se dirigió nuevamente a ella.

–Ahora deberás elegir un punto cualquiera de la habitación y concentrar la atención en él.

–No perderé el control, ¿verdad? –preguntó, temerosa.

–No quiero hipnotizarte –la tranquilizó el doctor, poniendo en marcha la grabadora–. Es sólo un ejercicio que ayuda a relajarse.

Con los ojos fue en busca de una marca o de un objeto: un lugar neutral. Escogió una pequeña mancha de humedad de la pared al lado de la cama. Tenía una forma regular que le recordaba a un corazón.

«Una pared con un corazón», le dieron ganas de sonreír.

–Estoy lista –anunció.

–Sam, ¿hubo algún momento cuando estabas en el laberinto en el que te sintieras feliz?

¿Qué clase de pregunta era ésa?

–¿Feliz? –repitió, ofendida–. ¿Por qué debería haberme sentido feliz?

–Ya sé que te parece raro, pero debemos explorar cualquier posible experiencia... Al fin y al cabo, te pasaste quince años ahí dentro, no creo que sólo sintieras miedo o rabia. No habrías sobrevivido tanto tiempo.

–La costumbre –contestó, sin saber siquiera de dónde había salido esa palabra.

La coraza que la había mantenido con vida estaba hecha de pequeños rituales con los que llenar el día. Levantarse, peinarse la larga melena, comer, ir al baño, doblar la ropa, hacer la cama, acostarse.

–Lo ves, Sam, el horror es un excelente escondite para los monstruos: los recuerdos se ven alterados por las emociones. Si queremos saber algo de tu secuestrador, debemos buscarlo en otra parte. No sólo en las cosas malas, sino también en las cosas agradables.

La verdad era que, si realmente había habido algunos momentos buenos, le incomodaba admitirlo. Era como confesar que había sido cómplice de su propio verdugo. Miró el corazón de la pared y hurgó en su interior.

Está de rodillas en el suelo, con las manos metidas en una palangana de agua fría. Está lavando la ropa interior. Está enfadada porque ha tenido que sacrificar una de las pequeñas garrafas que el bastardo le deja que encuentre de tanto en tanto y que, normalmente, se ve obligada a dosificar para no morir de sed. Pero le ha venido la menstruación y sólo le quedan un par de braguitas. Maldito hijo de puta. Ha completado dos cuadros del cubo y le ha pedido compresas: lo ha ido gritando por el laberinto, con la esperanza de que la oyera. ¿Qué te cuesta darme un paquete de compresas, cabrón asqueroso? Masculla insultos comprensibles sólo para ella, porque en el fondo tiene miedo de las represalias. Le pica la nariz, saca una mano de la palangana e intenta rascarse con la punta de un dedo. Para hacerlo, se ve obligada a levantar la mirada.

Una sombra pasa reptando por delante de la puerta de la habitación.

Ella, del susto, grita, da un salto hacia atrás y acaba con el culo en el suelo. ¿Qué coño era, un ratón? Dios, qué asco. Se imaginaba que alguno habría, ya que el laberinto seguramente está bajo tierra. Pero nunca ha visto ninguno. Se le ocurre pensar en la figura de una enorme rata viscosa y peluda trepando por el váter y asomándose al exterior. También piensa que las pocas provisiones que le quedan están guardadas en la habitación de al lado. Las cajitas no representan un problema, pero la bestia también podría roer la bolsa de las rebanadas de pan o las bandejas de plástico del repulsivo jamón con gelatina que el bastardo compra en grandes cantidades cuando está de oferta en el supermercado. Si por ella fuera, el ratón podía comérselo todo. Pero esa comida es su carburante, se lo repite siempre cuando tiene que tragarse un bocado que no le gusta. Le sirve para aguantar y sobrevivir.

Sobrevivir un día más. Aguantar cada nuevo juego.

Por eso, por mucha repugnancia que sienta, tiene que ir a revisar la habitación de al lado. De modo que se levanta y se da cuenta de que no tiene nada con que cazar al ratón. Ni siquiera tiene un palo, ni zapatos para lanzarle. Claro que podría usar la funda de la almohada, poner un poco de comida dentro y tenderle una trampa. Sí, puede hacerlo así.

Se asoma al pasillo y mira a su alrededor, intentando localizar al animal. Nada de nada. Se mueve en la dirección hacia la que ha visto pasar la sombra. Inspecciona las habitaciones hasta que llega a la que usa como despensa.

Las cajas, las garrafas y el resto de las escasas provisiones están almacenadas en un rincón. Ella las mira, pero titubea en la puerta. A continuación, da un paso hacia el interior.

Y, efectivamente, algo se mueve en el pequeño montón.

–¡Eh! –dice, como si fuera suficiente para intimidar a una rata de alcantarilla.

Como respuesta, un bote cae de una pila y va rodando hasta sus pies.

Vuelve a gritar. Pero luego recoge el bote del suelo y lo esgrime como un arma. Le partirá su cabecita de mierda. Avanza, un paso tras otro. Lentamente se va acercando. No percibe más movimientos, pero igualmente levanta el brazo, lista para golpear. Se queda inmóvil.

En medio de las provisiones no hay una rata, sino un gatito que la observa curioso con unos ojos grandísimos. Y maúlla.

No se lo puede creer. Deja el bote y tiende los brazos hacia él. Es tan feliz que está a punto de echarse a llorar. Sólo tiene ganas de cogerlo y acariciarlo.

–Ven, pequeño... –lo anima.

Y él se deja coger. Se lo lleva al pecho, lo abraza despacio para no hacerle daño. Lo besa en la cabecita y él le responde ronroneando.

–¿De verdad era un gato? –Green parecía divertido.

–Sí –confirmó ella, riendo a su vez–. Imagínese si le hubiera tirado ese bote, ahora no me lo perdonaría.

–¿Y lo tuviste contigo?

–Le daba de comer y dormía en mi cama. Jugábamos mucho y le hablaba.

–A mí también me gustan los gatos –afirmó el doctor–. Me imagino que se haría muy grande.

–Un bonito gatazo –confirmó. Era un agradable recuerdo. Le estaba agradecida a Green por haberla ayudado a recuperarlo.

–¿Cómo fue? Quiero decir, ¿qué sentiste?

–No me esperaba encontrar algo en el laberinto que pudiera amar. En efecto, fue raro –reflexionó–. Porque en esa época ya no me gustaba a mí misma. Siempre estaba enfadada. Me había vuelto vulgar, malhablada. Mejor dicho, «él» me había convertido en alguien así... Pero, gracias a ese cachorro, volví a encontrar una pequeña alegría de vivir.

–¿Le pusiste nombre?

Lo pensó.

–No.

–¿Por qué no?

Se ensombreció.

–Allí dentro yo no tenía nombre, ya nadie me llamaba... Los nombres no sirven en el laberinto, no tienen ninguna utilidad.

Green pareció tomar nota de ello.

–¿Cómo te explicaste la presencia del gatito?

Hizo una pausa.

–Durante un tiempo pensé que era otro de sus juegos malvados. Que me lo había regalado sólo para obligarme a hacer algo terrible...

–¿Qué te hizo cambiar de idea?

–Comprendí que ese regalo no procedía de él. Por eso lo mantuve escondido...

–Pero, perdona, ¿cómo es posible? Antes has dicho que «el laberinto te miraba», que «el laberinto lo sabía todo».

El tono de Green era escéptico, no le gustaba.

–De hecho, así es –confirmó, crispada.

–Sam, ¿estás segura de que había un gato contigo?

–¿Qué intenta decir, que sólo me lo imaginé? –Tenía ganas de llorar de rabia–. No estoy loca.

–No estoy diciendo eso, pero de todos modos estoy sorprendido.

A pesar de que le seguía hablando con dulzura, la estaba irritando.

–¿Qué es lo que le sorprende? –lo desafió.

–Pueden ser dos cosas: el gato no era real... o bien no lo es «él».

–¿Qué quiere decir con eso?

Green aparentaba seguridad.

–Aclárame una cosa, Sam, por favor –dijo en tono amable–. Siempre parece que sepas las reglas del laberinto, como si alguien te hubiera instruido como es debido. Pero ¿cómo es posible si él no te hablaba nunca? A veces parece que lo conozcas bien y, sin embargo, sigues afirmando que no lo viste nunca...

Otra vez lo mismo, estaba harta de repetirle que «él» nunca se había mostrado.

–¿Por qué no quiere creerme?

–Te creo, Sam.

Apartó la mirada del doctor y la fijó de nuevo en la mancha de humedad con forma de corazón de la pared.

–No es verdad.

–Sí que lo es. Pero me gustaría que te preguntaras una cosa... Si no fue el secuestrador quien llevó el gato al laberinto, entonces, ¿cómo entró?

El corazón de la pared palpitó. «No puede ser.» Y, sin embargo, lo había visto claramente, no se lo había imaginado: se había movido.

–Yo sé que conoces la respuesta, Sam.

Un segundo latido. «Sí, lo ha hecho de nuevo.» A continuación, un tercero, y un cuarto. Y lo oía acelerar. Se hinchaba y se deshinchaba. La pared palpitaba con ella.

–Sam, me gustaría que te levantaras el camisón –dijo Green inesperadamente–. Quisiera que te miraras la tripa...

–¿Por qué?

Pero Green calló.

Dudó, pero a continuación hizo lo que le pedía. Antes de levantarse el camisón y mirar, metió las manos debajo de la ropa y exploró la piel con los dedos. Deambulando alrededor del ombligo, encontró algo. Sus yemas rozaron una ligera depresión. Un surco áspero, lineal. Repasándolo, advirtió que terminaba en el bajo vientre. Una cicatriz.

–¿Estás segura de que era un gato, Sam?

En sus oídos, la voz del doctor Green quedó cubierta por el latido. El corazón de la pared latía, latía con fuerza…

Está de rodillas en el suelo, con las manos metidas en una palangana de agua fría. Está lavando la ropa interior. Está enfadada porque ha tenido que sacrificar una de las pequeñas garrafas que el bastardo le deja que encuentre de tanto en tanto y que, normalmente, se ve obligada a dosificar para no morir de sed. Ha completado dos cuadros del cubo y le ha pedido compresas: lo ha ido gritando por el laberinto, con la esperanza de que la oyera. ¿Qué te cuesta darme un paquete de compresas, cabrón asqueroso? Masculla insultos comprensibles sólo para ella, porque en el fondo tiene miedo de las represalias. Le pica la nariz, saca una mano de la palangana e intenta rascarse con la punta de un dedo. Para hacerlo, se ve obligada a levantar la mirada.

Una sombra gatea por delante de la puerta de la habitación.

Entonces se levanta y corre tras ella. La oye reír mientras intenta escapar. Es un juego, el único juego bueno del laberinto. La persigue, ella se vuelve y la observa curiosa con unos ojos enormes. Y le sonríe. Después tiende los brazos a su mamá. Ella la coge. Es tan feliz que está a punto de echarse a llorar. Sólo tiene ganas de acariciarla. Su niña. «Vamos, pequeña…», la anima. La estrecha en su seno. La besa en la frente y ella contesta poniendo la cabeza en su hombro.

Su nacimiento lo ha cambiado todo. Se ha convertido en la razón más importante para seguir adelante. Por suerte, ha pasado la peor época, cuando la recién nacida no crecía lo que debía porque allí abajo no llega la luz del sol. La leche en polvo que nunca era suficiente y luego los potitos que había que racionar. Y aquella vez del resfriado, con la tos que no quería irse. Siempre tiene miedo de que se ponga enferma, porque es demasiado frágil y pequeña, y nadie las puede ayudar si pasa algo. Mientras duermen juntas en el colchón tirado en el suelo, ella le pone una mano en el pecho para comprobar que respira. Y también siente su pequeño corazón...

El corazón de la pared dejó de latir.

–¿Por qué lo he olvidado? –preguntó con los ojos llenos de lágrimas.

–No creo que lo hayas olvidado, Sam –la consoló el doctor Green–. La culpa es de los fármacos con los que te atiborraba el secuestrador para ejercer control sobre ti.

Le asustaba hacerle la siguiente pregunta, pero debía saberlo.

–¿Qué fue de aquella niña, en su opinión?

–No lo sé, Sam. Pero tal vez lo descubramos juntos... –Se levantó y fue hacia el gotero, reduciendo nuevamente el flujo del antídoto–. Pero ahora debes dormir un poco. Seguiremos más tarde con la conversación.

23

Para un sádico consolador la muerte es un hecho puramente marginal.

Genko se repitió a sí mismo las palabras que Delacroix le había dicho durante su encuentro en la comisaría, cuando intentó prevenirlo sobre la peligrosidad del tipo de psicópata contra el que se enfrentaban.

Ése era el motivo por el que Bunny había utilizado a un extraño para matar a Linda. El bastardo se ensuciaba las manos sólo si era necesario, como en el caso de Tamitria Wilson, porque ella conocía su verdadero rostro. Desde el punto de vista del monstruo, provocar la muerte no era divertido. En cambio, mostrarla en directo, sí, consideró Bruno recordando las imágenes que habían aparecido inesperadamente en la *deep web*.

–Lo siento por tu amiguito –dijo Bauer.

Genko sacudió la cabeza, más incrédulo que contrariado. Ese cabrón no soportaba referirse a Linda como a una mujer. Pero no era maldad, era negligencia. Que para Bruno todavía era más imperdonable que la crueldad.

Se la habían llevado en una camilla. Le pasó por delante en una bolsa negra, directa al depósito. Y ahora, sentado en la acera, mientras a su alrededor hormigueaban patrullas con las sirenas encendidas, encima tenía que tragarse las ridículas condolencias de un poli que lo odiaba.

Pensaba en la última vez que hablaron; Linda estaba preocupada por él. Su amiga no podía imaginar que entonces su muerte también iba a ser inminente.

Al fin y al cabo, cuando sabes de alguien que está a punto de morir, lo último en lo que piensas es que podría sucederte antes a ti.

Delacroix se acercó.

–¿Cómo estás? –le preguntó; parecía sincero.

–Estoy bien –dijo. Pero no era verdad, porque se sentía responsable. Linda había muerto porque él no la había protegido lo suficiente.

Por otro lado, si sabes que estás a punto de morir, tampoco piensas en ningún momento que alguien pueda palmarla antes que tú.

–¿Quién es ese hombre? –Se refería al asesino de su amiga.

–Se llama Peter Forman, es dentista –contestó el policía–. Esposa y dos niñas rubias, Meg y Jordan.

–¿Ha dicho la verdad? ¿Es cierto que alguien lo ha obligado a matar a Linda? –Genko no podía quitarse de la cabeza las imágenes en directo.

–Por desgracia, sí –confirmó Delacroix–. Hace poco un grupo especial ha irrumpido en casa de los Forman, en Lacerville. Han encontrado a su mujer y a sus hijas encerradas en el sótano, aterrorizadas pero ilesas. La mujer asegura que no se enteró demasiado de lo que estaba pasando: se encuentra en estado de shock y sigue repitiendo que un hombre con una máscara de conejo se introdujo en su vivienda mientras dormía.

–¿Habéis encontrado huellas del hombre en casa de los Forman?

–La científica está empezando ahora, no creo que tengamos novedades antes de un par de horas.

Bruno estaba furioso.

–Si hubieseis investigado en seguida a Robin Sullivan, tal vez no habríamos llegado a esto. –Intentaba descargar sobre ellos parte del sentimiento de culpa por no haber impedido la muerte de Linda.

–¡Tu Robin Sullivan está muerto! –voceó Bauer.

–¿Qué?

–Lo hemos comprobado –le aseguró Delacroix–. Tuvo un accidente de tráfico hace casi veinte años.

Bruno estaba perplejo. Hasta ese momento había creído que Sullivan era Bunny. Entonces, ¿con quién había estado hablando Tamitria Wilson por teléfono? ¿Quién era el hombre de la máscara de conejo que había acudido corriendo a la granja en plena noche sólo por él? Genko no podía ordenar las ideas. Su única certeza era que había seguido la pista equivocada.

–¿Qué le ocurrirá a Forman?

–De momento lo hemos acusado de asesinato. Los médicos del Saint Catherine dicen que ha perdido mucha sangre, pero no está muy mal: ahora lo están operando, debería salir de ésta.

–Aclárame una cosa: ¿lo habéis metido en el mismo hospital que Samantha Andretti?

–Es el lugar más seguro, ya está fuertemente vigilado –explicó Bauer con su acostumbrada arrogancia, como si fuera lo más natural del mundo–. ¿Por qué, es que tienes algo que objetar?

–No, al contrario: habéis tomado la decisión más sabia –estuvo de acuerdo Genko–. Yo de vosotros mimaría como es debido a ese buen ciudadano.

El recochineo no le gustó a Bauer, pero Delacroix lo paró antes de que pudiera replicar nada.

–¿Qué sabes que nosotros no sepamos? –preguntó de inmediato, desconfiando de la bromita del investigador.

Genko se encogió de hombros.

–Nada –dijo, implicando exactamente lo contrario.

–La primera patrulla ha llegado diez minutos después de tu llamada, de modo que tú y Forman habéis estado un buen rato solos. ¿Quieres hacerme creer que durante todo ese tiempo no habéis hablado de nada?

Genko los miró a ambos. Quería que sospecharan que se traía algo entre manos y que todavía estaba sopesando la situación. Pero le daba vueltas la cabeza y tenía el corazón tan hecho trizas que no podía seguir interpretando esa pantomima.

–Es posible que el dentista conozca el verdadero aspecto del hombre conejo.

–¿Es posible o lo sabes seguro? –lo apremió Bauer, el menos paciente.

–Depende…

–Este gilipollas ya me tiene harto –resopló el otro, dirigiéndose a su colega–. Esperaremos a que Forman se despierte de la anestesia en un par de horas y haremos que nos lo describa.

–Forman ha reconocido a ese hombre por la voz –dijo Genko.

–Me parece poco creíble –afirmó rápidamente Delacroix, escéptico.

Bauer estaba de acuerdo.

–¿Cómo puede alguien que se encuentra en estado de shock porque un loco enmascarado entra en su casa concentrarse en una voz?

–Yo también lo he pensado –se avanzó Genko–. Pero será suficiente con preguntárselo a la mujer: ella también lo conoce. –Genko dejó que asimilaran el golpe de efecto–. Es alguien que frecuenta habitualmente la casa. Pero la mujer no sabe que él y el hombre conejo son la misma persona; si no, os lo habría dicho.

Recuperó la atención de Delacroix.

–¿Quién es él? ¿Un amigo de la familia? ¿Un conocido?

–Deja ya a este imbécil –se interpuso Bauer, intentando llevárselo–. Sólo nos está tomando el pelo.

–Estoy seguro de que la mujer de Forman es capaz de daros indicaciones suficientes para hacer un retrato robot. –Genko se permitió una pausa para que sus palabras tuvieran un mayor efecto y así darles la oportunidad a los dos de valorar bien lo que tenían entre manos–. Bastará con que alguien guíe a la mujer de manera adecuada... –añadió, refiriéndose a sí mismo.

–¿Qué quieres a cambio, esta vez? –preguntó Delacroix.

–Quiero ver el retrato robot.

–¿Y luego qué harás? ¿Te pondrás a buscarlo? ¿Te convertirás en el Llanero Solitario? –Parecía divertido.

No, no tenía intención de vengar a Linda. Hurgó en el bolsillo y les tendió el talismán.

Delacroix desplegó el papel y empezó a leer el informe médico.

–Estoy cansado –dijo Genko–. Sólo quiero irme de aquí. –De este asqueroso mundo, habría querido concretar–. Irme en paz.

Delacroix le pasó la hoja a Bauer y, a continuación, se volvió de nuevo hacia Genko.

–¿Y ver la cara del monstruo hará que te sientas en paz?

–Exactamente –afirmó–. El resto sólo os lo contaré en presencia de la señora Forman. Habéis leído lo que pone en el informe, ¿no? No os servirá de nada amenazarme ni meterme en el calabozo por obstruir la investigación. Lo único que me aterroriza ya está a punto de suceder. Por lo tanto, ahora haced lo que os digo o ya podéis iros a la mierda.

Se hacía el duro, pero en realidad ya había decidido entregarles también el ejemplar del cómic y explicarles el origen de la máscara de Bunny. Total, después de enterarse de la muerte de Robin Sullivan, la única pista que tenía era inútil y el tebeo ya no le servía de nada. Pero lo que Delacroix dijo a continuación hizo que cambiara de idea.

–Resulta raro que quieras ver a la mujer del dentista –afirmó el policía–. Porque ella también ha pedido encontrarse contigo.

24

Lo condujeron en coche a las afueras de la ciudad. Todavía era de noche, pero el indicador del salpicadero marcaba que la temperatura en el exterior era de treinta y ocho grados. A pesar de ello, Bruno empezó a tener frío.

La muerte quería hacerle saber que no se había olvidado de él.

Llegaron a un motel. Aunque estaba situado en una zona que tenía muy poco de turístico, el cartel proponía VACACIONES PARA TODA LA FAMILIA. Una corona de bungalós rodeaba una piscina llena de agua sucia y, en general, el mantenimiento dejaba mucho que desear. El lugar estaba tan vigilado por la policía como el hospital en el que se encontraban Samantha Andretti y Peter Forman.

Bauer aparcó el coche en la explanada y fue a abrir la puerta de atrás para que Genko saliera. El detective privado miró a su alrededor: cien ojos de policías se posaron sobre él, dejando inmediatamente claro que no era bienvenido.

–Por aquí –indicó Delacroix.

El pequeño apartamento reservado a la señora Forman estaba en el centro y, por tanto, era el más fácil de vigilar. Cuando Genko cruzó el umbral del bungalow, en seguida reparó en la presencia del grupo de apoyo psicológico del Departamento. Los expertos asistían a la mujer y a las niñas, que todavía se hallaban en estado de shock por la experiencia que habían sufrido.

Meg y Jordan eran rubias y tenían menos de diez años. Sentadas a la mesa de la cocina, una psicóloga intentaba distraerlas haciendo que dibujaran. Con todo, las hermanitas parecían más tranquilas que la madre, que, en la habitación de al lado, estaba tumbada en la cama y no podía dejar de llorar mientras un médico le tomaba la presión. En cuanto los vio llegar, se irguió.

–¿Cómo está Peter? –preguntó, ansiosa.

–Está en buenas manos, señora –la tranquilizó Delacroix, y seguidamente le hizo una señal al médico para que saliera de la habitación y cerró la puerta.

–Señora Forman, ¿puede repetir lo que nos ha contado antes? –le preguntó Bauer.

–Claro. –La mujer empezó a mordisquearse nerviosamente las uñas pintadas de rojo.

Tal vez era un vicio antiguo, Bruno pensó que lo había vencido con caras sesiones de manicura. Pero el miedo tenía el poder de hacer olvidar las apariencias.

–Siempre me ha costado mucho dormirme, desde jovencita. Me tomo un somnífero antes de meterme en la cama, por eso tengo el sueño profundo… Cuando nacieron las niñas, Peter era el que se levantaba por la noche para darles el biberón y cambiarles los pañales.

La mujer estaba intentando justificarse por no haber vigilado a sus hijas, pensó Genko.

–¿Ayer también se tomó el somnífero habitual? –preguntó Delacroix.

–Este calor de locos y además el hecho de dormir de día me han trastornado… –Su mirada se perdió en la habitación, en busca de un recuerdo–. Creo que eran las dos de la tarde. Debí de oír que una de las niñas me llamaba y abrí los ojos en seguida. No lograba saber si había sido un sueño… Los postigos estaban cerrados, pero al mirar hacia la penumbra me di cuenta de que Peter no estaba a mi lado en la cama. Pensé que se había levantado para ir a ver a las niñas, estaba a punto de volver a dormirme, pero oí de nuevo a Meg: no me lo había imaginado, estaba llamándome. Pero su voz no provenía de su cuarto... Estaba más lejos y sonaba asustada.

Genko notó que su rostro empezaba a deformarse. Sólo el terror era capaz de desfigurar de ese modo a las personas.

–Me levanté y fui a ver –prosiguió la señora Forman–. Meg y Jordan no estaban en sus camas. Empecé a llamarlas, pero no contestaban. –Sorbió por la nariz, estaba a punto de echarse a llorar–. Recorrí toda la casa, desesperada. Pero luego vi que la puerta del sótano estaba entornada. –Hizo una pausa–. Las niñas saben que está prohibido bajar ahí, que es peligroso. Pensé que habían desobedecido o que se habían caído, y en cambio... –La mujer se paró, aturdida.

–¿Qué ocurrió después? –la alentó Delacroix.

La señora Forman lo ignoró y levantó la mirada hacia Genko.

–Mientras iba hacia la puerta, se me puso delante ese... –No sabía cómo definirlo, así que siguió adelante–. Llevaba un mono de mecánico, unos guantes de esquí... Al principio, no me asusté, estaba más bien... Sorprendida. Pensé: qué calor, con toda esa ropa puesta.

No era insólito, consideró Genko. La mente tarda un poco de tiempo en metabolizar las rarezas y siempre intenta racionalizar el horror.

–Pero entonces me fijé bien en su máscara... –La mujer estalló en sollozos–. Estaba segura de que había hecho daño a las niñas.

Genko esperó a que se calmara.

–Sus hijas están bien –le aseguró, porque imaginaba que la mujer necesitaba que alguien se lo repitiera.

–El hombre me cogió por el brazo y me obligó a seguirlo al sótano. –Recobró el aliento–. Había atado a las niñas. Hizo lo mismo conmigo y nos dejó allí.

Al terminar el relato, Delacroix miró a Genko como para indicarle que era su turno.

–Señora Forman –dijo, para llamar su atención–. Antes de perder el conocimiento, su marido me dijo que había reconocido al hombre enmascarado por la voz.

La mujer dio un respingo, parecía turbada.

–No sabría decirle... No tenía ni idea de dónde estaba Peter...

Matando a Linda, pensó Genko, pero se lo quedó para sí.

–El señor Forman se refirió a su jardinero, pero no supo decirme el nombre.

Los dos policías tomaron nota mentalmente de la nueva información y miraron a la mujer aguardando una reacción.

Ella lo pensó un momento.

–Ni yo misma lo sé... No está contratado, viene de vez en cuando... –dijo sólo.

–Por casualidad, ¿tiene su número de teléfono? –preguntó Delacroix, interrumpiéndolos.

Genko notó que el agente especial estaba impaciente; ya había obtenido lo que quería y lo había sacado de la conversación.

–No, mi marido iba a buscarlo al aparcamiento del centro comercial –contestó la mujer–. Peter me explicó que por lo general allí se reúnen los desocupados que esperan que alguien les ofrezca una jornada de trabajo.

Genko imaginó al tacaño de Forman pasando por en medio de esos desgraciados al volante de una lujosa berlina, prometiendo pagar en negro.

–¿Recuerda al menos qué vehículo conducía el jardinero? –preguntó Bauer.

–Me parece que una vieja furgoneta Ford de color azul.

–¿Sería capaz de describirnos a ese hombre?

–Sí, creo que sí. –A continuación, la mujer se quedó parada, como si de repente hubiera recordado algo importante–. Hay algo... Tenía un antojo oscuro justo aquí. –Y con una mano se cubrió por completo el ojo derecho.

Al cabo de un rato estaban sentados en el salón del bungalow y la mujer empezó a describir al jardinero hasta los mínimos detalles.

Como el resultado dependía esencialmente de la interacción entre la memoria del testigo y la imaginación del dibujante, para aumentar las posibilidades de obtener un retrato que se aproximara a la realidad, la Científica solía emplear a tres especialistas distintos que dibujaban al mismo tiempo. Al término de la operación, cada retratista sometería al juicio de la señora Forman su boceto y ella escogería el que más se pareciera.

Era un procedimiento largo y complejo.

Mientras Delacroix y Bauer lo presenciaban desde primera fila, Genko se mantenía a distancia. Estaba de pie, apoyado en una pared, y tenía los brazos cruzados. Observaba el trabajo de los dibujantes mientras el verdadero rostro de Bunny iba tomando forma gradualmente. Los tres retratos robot tenían muchos detalles en común. Era positivo, significaba que los recuerdos de la mujer eran nítidos.

Cuando llegó el momento de reconstruir el aspecto del antojo, Bruno vio aparecer una mancha oscura que cubría gran parte del perfil derecho, desde la mejilla hasta la ceja.

Por eso lleva una máscara, se dijo. A saber cuántas bromas, cuántas tropelías habrá tenido que aguantar desde pequeño por esa anomalía física. Tal vez la total falta de empatía hacia sus víctimas estaba relacionada con el hecho de haber experimentado en sus propias carnes lo despiadada que era la naturaleza humana.

El trabajo de los dibujantes estaba casi terminado y Bruno ya podía mirar a la cara al monstruo que le había quitado a Linda. Tenía una expresión aséptica, indiferente, pero eso era típico de los retratos robot. Mientras intentaba descifrar el misterio de ese rostro, volvió a marearse y se quedó sin respiración. Apartó la vista de la escena. Al volverse hacia la cocina, vio que encima de la mesa sólo quedaba una de las hijas de los Forman. Seguramente Meg, la más pequeña. La otra debía de estar ya en la cama. Al igual que los retratistas, la niña también estaba dibujando. Pero en la hoja no aparecía el insustancial rostro de un monstruo, sino una barca en medio del mar en un precioso día de sol. Genko formuló el deseo de que el más allá fuera tan tranquilo como el dibujo de Meg Forman. Sí, ése era realmente un bonito lugar al que ir. La niña levantó la mirada como si hubiera percibido sus pensamientos y le sonrió.

–Sí, es él –sentenció la señora Forman con la voz rota.

Los retratistas le habían presentado el resultado del trabajo y ella se había puesto en seguida a llorar.

Delacroix buscó a Genko con la mirada y le hizo una señal para que se acercara.

–Todavía queda un aspecto que aclarar –dijo el policía dirigiéndose a la mujer–. Después de liberarla, usted ha dicho que quería ver al señor Genko. –Señaló al detective privado–. Aquí está.

–¿Quería verme, señora? –preguntó Genko con amabilidad.

La mujer sorbió por la nariz y sintió un escalofrío.

–No ha sido idea mía. Me lo ordenó el hombre de la máscara.

Bauer y Delacroix intercambiaron una mirada.

–¿Qué le ordenó exactamente? –preguntó el primero.

–Que le diera un mensaje. –Hizo una pausa–. Personalmente. –La mujer se levantó del sofá y, pasando por delante de la mirada desconcertada de los presentes, cruzó la habitación para ir al encuentro de Genko.

Bruno la vio acercarse. Aunque no sabía lo que iba a ocurrir, no se movió.

Cuando estuvo delante de él, la mujer se inclinó hacia su oreja y susurró:

–Robin Sullivan le manda saludos.

25

El edificio número cuatro era gris y anónimo. Situado en el ala oeste, era el más alejado del Departamento de Policía.

En la planta subterránea estaba el Limbo.

Así era como los policías solían referirse a la oficina de personas desaparecidas. Bruno Genko siempre se había preguntado el motivo, pero lo comprendió en cuanto cruzó el umbral. La impresión que le causó la primera sala lo dejó emocionalmente helado.

Miles de pequeños ojos lo miraron simultáneamente. Las altas paredes, sin ninguna ventana, estaban cubiertas por completo con fotografías de rostros.

Bruno se fijó en seguida en que no eran imágenes asépticas, como las fotos de la ficha policial de los delincuentes. Había personas alegres, la mayoría de las veces fotografiadas en circunstancias festivas: un cumpleaños, una excursión o en Navidad. A saber por qué habían elegido precisamente ésas, se preguntó. Habría sido más lógico poner la foto de un documento oficial, por ejemplo. O, en todo caso, una instantánea en la que el rostro no estuviera deformado por una sonrisa.

Cada imagen estaba acompañada de una anotación. Nombre, lugar en que la persona fue vista por última vez, fecha de la desaparición. Había mujeres, hombres, ancianos. Pero los que más destacaban eran sobre todo los niños. No existía distinción de sexo, religión o color de piel: en el Limbo regía una absoluta democracia del silencio.

El investigador privado dio unos pasos hacia el interior de la sala y los ojos que lo observaban desde las paredes lo siguieron. Bruno sentía que, a pesar de la alegría plasmada en sus rostros, lo envidiaban. También él, dentro de poco, pasaría al mundo de las sombras. Pero, a diferencia de todos ellos, sabría que estaba muerto.

Los habitantes del Limbo, en cambio, no saben lo que son. Viven y mueren a cada instante en el imaginario de quienes todavía los esperan. Y por eso nunca encuentran la paz.

Mientras pensaba en ello, en el eco de la gran sala empezó a oírse un sonido que se iba acercando. Retrocedió temeroso. Poco después, por la puerta del fondo vio aparecer un ser galopante que se movía rápidamente hacia él. Genko estaba a punto de ser embestido. Entonces se oyó una voz.

–Hitchcock, siéntate.

Ante la orden, el gran perro peludo se quedó parado y se sentó en seguida delante de Genko. Transcurrieron unos segundos y, por la misma puerta por la que había salido el animal, apareció otra figura a contraluz.

–¿Puedo ayudarle? –preguntó una voz masculina.

Genko reconoció al agente especial con el que había hablado por teléfono cuando llamó al Limbo para pedir el expediente de Robin Sullivan.

–¿Agente Berish? –preguntó.

El otro avanzó. Llevaba en la mano un botellín de agua; allí dentro hacía un calor asfixiante. Una vez más, vestía con una insólita elegancia: traje azul oscuro y corbata a juego.

No parecía para nada un poli, consideró Bruno.

–Me llamo Genko, soy investigador privado.

–Sí, soy Simon Berish –se presentó. Entonces se lo quedó mirando–. ¿Se encuentra bien?

«En absoluto», le habría gustado decirle.

–He tenido días mejores.

Berish pareció conformarse con la respuesta.

–Venga, tome asiento. –Acompañados del perro, lo escoltó a la oficina.

–No tienen mucho personal –comentó Bruno, pasando por delante de dos escritorios vacíos. No era de extrañar: el Limbo no era un lugar codiciado, en vista del porcentaje de casos destinados a quedar sin resolver.

–Yo no trabajo aquí –especificó Berish–. Últimamente vengo a echar una mano y a ocuparme de la correspondencia –explicó, encaminándolo sin entretenerse hacia una tercera habitación.

Pero Genko se dio cuenta de que el policía intentaba distraerlo de algo. Antes de entrar se paró delante de una pizarra en la que aparecían los datos de un caso reciente.

Una espiral de mapas de carreteras, apuntes varios e imágenes de lugares que nunca había visto. El eje eran las ruinas de un molino abandonado después de un incendio. En la imagen estaba anotado con rotulador rojo: «Lugar donde fue visto por última vez».

Mientras observaba esa extraña composición, se dio cuenta de que Berish estaba parado a su espalda.

–¿Quién es la persona desaparecida?

–Todavía no es seguro que se trate de un caso de desaparición –contestó el policía–. La responsable del Limbo está siguiendo una pista como infiltrada.

Bruno se volvió a mirarlo, sorprendido.

–Maria Eléna Vasquez –recordó.

–Mila –lo corrigió el otro.

El caso del susurrador, las niñas secuestradas y mutiladas; ahí había oído su nombre. Tuvo lugar unos años atrás y Mila Vasquez participó en la investigación. Para Genko de repente todo encajaba: las disputas de Berish con Bauer y Delacroix, el amago de pelea en la comisaría, las palabras del agente especial que contenían una acusación contra sus colegas. «¿Cuándo empezaréis a buscarla?», les había preguntado, sin obtener respuesta. Al parecer, Berish se estaba ocupando él solo de ese asunto.

–Me ha dicho que es detective privado –dijo secamente el policía pasando a la otra habitación.

Genko lo siguió y se sentó frente a la mesa, mientras el otro ya había tomado asiento. El perrazo se tumbó a su lado.

–No quiero hacerle perder el tiempo, agente Berish –afirmó rápidamente Bruno, que tampoco creía que dispusiera de demasiado–. Por lo general, estoy acostumbrado a interpretar un papel cuando tengo que tratar con agentes de policía. –El truco era hacerles creer que no los necesitabas, y que, por el contrario, eran ellos los que te necesitaban a ti–. Pero no tengo nada que ofrecer a cambio de lo que estoy a punto de pedirle.

–Aprecio su sinceridad.

–Y yo la cordialidad con la que me ha recibido.

–Aquí no nos hacemos los remilgados –le aseguró Berish, sonriendo–. La filosofía de la agente Vasquez es colaborar siempre con quien sea. A diferencia de otras divisiones del Departamento, los casos corren el riesgo de languidecer en el Limbo durante años sin que se registre el más mínimo avance. Faltan medios, recursos y voluntad política para ocuparse de las personas desaparecidas. Porque la mayoría de las veces es una batalla perdida desde el inicio. Y a nadie le gusta perder.

Genko sabía algo de eso. Quince años atrás aceptó el caso de Samantha Andretti a pesar de que la creía ya muerta.

–Me estoy ocupando de una desaparición que se remonta a mediados de los años ochenta: un chico de diez años llamado Robin Sullivan.

Berish empezó a arrancar una hoja de un cuaderno que estaba encima de la mesa para tomar nota, pero se paró en seco.

–«R.S.» –recordó–. Entonces es usted quien llamó por teléfono la otra noche… –Aunque el policía no parecía demasiado sorprendido.

–Lamento haberme hecho pasar por el agente Bauer –admitió Genko–. Aunque usted se dio cuenta en seguida, ¿verdad? Aun así, me ayudó de todos modos...

Berish lo observó durante un largo instante y, a continuación, se echó a reír.

–Bauer es un gilipollas –afirmó–. Y, además, ya sé qué significa tener que enfrentarse con ciertos colegas de mente obtusa.

Probablemente lo estaba experimentando con el caso de Mila Vasquez, pensó Genko. En el campo base de los pantanos se quejó ante Delacroix: «Ya nadie contesta a mis llamadas», le dijo. Tal vez por eso Berish se había mostrado tan colaborador con él.

–Entonces, ¿volverá a ayudarme?

El policía asintió.

–Me parece que la vez anterior comprobamos por teléfono que el misterio de la desaparición se resolvió al cabo de tres días, cuando el niño regresó a casa voluntariamente. ¿Qué más quiere saber?

–Tras su reaparición, Robin ya no fue el mismo –empezó a contar Bruno–. A sus padres les devolvieron un niño problemático, con raras perturbaciones e impulsos, tan cambiado que ya no lo reconocían. Al final, decidieron alejarse de él y confiarlo al cuidado de una casa de acogida. –«Los hijos de la oscuridad», se recordó a sí mismo. Según las palabras de Tamitria Wilson, el padre y la madre de Robin eran dos balas perdidas–. Nadie se dio cuenta de que el monstruo había penetrado secretamente dentro de él. –«La oscuridad lo infectó», dijo la vieja en la granja–. Durante su infancia, Robin Sullivan alimentó la sombra que albergaba en su interior: el abandono, la indiferencia y la violencia fueron una peligrosa incubadora para la persona en la que se convertiría después.

–¿Y en qué se convirtió? –preguntó Berish.

–En el secuestrador de Samantha Andretti –contestó Genko, dejando a su interlocutor asombrado. De repente, tal vez por primera vez en su vida, sintió que podía confiar en alguien. Que encima se tratara de un policía era sorprendente, de modo que le contó en detalle por dónde había empezado su investigación privada y lo que había ocurrido hasta entonces.

Bunny, el hombre conejo. El misterioso cómic apócrifo cuyos dibujos, reflejados en un espejo, se convertían en escenas pornográficas. El «sádico consolador» capaz de transformar a un dentista normal y corriente en el despiadado asesino de Linda. Peter Forman, que había reconocido a su propio jardinero como el hombre que había tomado como rehén a su familia. Y al final, la señora Forman, que le había transmitido el mensaje del monstruo.

–Bauer y Delacroix están convencidos de que Robin Sullivan murió en un accidente de tráfico hace más de veinte años. En cambio, es probable que consiguiera fingir su propia muerte. Ahora la policía va tras él: tienen un retrato robot de un rostro con un enorme antojo oscuro que le cubre la mejilla derecha hasta la ceja.

–Y usted está llevando a cabo una investigación paralela a espaldas de todos –concluyó Berish, con clarividencia.

–Digamos que sus colegas y yo tenemos un punto de vista diferente –intentó justificarse–. Estoy encantado de dejarles a ellos la persecución, pero yo necesito entender algunas cosas. –Más que una motivación, parecía una desesperada petición de ayuda.

–¿Por qué? ¿Qué tiene que entender?

–Hace un par de horas estaba a punto de abandonar la investigación y todavía no sé hasta dónde llegaré. –«El dibujo de la pequeña Meg Forman: el mar, el sol, la barca. Allí es adonde voy.»– Pero si al principio se me había metido en la cabeza capturar al secuestrador de Samantha Andretti, ahora sólo sé que me gustaría ir a verla al hospital y por lo menos intentar explicarle quién es realmente el hombre que le ha robado quince años de su vida. –Hizo una pausa–. Que sea la policía quien capture a Sullivan no me importa: el futuro ya no me concierne. Ya formo parte del pasado, agente Berish. Y quiero descubrir qué le ocurrió a Robin durante los tres días en que desapareció a la edad de diez años.

Berish lo miró, quizá intuyó que no le quedaba mucho tiempo.

–¿Qué quiere pedirme, señor Genko?

Bruno pensó en la sala con las paredes tapizadas de fotografías.

–Me gustaría ver el rostro de ese niño.

Bajaron a un angosto sótano lleno de archivadores, pobremente iluminado.

Mientras el perrazo llamado Hitchcock se ponía a explorar el lugar nada más llegar, su amo se situó delante de un viejo PC que ocupaba una pequeña mesa. Tras una breve búsqueda en el terminal, Berish se metió por un pasillo de estantes y desapareció de la vista de Genko.

–No será fácil, se lo anticipo –oyó que le decía poco después desde las profundidades del archivo–. Hay un gran desorden, especialmente en los casos que se remontan a los años ochenta.

Pasaban los minutos y a Genko le volvió a la cabeza Mila Vasquez. Después de haber resuelto brillantemente el caso del susurrador, podría haber escogido cualquier destino dentro del Departamento; en cambio, había decidido enterrarse en el Limbo.

–¿Hace mucho que no contacta con su colega? –preguntó mientras esperaba.

La voz del policía le llegó amortiguada, como si estuviera hablando desde el interior de una lata.

–Desde hace tres días. Aunque a veces Mila desaparece durante semanas cuando lleva un caso –lo tranquilizó–. Ya ha ocurrido en el pasado. –Pero no parecía del todo sincero, y Bruno comprendió que estaba preocupado por ella.

–¿De qué se estaba ocupando exactamente cuando perdió el contacto?

Berish no contestó. Poco después, sin embargo, lo vio regresar con un expediente abierto en las manos.

–Ha dicho que Robin Sullivan tiene un antojo en la cara, ¿verdad? –El policía cogió una foto de la primera página y se la tendió a Genko.

Aparecían dos chicos de unos diez años posando el uno junto al otro. Iban vestidos con la ropa de un equipo de fútbol. Uno tenía el balón bajo el brazo, pero fue el segundo el que llamó la atención del investigador.

Una mancha oscura le cubría casi la mitad del rostro. Se le veía melancólico.

Tamitria Wilson había descrito a Robin Sullivan como un niño frágil, extremadamente necesitado de afecto, digno de compasión. Bruno recordó la elección de la última palabra. Porque luego la vieja concluyó diciendo que Robin era la presa perfecta para cualquier malintencionado.

«La oscuridad lo infectó.»

La «compasión» de la que hablaba la señora Wilson había sido el resquicio, la tara por la que había pasado algo maligno que después le contaminó el corazón.

–Qué raro –comentó el investigador privado.

–¿El qué? –preguntó Berish.

–Ver a ese monstruo con la apariencia de un niño...

–No lo llame así, sería un grave error –le advirtió el otro–. Mi amiga Mila siempre lo dice... Ellos no saben que son monstruos, piensan que son personas normales. Si busca a un monstruo, no lo encontrará nunca. Si en cambio piensa en él como en un hombre corriente, como usted o como yo, entonces tiene alguna esperanza.

«Ellos no saben que son monstruos», Bruno memorizó el consejo. A continuación, desvió la mirada hacia el segundo niño, un chico con el pelo rizado al que le faltaba un incisivo; el amiguito sonriente, con un brazo alrededor de la pelota y el otro rodeando los hombros de Robin.

–¿Por qué hay dos niños?

–Se habrá fijado en la gran habitación de la entrada: la llaman «el salón de los pasos perdidos». Es la recopilación de la última imagen de los desaparecidos antes de que se los tragara el vacío.

Ése era el motivo por el que aparecían rostros sonrientes, se dijo.

–La gente saca fotos en los momentos felices, sin imaginarse en ningún momento que acabarán en estas paredes.

Berish asintió.

–Por eso suele ocurrir que en la foto también esté presente un familiar o un amigo, o incluso un extraño.

Genko observó otra vez la imagen de los dos amiguitos que tenía entre las manos. Uno triste, el otro alegre. Dos niños, dos destinos.

–Supongo que en el expediente no hay nada más.

Berish hojeó las pocas páginas que tenía.

–Hay otra cosa: parece que Robin Sullivan creció en el mismo barrio que Samantha Andretti.

26

Había sido casi catártico hablar del caso con Simon Berish.

Haberle contado los detalles de la investigación le había permitido a Genko compartir también la angustia que le provocaba la historia de Robin Sullivan. Ahora que se había librado de una parte de la energía negativa acumulada, se sentía en disposición de retomar el asunto.

«Ellos no saben que son monstruos.»

Genko seguía repitiéndose las palabras de Mila Vasquez que le había mencionado Berish, mientras deambulaba al volante del Saab por las calles de lo que en una ocasión había sido un barrio obrero, con edificios de obra vista y avenidas arboladas. Un lugar donde todos se conocían, donde vivir en armonía, criar a los hijos e imaginar un futuro tranquilo. Años más tarde, la primera recesión de finales de los setenta quebraría los sueños y los buenos propósitos. Las posteriores coyunturas económicas y, sobre todo, la crisis de la industria manufacturera destruyeron todas las ilusiones y el lugar mutó, hasta convertirse rápidamente en lo que el detective tenía delante de los ojos en ese momento.

Otro gueto de la periferia.

A Genko esos lugares le resultaban familiares. A pesar de no haber puesto nunca un pie allí, los había visto en los dibujos que acompañaban la evaluación psiquiátrica de «R.S.».

Aquí comenzó todo, se dijo. Y era probable que también acabara allí.

Hacia mediodía, bajo la capa de bochorno que ahogaba a la ciudad, Genko circulaba con la ventanilla bajada y miraba a su alrededor, pero el panorama era desolador. Locales comerciales cerrados, basura por todas partes, pintadas que ensuciaban las paredes. Los edificios se habían convertido en sitios donde dormir y, a pesar del calor, se veían demasiados hombres ganduleando por ahí. Señal de que no había trabajo y el único modo de seguir adelante era dedicarse al tráfico ilegal o engancharse a la botella.

Si el barrio ya estaba en malas condiciones en la época de Robin Sullivan, todavía era peor cuando Samantha Andretti vivía allí. De hecho, después de su desaparición, su padre se mudó a otra parte en busca de trabajo. Bruno no se había sorprendido al descubrir que tanto la raptada como su secuestrador procedían del mismo ambiente. Todos los depredadores escogen lugares familiares para ir de caza. En el fondo, era una ley de la naturaleza.

Como detective, Genko conocía perfectamente la disposición de la gente a regresar a sus orígenes. Peligrosos criminales, fugitivos buscados por la policía de medio mundo, estafadores tan astutos como para poner en jaque a poderosas empresas, todos tenían una cosa en común.

Ninguno era capaz de resistirse a la llamada de su hogar.

Muchos habían tenido infancias terribles, entrando y saliendo de reformatorios. O venían de experiencias familiares dramáticas y violentas. Sin embargo, a pesar de odiar los lugares en los que habían nacido, siempre había algo que los hacía regresar. Era como un ritual de reconciliación, como si tuvieran miedo de olvidar quiénes eran realmente y de dónde procedían.

En una ocasión, Genko estaba buscando a un tipo que había ideado una complicada estafa contra una gran multinacional que, al final, le procuró un botín de varios millones. Para recuperar lo sustraído, la empresa recurrió en seguida a tres detectives distintos. Tenían menos de veinticuatro horas para capturar al estafador antes de que hiciera desaparecer para siempre su rastro. Como cualquier profesional del engaño, sin duda su plan también preveía una vía de escape segura, con cambios de identidad y pistas falsas.

Mientras sus colegas se dedicaban a seguir al fugitivo, imaginando cualquier posible escenario para anticiparse a sus movimientos, Genko se informó sobre su pasado, cuando todavía no era un hábil malhechor, sino sólo un pequeño ladrón de barrio. Gracias a una vieja foto descubrió que se había criado con su abuela paterna, muerta desde hacía años. Se dirigió al cementerio en el que estaba enterrada y esperó allí. Al cabo de unas cuantas horas, cuando estaba a punto de oscurecer, advirtió la presencia de un hombre con impermeable, sombrero y gafas de sol. Deambulaba solo entre las lápidas. Pero, antes de irse, el desconocido pasó al lado de la tumba que estaba vigilando Genko y dejó caer distraídamente una flor. Bruno vio el gesto y desenmascaró al estafador.

Era exactamente así: puedes abandonar el lugar donde naciste, pero el lugar donde naciste no te abandona nunca.

Por eso, cuando tenía que localizar a alguien, el primer paso de Bruno Genko era contactar con amigos y familiares de la persona a la que estaba buscando, pidiendo que le enseñaran los álbumes de fotos y los anuarios del colegio. En esas imágenes siempre encontraba algún detalle que ningún disfraz o cirugía plástica podía borrar. Y ése era el motivo por el que había ido hasta el Limbo para procurarse una foto de la infancia de Robin Sullivan. La policía iba tras un jardinero que conducía una furgoneta Ford azul y tenía un antojo oscuro en la cara. Él había venido en busca de un niño al que le gustaba jugar con la pelota.

«Todavía está aquí», se dijo.

Si quince años atrás Robin había elegido su propio barrio de origen para llevarse a su joven prisionera, con más motivo ahora era el sitio más adecuado para encontrar refugio y complicidad.

«Conoce el terreno, aquí sabe cómo esconderse.»

Bruno había asegurado a Bauer y Delacroix que no perseguiría al monstruo. Pero después de estar en el Limbo algo había cambiado. Algo que no había tenido en cuenta, que mantenía alejado el espectro de su muerte y hacía que todavía se sintiera vivo. Un antiguo instinto depredador.

El animal más difícil de cazar es el hombre. Y él, al igual que Robin Sullivan, era un cazador.

Su instinto le decía que la última verdad respecto a Bunny no estaba lejos de aquellas casas ruinosas y de ese hedor a basura. A lo mejor me ha mandado saludos a través de la señora Forman para que sepa que está cerca, se dijo. Tal vez me está observando en este mismo instante y sólo espera el momento adecuado para plantarse delante de mí.

«Ellos no saben que son monstruos.»

Mientras imaginaba cómo sería encontrarse cara a cara con su adversario, entrevió un campo de fútbol que parecía el mismo de la fotografía de Robin con su amiguito del pelo rizado y el incisivo roto.

Se hallaba en la parte trasera de una iglesia que, según rezaba en una placa colocada en una verja, estaba dedicada a la Santísima Misericordia.

Junto a la casa parroquial también había un jardín con dos columpios y un tobogán sobre el que se alzaba un gran tilo. Genko vislumbró a un joven cura con las mangas de la sotana subidas a la altura de los codos tratando de arreglar un tubo exterior con una llave inglesa. Aparcó y bajó del coche para hablar con él.

–De modo que usted creció aquí –dijo el sacerdote mientras, inclinado sobre el tubo, continuaba con la reparación.

–Ha pasado mucho tiempo, mi familia se marchó cuando yo tenía catorce años –afirmó Genko, para dar verosimilitud a la mentira que le había contado al presentarse–. He venido a la ciudad por un asunto de negocios y me han entrado ganas de pasar a echar un vistazo.

–Yo siempre he vivido en el norte, me trasladaron aquí hace apenas dos años.

–La verdad es que recuerdo que en los años ochenta había otro cura –mintió.

–El padre Edward –le aclaró el otro mientras, con esfuerzo, intentaba apretar una válvula–. Nos dejó en 2007.

–Claro, el padre Edward –confirmó Genko, mostrándose a la vez apenado–. ¿Tuvo usted la oportunidad de conocerlo?

–Desgraciadamente, no. Pero el obispo, cuando me asignó aquí, me habló mucho de él: el padre Edward estuvo en esta parroquia tanto tiempo que en el barrio todos lo recuerdan. –Dejó caer la llave inglesa en una caja de herramientas, se levantó y empezó a colocarse bien las mangas enrolladas de la sotana.

–El padre Edward era toda una institución por aquí –convino Genko–. Si murió en 2007, me imagino que todavía estaba en activo cuando desapareció esa chica de la que hablan en la tele... Samantha Andretti –afirmó, lanzando el anzuelo.

El cura se ensombreció.

–Al padre Edward sin duda le habría gustado saber que todavía está viva. Los parroquianos me contaron que él nunca dejó de creerlo, y por eso muchos lo tomaban por loco. Imagínese, cada año, el día de su desaparición, decía una misa por ella e invitaba a todo el mundo a rezar para que volviera a casa. –Seguidamente, se puso a recoger latas y papeles del césped del jardín–. Hasta el último momento mantuvo la esperanza de que alguien le revelara algo en secreto confesional... Quizá incluso un familiar del secuestrador que sólo tenía una sospecha, o un cómplice.

–He oído decir que en el Vaticano hay un archivo secreto en el que se recogen los pecados que la gente malvada revela en confesión –dijo Genko, para no parecer demasiado interesado en el tema.

El otro negó con la cabeza, divertido.

–Cada vez que oigo una nueva historia sobre los misterios vaticanos pienso que la gente olvida demasiado fácilmente la misión de caridad que Cristo encomendó a su Iglesia.

–Tiene razón –se disculpó Genko, simulando incluso sentirse avergonzado.

El joven cura acabó de limpiar el pequeño jardín y fue a depositar los desechos en un cubo de plástico negro. A continuación, se secó la frente sudada con el dorso de la mano y se volvió hacia Bruno.

–¿Puedo hacer algo por usted, señor Genko?

–Bueno, sabe... Me gustaría volver a ver a los amigos de antes, si es que todavía están aquí.

–No sé si puedo serle de ayuda: como le he dicho, llegué aquí hace poco.

–Espere –dijo Bruno mientras hurgaba en su bolsillo–. He traído una vieja foto, salen dos compañeros de mi equipo de fútbol. Siempre jugábamos en el campo de aquí atrás. –Sacó la instantánea que había cogido del Limbo y se la mostró al sacerdote.

El cura sostuvo la foto y la estudió atentamente.

–Al del antojo lo recordaría si lo hubiera visto antes –afirmó, escéptico.

Genko estaba decepcionado. Pero pensó que todavía podía localizar al amigo de Robin, el del pelo rizado y el incisivo roto.

–¿Y qué me dice del otro?

El sacerdote negó con la cabeza.

–Lo siento. –Y le devolvió la fotografía.

Genko se la guardó en el bolsillo.

–Está bien, gracias de todos modos. –Y se volvió para marcharse.

–A lo mejor le apetece ver otra vez el oratorio –afirmó el cura, quizá para consolarlo de la decepción–. Hay una vitrina con los trofeos del equipo de fútbol, y también hay más fotos.

Atravesaron una sala con una mesa de ping-pong, donde flotaba un penetrante olor a cerrado y a zapatillas de deporte. Había pósteres de algunos futbolistas, campeones modernos y del pasado que compartían esas paredes con las imágenes de Jesús.

–Ahora ya sólo vienen los más pequeños –dijo el cura, desconsolado–. En cuanto cumplen los once o doce años, ya están por la calle armando líos. Y lo que es peor es que la edad media de los adolescentes que tienen problemas con la justicia desciende cada año.

Mientras el cura hablaba, Genko contempló la vitrina de los trofeos.

Estaba situada en un pasillo, frente a una puerta corredera en la que había un cartel que decía: BIBLIOTECA PADRE EDWARD JOHNSTON.

Bruno se colocó delante del expositor y se inclinó para ver mejor las fotos enmarcadas de los equipos en medio de las copas y las medallas. Fue en busca de las imágenes de los años ochenta. Esperaba que el cura reconociera en algún viejo compañero de Robin la fisonomía de un adulto que pudiera darle una pista.

El detective distinguió al amigo del pelo rizado de Bunny, retratado en una época en la que todavía conservaba ambos incisivos. Pero luego, para su asombro, entre los otros jugadores no reconoció al futuro secuestrador de Samantha Andretti.

–En el campeonato de este año hemos quedado los últimos –se lamentó el cura a sus espaldas–. El año que viene ni siquiera sé si podremos reunir un equipo.

–Comprendo –comentó Genko distraído, dándose cuenta de que había fracasado de nuevo.

–El padre Edward, en cambio, era extraordinario a la hora de involucrar a los chicos –continuó el otro–. Su punto fuerte era la biblioteca.

A Bruno esa última frase en seguida le sonó extraña. ¿Cómo era posible que el padre Edward convenciera a los chicos para que leyeran? En ese momento, oyó que el cura a su espalda estaba abriendo la puerta corredera de la sala dedicada a su ilustre predecesor. Intrigado, Genko se volvió a mirar. Lo que vio en la sala lo dejó paralizado.

En la biblioteca del padre Edward sólo había cómics.

Estanterías enteras cubrían las paredes hasta el techo. Se quedó sin palabras y empezó a repasarlas. Había para todas las edades. Desde historias para los más pequeños hasta superhéroes.

–Me imagino que, de pequeño, usted también pasó mucho tiempo aquí dentro –comentó el cura.

Bruno se limitó a asentir, porque mientras tanto su mente intentaba hacer encajar las diferentes pistas en busca de una solución.

Un cura que disfruta de la confianza incondicional de los niños. Una biblioteca de cómics. Bunny el conejo. Un ejemplar con imágenes pornográficas. Y, para terminar, los tres días que Robin Sullivan despareció de casa.

Nunca nadie descubrió dónde había estado, ni él contó nunca lo que le había ocurrido en ese breve lapso de tiempo. «La oscuridad lo infectó.» Y es que ¿quién hubiera creído a un niño que acusaba a un cura? Por eso Robin calló.

El padre Edward, se repitió intentando imaginar qué infamias podía haber cometido contra niños inocentes gracias a la tapadera de su sotana. Alguien libre de sospecha, un benefactor. Un santo. En el fondo, él también era un monstruo con una máscara.

Bruno empezó a odiarlo por lo que le había hecho a un niño de sólo diez años, mucho tiempo atrás. Ahora tenía la confirmación: Robin no había nacido monstruo, sino que se había convertido en uno. Por lo tanto, el sufrimiento de Samantha Andretti también era culpa del padre Edward.

–¿Usted sabe si hay alguien más a quien pueda pedir información sobre mis dos amigos de la fotografía? –preguntó Genko.

Su tono había cambiado, ya no era tan amable, sino decidido. El detective estaba determinado a encontrar por lo menos al compañero de Robin.

–Déjeme pensar –dijo el joven sacerdote–. El único que puede saber algo es Bunny.

El nombre lo dejó helado. Se volvió lentamente a mirar al cura.

–¿Quién?

–El viejo conserje –especificó el otro–. Él se ocupaba del mantenimiento. En realidad, se llama William, el apodo debieron ponérselo los chicos hace mucho tiempo. Lleva aquí toda la vida. ¿No se acuerda de él?

–Claro, es cierto. Se me había olvidado –dijo Genko con calma, mientras intentaba asimilar la información–. Bunny.

–Desde que lo ingresaron me veo obligado a arreglarlo todo yo solo. –El cura sonrió–. Por eso me ha visto trabajar en el jardín hace un rato.

–¿Ingresado? –preguntó Genko para estar seguro de haberlo entendido bien.

–Tiene una enfermedad grave –contestó el otro, de nuevo serio. Tal vez había percibido una cierta inquietud en el rostro del visitante.

Genko lo miró.

–¿Y normalmente dónde suele estar Bunny?

El sacerdote señaló hacia el suelo.

–Aquí debajo, en un cuarto al lado de la sala de calderas.

27

Había cometido un error de cálculo.

Sin la intervención providencial del joven sacerdote, Genko habría seguido maldiciendo al difunto padre Edward en vez de hallarse en la parte superior de la escalera de piedra que conducía al sótano de la iglesia de la Santísima Misericordia.

La casa de Bunny el conserje.

–¿Le importa si no lo acompaño? –dijo el cura.

–No, en absoluto –contestó Genko, absorto en la oscuridad que lo esperaba allí abajo.

En cuanto el cura se alejó, Bruno alargó la mano hacia el interruptor y el sótano se iluminó con una débil luz amarillenta, intermitente. Bajó los escalones lentamente. Lo acogió un húmedo frescor que provenía de los cimientos de la iglesia. Debería haber sido una sensación agradable en el tórrido calor de la mañana, pero él se estremeció como si ese aliento brotara de algo maléfico.

Al llegar al pie de la escalera, se volvió hacia la derecha. Del bajo techo colgaba una bombilla que crepitaba, a punto de fundirse. Genko le dio un par de golpecitos con la punta del dedo índice y ésta vibró como si fuera a apagarse. Luego, en cambio, inesperadamente, la luz se volvió más brillante, como una estrella que está a punto de morir. Producía un sonido eléctrico, como una nota prolongada. Con ese acompañamiento, Bruno prosiguió la exploración de ese submundo.

Ante él había un largo pasillo de cañerías de diversos diámetros que recorrían el techo y trepaban por las paredes. Olía a queroseno y trementina. Al final del túnel había una alta alambrada. Genko se encaminó en esa dirección.

La malla rodeaba el perímetro de un cuartito.

Al lado de la entrada había un banco de trabajo con un taburete y una lámpara orientable. Genko la encendió para ver mejor. Al lado de la luz surgieron las notas estridentes de un *blues*. Provenían de una radio que se encontraba en una estantería; la habían ensamblado en una caja de zapatos con piezas de otros aparatos. A juzgar por los instrumentos que había en la superficie de trabajo, sin duda era obra de Bunny.

La habitación, sin embargo, no sólo era un taller de reparaciones, ya que frente al banco había un camastro con las sábanas inmaculadas, una almohada delgada bajo la que asomaba el cuello de una botella de *whisky* y una manta marrón oscuro perfectamente remetida debajo del colchón. La cama tenía una repisa en el cabezal en la que el conserje tenía objetos de poco valor, que parecían recogidos de la basura. Un jarrón de cerámica pegado con cola a la buena de Dios, una lámpara de pantalla con las facciones de Marilyn Monroe, un despertador de cuerda manual parado a las seis y veinte.

Genko examinó las baratijas y a continuación se acercó a un pequeño armario de metal. Lo abrió y vio que en el interior sólo había cuatro perchas de las que colgaban un par de camisas, unos vaqueros desgastados y un chaquetón de invierno. También había un traje negro, combinado con una corbata oscura, que olía a incienso. Probablemente lo utilizaría para los funerales que se celebraban en la Santísima Misericordia, cuando el conserje ayudaba a los de la funeraria a llevar el féretro y tocaba las campanadas a muerto. En el estante de debajo de la ropa había dos pares de zapatos. Los primeros eran de trabajo; los otros, negros de cordones. Al lado, un viejo proyector Súper 8. Hacía años que Genko no veía ninguno.

El detective privado cerró la puerta del armario y se dedicó a revisar el cajón de la mesilla de noche. Pero el conserje sólo guardaba allí un pequeño espejo y un peine, una cartilla del banco con las páginas amarillentas en las que aparecían unos míseros ahorros y, para terminar, algún recorte de un diario deportivo.

Ése era todo el mundo de William el conserje, alias «Bunny».

Genko se sentó en el catre, agotado. El *blues* de la radio terminó y en seguida empezó otra. «¿Cómo se puede vivir como una rata?», se preguntó. Una vida escondida y solitaria. Pensó en sí mismo. Le bastó con comparar el collage de Hans Arp, colgado en la pared de su estudio, con las quincallas que había encima del estante que estaba a su espalda, después con sustituir a Bach por el *blues*... y ya lo tenía.

La vida de ese hombre y la suya se parecían.

Ambos habían elegido desaparecer ante los ojos del mundo. Sólo había un motivo que podía empujar a una persona a anularse de ese modo.

Un secreto.

Para Bruno tenía que ver básicamente con su profesión de investigador privado. ¿Y para Bunny?

«Le hiciste algo a Robin Sullivan. Lo dañaste. Lo infectaste con tu oscuridad e hiciste que se convirtiera en un monstruo. Exactamente igual que tú.»

Bruno pensó que no tendría que ir muy lejos para comprender la esencia de ese hombre. Era suficiente con que siguiera pensando en sí mismo. Del mismo modo que él guardaba en casa una obra dadaísta y los discos de Glenn Gould, estaba seguro de que William también quería tener a su lado lo que más amaba. Así que, instintivamente, se agachó y metió una mano debajo del catre en el que estaba sentado. Empezó a tantear en la oscuridad. Y cuando por fin sus dedos encontraron algo, lo sacó rápidamente.

La caja de cartón estaba allí, a sus pies.

Bruno levantó la tapa y reconoció en seguida la sonrisa familiar del conejito de los ojos con forma de corazón. Pero esta vez no estaba solo; había un montón de esos cómics.

Genko empezó a examinarlos. Ni autor, ni editor ni números de serie. Eran apócrifos como el ejemplar que llevaba en el bolsillo de la chaqueta de lino. Y eran idénticos.

Cogió el espejito que había visto en el cajón de la mesilla y comprobó que los ejemplares ocultaban el mismo maleficio. Así era. Quién sabía cuántos niños como Robin Sullivan habían sido atraídos a través de ese retorcido instrumento y después instruidos en prácticas repugnantes para su tierna edad.

Lleno de rabia, Bruno empezó a poner en orden los ejemplares, sin saber siquiera qué haría con ellos. Y entonces se fijó en que, en la caja, había algo más.

Un fino estuche de metal.

Lo cogió, intentando adivinar qué era. Cuando lo abrió, se deslizó entre sus manos un carrete de película.

«Una filmación.»

Entonces se acordó del proyector Súper 8 que había visto en el armario.

28

El corazón de la pared palpitaba. *Tac tac, tac tac, tac tac.* Había olvidado a su niña. *Tac tac, tac tac, tac tac.* En el sueño que estaba teniendo la veía dar sus primeros pasos inseguros, con el equilibrio precario tan propio de los bebés, mientras se aventuraba a explorar el laberinto. Pero cada vez que intentaba alcanzarla para mirarla a la cara, ella desaparecía. Sólo le quedaba su risa cristalina, que se evaporaba en el eco de la prisión subterránea.

Tac tac, tac tac, tac tac.

Ser incapaz de volver a ver la cara de su hija era el castigo por haber sustituido su recuerdo por el de un gato imaginario, ahora lo sabía.

Tac tac, tac tac, tac tac.

«¿Le pusiste nombre?», le había preguntado Green, refiriéndose al animal.

«No», había contestado ella.

«¿Por qué no?»

«Allí dentro yo no tenía nombre, ya nadie me llamaba... Los nombres no sirven en el laberinto, no tienen ninguna utilidad.»

Tac tac, tac tac, tac tac.

¿Dónde estaba ahora la niña sin nombre? Green le había

prometido que buscarían juntos la respuesta. Pero a ella también le daba miedo descubrirla.

Tac tac, tac tac, tac tac.

Se debatía en un tormentoso duermevela. De vez en cuando abría los ojos y reconocía la habitación de hospital, intentaba mantenerse a flote dentro de la realidad, pero luego el cansancio la volvía a engullir y tenía la sensación de precipitarse al interior de la cama, como a través de un agujero negro; un pasadizo secreto que la devolvía directamente al laberinto.

No, ahora estoy a salvo. Aquí no puede ocurrirme nada, hay un policía al otro lado de la puerta.

Tac tac, tac tac, tac tac.

En uno de esos momentos de confuso despertar, sintió una mano cálida que se posaba delicadamente en su frente. Le pareció entrever una figura vestida de blanco junto a la cama. La enfermera de los cabellos rojizos se volvió de espaldas para cambiar el gotero.

–Descansa, querida, descansa... –dijo dulcemente.

El latido por fin se paró. Los párpados se volvieron pesados, la oscuridad vino a abrazarla.

Abrió los ojos de golpe.

Parecía que hubiera pasado un instante, pero no sabía cuánto tiempo había transcurrido en realidad. Lo supuso porque la enfermera ya no estaba y el doctor Green había vuelto. Se había quedado dormido en la silla: piernas estiradas hacia delante, pies y brazos cruzados, cabeza reclinada sobre un hombro. Las gafas se le habían deslizado a la punta de la nariz.

Observó al hombre con más atención. Sesenta años, todavía atractivo, con cierto buen gusto en el vestir: corbata conjuntada con la camisa azul. Se preguntó si su mujer le elegía los trajes que se ponía. Tal vez los cogía ella misma del armario y se los dejaba preparados encima de la cama cada mañana. Esa idea tan tierna y banal hizo que reflexionara de nuevo sobre su situación. Le habían robado quince años de su vida; normal y corriente, convencional, tal vez mediocre, pero una vida al fin y al cabo. ¿Cómo habría cambiado el mundo mientras tanto? Era una suerte que la hubieran ingresado en la unidad de quemados del Saint Catherine, porque así su habitación no tenía ninguna ventana. Le asustaba salir por esa puerta. Era como haber hibernado durante mucho tiempo o haber viajado al futuro. No sabía qué le esperaba al otro lado del umbral.

O «quién».

«Quiero que te libres para siempre de esta pesadilla –le había dicho Green–. Lo sabes mejor que yo; si no lo cogemos, una vez estés ahí fuera no podrás llevar una vida normal...»

Ya era lo bastante difícil. No podía convivir además con el terror de que «él» quisiera llevársela otra vez al laberinto.

Green se despertó. Primero frunció los ojos, seguidamente se colocó las gafas empujándolas con un dedo hacia la frente. Se fijó en que ella también estaba despierta, le sonrió.

–¿Cómo estás? –preguntó mientras se desperezaba.

–¿Fui yo quien llevó la niña al laberinto? –preguntó en seguida.

Le angustiaba la idea de que hubiera podido implicar, aunque fuera involuntariamente, a otro inocente en la pesadilla. Y más si se trataba de su hija.

El doctor se acomodó en la silla y puso en marcha la grabadora.

–No creo que estuvieras embarazada cuando te secuestró. Al fin y al cabo, sólo tenías trece años.

–Entonces, ¿cómo fue posible? –Estaba confusa.

–La verdadera pregunta no es cómo la niña entró en el laberinto, sino cómo pudo entrar dentro de ti... Entiendes la diferencia, ¿verdad, Sam?

Pues claro que la entendía, ni que tuviera ocho años.

–Sé cómo nacen los niños... Alguien puso su semen dentro de mí.

–¿Y tienes idea de quién pudo ser ese «alguien»?

Se detuvo a pensarlo.

–Alguien que estaba conmigo en el laberinto –contestó, porque era lo más lógico que podía decir. Pero al instante le pareció que el doctor Green no estaba satisfecho.

–¿Podrías ser más precisa, por favor?

Lo intentó.

–A lo mejor otro prisionero.

–Sam, aparte de la niña de la que me has hablado, no creo que hubiera más prisioneros –dijo.

–¿Y cómo puede estar tan seguro? –Vio que Green seguía buscando un modo de explicarse, y eso la irritó. No soy estúpida, habría querido decirle.

–Mira, Sam, el hombre que te raptó también te eligió.

–¿Qué quiere decir?

–Que tú cumplías con sus cánones de lo que es deseable... Dicho de otro modo: todos nosotros sabemos perfectamente lo que nos gusta y lo que más nos conviene. ¿Estás de acuerdo?

–Sí –contestó, sin saber adónde quería llegar.

–Piensa en un helado. ¿Tienes sabores favoritos?

–Nata, y también caramelo –dijo, aunque sin saber de dónde procedía ese recuerdo.

–Bien: si los que más te gustan son los de «nata y caramelo», no irás a pedir un barquillo de chocolate o de vainilla.

Asintió, si bien lo que decía el doctor le parecía bastante tonto.

–Es altamente improbable que elijamos algo que no nos satisface, ¿no te parece? –prosiguió Green–. Por eso tendemos a repetir las mismas preferencias, porque nos conocemos a nosotros mismos. Y el modo de comportarse del secuestrador sugiere que concentra su atención en las mujeres. Él se lleva a niñas, Sam. –Entonces precisó–: En femenino, no varones.

¿Por qué todo ese rodeo con las palabras?

–¿Qué está intentando decirme?

Green se permitió una profunda respiración.

–Que el único varón presente en el laberinto era tu secuestrador, Sam. Y es ilógico que, si él es el padre de tu niña, tú nunca le hayas visto la cara.

¿Por qué Green insistía en esa historia? ¿Por qué se obstinaba en querer hacerle daño?

–No es cierto –dijo, parándole los pies–. No fue así como pasó. Tiene que haber por fuerza otra explicación. –Pero no se le ocurría ninguna.

–Sam, yo quiero ayudarte. –Green se acercó y le cogió la mano–. Lo quiero de verdad –repitió, mirándola a los ojos–. Pero si no aceptas esta realidad, nunca lograré que recuerdes qué le ha pasado a tu hija.

Sintió que los ojos se le llenaban de lágrimas cálidas y gruesas.

–No es cierto –repitió despacio, con la voz rota.

–¿Por qué no volvemos a hacer el ejercicio de hace un rato? Podrías concentrarte otra vez en un punto de la habitación y relajarte: antes ha funcionado –insistió el doctor–. Tal vez tu hija está todavía allí abajo, Sam. Y te está esperando... Sólo espera a que su mamá vaya a liberarla.

Miró de nuevo la pequeña mancha de humedad de la pared que se parecía a un corazón –un corazón palpitante, el corazón de su niña. «¿La abandoné?», se preguntó. «¿Me escapé y la dejé allí para salvarme yo?»

–Ánimo, Sam –la exhortó Green–. Háblame de cuando él venía a verte al laberinto...

–La oscuridad –dijo entonces ella, y se quedó callada.

–Está bien, Sam: continúa...

–Yo lo llamaba el juego de la oscuridad...

Los neones empiezan a temblar. Sabe qué significa. Ya ha ocurrido otras veces. Y volverá a ocurrir.

Es una señal, el juego de la oscuridad está a punto de empezar.

Si quiere salvarse, hay un procedimiento que debe respetar. Lo ha perfeccionado con el tiempo. No siempre funciona, pero a veces sí. Lo primero de todo, es inútil buscar un escondite: el laberinto no tiene recovecos ni esquinas en los que pueda refugiarse. El truco es mimetizarse. Hay que convertirse en parte del entorno que la rodea. Pero, para hacerlo, debe esperar hasta el último segundo.

Sale al pasillo y empieza a correr de una dirección a otra. Mientras tanto no quita ojo a los neones. Las bombillas cada vez crepitan más. Está a punto de suceder, falta poco. Cuenta: «Tres, dos, uno...».

Oscuridad.

Se mete en una habitación y se pega a la pared. Está jadeando, el corazón le late con fuerza, pero le bastarán unos pocos segundos para calmarse. Empieza a regular la respiración, los latidos se ralentizan. No se mueve.

Y espera.

En el laberinto reina una paz aparente. Sus oídos sólo perciben un silbido continuo: el ruido del silencio. Después le parece oír algo. Se asemeja a un ruido de pasos unido a un sonido metálico. Podría ser sólo fruto de su imaginación, pero sabe perfectamente que no es así.

Él ya está allí. Ha bajado a hacerle una visita.

No sabe de dónde ha venido, o de dónde viene todas las veces. Pero ahora se encuentra allí, con ella. Empieza a oír sus pasos; lentos, pacientes. La está buscando.

Él tampoco puede ver, ése es precisamente el juego. Por eso camina y con los brazos tendidos explora lo que le rodea; ella puede oír el susurro de sus manos al acariciar las paredes grises, parece que esté reptando. Mientras tanto, sabe que el monstruo espera captar un sonido, uno cualquiera, que le revele dónde se halla su prisionera.

No está lejos, se va acercando.

Lo siente: está pasando por delante de la puerta de la habitación. No te pares, no te pares. Bien, pasa de largo. Pero luego se detiene.

¿Qué está haciendo? ¿Por qué no continúa?

En vez de eso, vuelve atrás. Está allí, delante de la puerta abierta, y duda. Está decidiendo si entra o no.

Vete. Vete de aquí.

Él cruza el umbral. Puede sentir su respiración, la respiración del monstruo. Pero ella no se mueve, permanece donde está. No intenta escapar porque otras veces, cuando ha llegado a su objetivo, por algún oscuro motivo se ha olvidado de ella o ha cambiado de opinión. Aunque esta vez tiene el presentimiento de que no será tan afortunada. Esta vez la suerte está de parte de su adversario. Lo oye avanzar con cautela hacia ella.

Se para, como si la viera a través de la oscuridad.

Sabe que está a punto de ocurrir algo, pero se queda inmóvil. Él acerca el rostro al suyo; está a pocos centímetros de su cara, nota el calor y el olor de su aliento. Dulce y también amargo, el aliento de un monstruo.

Entonces una mano se posa delicadamente en su mejilla. No es afecto, se dice, se pone tensa, no quiere darse por vencida. La caricia baja por el cuello, recorre el hombro, se detiene en uno de sus pequeños pechos. Se desliza hacia el vientre, se insinúa en la goma de las braguitas. Los dedos exploran el vello. Se paran cuando encuentran la carne viva. Ella no cierra los ojos, no quiere añadir oscuridad a la oscuridad. Quiere mirarlo a la cara de todos modos, incluso en la oscuridad. No soy una víctima, se repite. No soy tuya. Pero al mismo tiempo intenta pensar en una idea para que la encuentre preparada, allí abajo. Porque la última vez, mientras se apoderaba de lo que le pertenece, le hizo daño...

–¿Quería saberlo, doctor Green? Pues así es como iba –dijo con tono insolente–. Capullo, ¿estás contento ahora?

–No, claro que no –dijo Green.

Intuyó que se sentía sinceramente disgustado. Y no sólo porque no había obtenido la información que esperaba. Parecía afligido por ella, por lo que había tenido que sufrir: los juegos perversos de un monstruo invisible. Se sintió culpable por haberlo insultado.

–De acuerdo, Sam: intentaremos juntos otro camino para recuperar de tu mente los recuerdos del secuestrador –prometió, apagando la grabadora. Se volvió hacia el espejo y con la mano tocó el mosquetón con las llaves que colgaba de su cinturón. Parecía un gesto acordado, una especie de señal para quien estuviera observando.

29

El dibujo de Meg Forman: la barca acunada dulcemente por un mar tranquilo, el cálido sol, el lugar en el que Genko quería estar cuando todo acabara.

El paraíso perfecto en la mente de una niña.

Ese lugar imaginario era un refugio soñado, pero todavía no podía ir allí. «Porque debo quedarme aquí y ver lo que hay en esa película», se dijo.

Situó el proyector encima del taburete de Bunny el conserje, colocó dentro la película y lo orientó hacia la pared. A continuación, apagó la luz. En los pocos instantes de oscuridad que siguieron, respiró hondo.

Después dio comienzo el espectáculo.

Los primeros fotogramas estaban en blanco, pero pronto empezó a verse algo. La grabación en Super8 era obra de un aficionado, el operador no lograba enfocar bien. Poco a poco la imagen fue volviéndose más clara.

Un interior: un elegante salón con butacas de cuero, parqué y *boiserie* de madera oscura. La luz color sepia se concentraba sobre todo en la parte central del encuadre, mientras que la parte superior e inferior estaba en penumbra. El resultado era que las personas sólo se veían bien de las rodillas al mentón.

Hombres con trajes elegantes, de raya diplomática con chaleco, pañuelo en el bolsillito o un clavel en el ojal de la americana. Casi todos tenían una copa en la mano o fumaban un puro. Conversaban tranquilamente y sonreían, mientras unos camareros con uniforme blanco pasaban entre ellos con bandejas de copas y canapés.

Parecía estar viendo una escena de otra época, pensó Genko. Un club frecuentado por gente respetable y encumbrada. Bruno había temido el contenido de la cinta, imaginando quién sabe qué escenas abominables. Estaba a punto de cambiar de opinión.

Entonces el escenario cambió de repente.

Exterior. Un espeso bosque. El objetivo buscaba algo en medio de la vegetación. Lo encontró, mimetizado entre los matorrales. Una niña de cabello rubio, descalza. El vestido azul rasgado, brazos y piernas arañados por las ramas. Sólo se oían sus pasos sobre las hojas secas. Después, un ruido, la chica se volvió, asustada. Alguien se rio.

Genko se inclinó hacia delante para intentar saber quién era la joven, pero la película cambió de nuevo.

También un bosque, pero esta vez era un dibujo animado que parecía remontarse a los años cuarenta. Un conejo grande con los ojos con forma de corazón en medio de un gran prado. Bunny estaba sentado encima de un tronco y explicaba algo a dos niños que se habían acomodado sobre sus grandes patas. Una mariposa pasó sobre sus cabezas, el viento movió las hojas de un árbol.

Hubo un corte. Gemidos.

Una mujer desnuda teniendo relaciones sexuales con dos hombres encapuchados. Estaba tumbada sobre un gran altar de mármol rodeado de velas y de cuchillos. La mujer llevaba el pelo suelto sobre los hombros, la piel cubierta por una fina capa de sudor. Tenía los ojos cerrados mientras los dos hombres la penetraban por turnos, violentamente. En los gritos de placer se ocultaban palabras incomprensibles. Una especie de invocación o de plegaria.

Un nuevo corte, otro escenario.

Una habitación iluminada por la luz del día, una silla vacía. Escrita en la pared, la palabra AMOR. El operador se demoraba inexplicablemente en la escena. Luego, de repente, la habitación estaba a oscuras. En la silla había un hombre desnudo atado, con la cabeza echada hacia delante. La palabra escrita a su espalda apenas era visible. El operador avanzó rápidamente hacia el prisionero, tenía algo en la mano, quizá un cuchillo. El hombre levantó la cabeza, gritó.

Genko se apartó como si le estuviera sucediendo a él. Ahora en la escena volvía a ser de día. La silla estaba de nuevo vacía. Todo tranquilo.

Otro corte.

El patio de un colegio. Niños en pantalón corto jugando al pillapilla. El operador los seguía a distancia, escondido detrás de una verja. Se centró en uno de los niños. Era distinto a los demás. Era albino. Éste se paró, como si un sexto sentido le hubiera avisado de un peligro. Miró a su alrededor, pero luego siguió jugando como si nada.

Un frenético montaje de secuencias. Una mujer anciana que le estaba dando de mamar a un bebé. La carpa de un circo plantada en medio de una llanura desolada. La palabra ROJO. Un hombre sin piernas que se arrastraba cantando. Un televisor que emitía un viejo anuncio de un detergente. La palabra ORGASMO. Dos mujeres con capuchas negras que se acariciaban y se quitaban la ropa. La palabra LLUZ. Un funeral bajo la lluvia. Más pornografía. Sangre. Símbolos de muerte. Genko estaba aturdido por el continuo cambio de escena. Pero también profundamente inquieto por las imágenes. Se preguntaba qué estaba viendo exactamente y por qué el conserje de una parroquia tenía esa filmación.

Otra escena.

Un lugar indefinible, oscuridad profunda perforada por el foco polvoriento de una linterna. El operador estaba caminando por un suelo inconexo, sólo se oía el ruido de sus pasos, toscos y fuertes, que se perdían en el eco de una gran sala vacía. Estaba buscando algo, pero a su alrededor no había nada. Se detuvo y se puso a escuchar. Se oyó un murmullo de voces lejanas. El operador se desvió hacia su derecha, la linterna se movió rápidamente, enfocando el entorno. Mientras el haz de luz pasaba por una pared de ladrillos, por un instante Genko vio aparecer un enjambre. La linterna se paró y volvió atrás para enfocarlo mejor. En un rincón descubrió un grupito de ojos asustados. Niños con el torso desnudo que se mantenían apretados intentando escapar de su perseguidor. Siete o tal vez ocho, de unos diez años. El operador se encaminó con calma hacia ellos. Pero esta vez no estaba solo.

Por su espalda avanzaron unas sombras oscuras. Figuras humanas que lo adelantaron y fueron al encuentro de los niños...

El proyector se tragó el último trozo de película y las imágenes desaparecieron de la pared, dejando a Genko con un montón de preguntas y una sensación desagradable en el alma.

Lo que acababa de presenciar era cuando menos surrealista. Y malvado; sí, malvado. ¿Qué mente perturbada había concebido una cosa así?

En el semisótano de la iglesia, en la oscuridad, Bruno se arrepintió de haber empezado la investigación y de haberse empeñado en seguir siendo fiel a un pacto firmado quince años atrás con los padres de Samantha Andretti y también con ella. No era así como le hubiera gustado acabar su vida, hubiera preferido no conocer la absurda y dolorosa verdad. Es decir, que la naturaleza humana era capaz de genio y de belleza, pero también de generar abismos oscuros y nauseabundos como el que acababa de cerrarse ante sus ojos.

«Por suerte los hombres mueren», se dijo. Y ahora William el conserje se estaba muriendo. Pero antes de que la diosa negra fuera al encuentro de ambos, Genko debía tener una charla con Bunny.

30

El sitio al que se dirigía se encontraba en el rincón más remoto del barrio.

Por los murales de los edificios, Genko intuyó que las bandas callejeras se repartían cada centímetro de ese enclave. De hecho, en cuanto rebasó un cruce donde había una escuela abandonada, tuvo la impresión de haber atravesado una frontera invisible. Un coche con tres chicos a bordo que llevaban pañuelos y gafas de sol se puso en seguida a pisarle los talones al Saab. Los centinelas habían detectado la presencia de un extraño, pensó Genko. Esos tres tenían la misión de escoltarlo y no quitarle ojo de encima.

No había de qué sorprenderse. Un año antes se había producido una guerra entre bandas que, en poco más de una semana, había dejado casi veinte muertos en la calle. Asuntos de droga y de territorio, vete a saber. Las víctimas siempre eran muy jóvenes: veinte años como mucho. La vida en esos lugares valía tan poco que las madres sabían que sobrevivirían a sus hijos cuando daban a luz.

«Dentro de poco todo esto ya no te incumbirá», se dijo. El mundo de los vivos, con sus malditas contradicciones, podía irse a la mierda.

Genko conducía con las manos bien a la vista en el volante para que quienes lo vigilaban vieran que no tenía intenciones hostiles. En el asiento del pasajero llevaba una botella de *whisky* que había comprado en una tienda de licores. Había colocado en el salpicadero el rudimentario mapa que el joven sacerdote de la Santísima Misericordia le había dibujado en una hoja para explicarle cómo llegar a su destino. Por esa zona, los navegadores vía satélite se extraviaban y, en los mapas de internet, en ese mismo lugar sólo aparecía una gran mancha blanca.

Llegó a las inmediaciones del edificio que buscaba, aparcó junto a unos bancos, cogió el *whisky* del asiento de al lado y bajó del coche. El sol de mediodía picaba, Bruno sentía una especie de peso en el cráneo. Miró a su alrededor, así también daba a sus vigilantes la posibilidad de observarlo bien. A continuación, con paso tranquilo, se dirigió hacia la entrada del edificio.

Cruzó el umbral y un olor a cocina y desinfectante lo envolvió. En el portal había algunas sillas de plástico desparejadas y una mesita en la que estaban esparcidos unos folletos informativos sobre temas médico-sanitarios: desde la prevención de enfermedades venéreas hasta consejos de higiene dental. En ese momento, en lo que parecía una sala de espera, sólo había un sintecho durmiendo en el suelo. Probablemente se había guarecido del calor y nadie lo había echado todavía.

El lugar tenía el aspecto de un consultorio, pero, según el párroco que lo había enviado allí, era mucho más.

Lo llamaban «el Puerto», porque la gente acudía allí sobre todo a morir. Pobres, vagabundos y quienes no tenían a nadie en el mundo que se ocupara de ellos. Sus familiares no los querían y no podían permitirse ingresar en un hospital.

Genko no encontró a nadie a quien dirigirse, por lo que escondió la botella bajo la chaqueta y empezó a subir la escalera que llevaba a los pisos superiores. Los escalones no inspiraban ninguna confianza y la barandilla se balanceaba pavorosamente. En cuanto cruzó la puerta de cristal de una sección, Bruno se dio cuenta de que su muerte inminente, en el fondo, no era en absoluto ninguna desgracia comparado con lo que les esperaba a los desechos humanos relegados allí dentro. Los ventiladores del techo no eran capaces de refrescar el aire, sólo servían para esparcir el hedor del ambiente. Las camas no eran suficientes para todos, así que se las apañaban con las camillas; alguno incluso tenía que conformarse con una silla de ruedas.

Lo que impresionó en seguida a Genko fue que, a pesar de todo, nadie se quejaba.

Un silencio casi absoluto dominaba las salas. Como si todos hubieran aceptado su muerte desde hacía tiempo con enorme dignidad. O con paciente resignación, se corrigió.

Al fin advirtió una presencia. Se trataba de una mujer de mediana edad con el pelo corto y gris, no demasiado alta y con caderas abundantes. Llevaba un par de viejas All Star rojas, falda larga hasta la rodilla y una camiseta al menos dos tallas más grande con el estampado de una boca con la lengua fuera de los Rolling Stones. Llevaba un rosario de plástico rojo en el cuello.

La mujer lo vio y, sin siquiera saber quién era, le dedicó una preciosa sonrisa y fue a su encuentro.

–Buenos días –dijo, recibiéndolo.

Cuando sus límpidos ojos azules se posaron sobre él, Bruno percibió de inmediato una insólita sensación de bienestar.

–Buenos días para usted también –se esforzó en devolverle el alegre saludo–. Estoy buscando a un hombre que está ingresado aquí: el conserje de la iglesia de la Santísima Misericordia. Se llama William, pero se hace llamar Bunny.

La mujer pareció ensombrecerse.

–Sí, claro –dijo–. ¿Es usted amigo suyo?

–Sí –confirmó Bruno–. He sabido que Bunny no está demasiado bien y he querido pasar a saludarlo. –De inmediato le dio la impresión de que la mujer no le creía. Tal vez ya se había dado cuenta del *whisky* que escondía debajo de la chaqueta, pero no dijo nada al respecto.

–Ese hombre no tiene amigos –replicó, en cambio, con un hilo de voz, como si no quisiera que los demás la oyeran.

–Hermana Nicla, ¿puede venir un momento? –oyó que la llamaban desde la puerta de la unidad.

La mujer se volvió hacia una joven muy guapa que llevaba una palangana con unas toallas. Bruno se sorprendió al enterarse de que delante tenía a una monja.

–Voy en seguida –confirmó la mujer, y a continuación volvió a centrarse en él–. Usted no debería estar aquí. –Pronunció la frase con mucha delicadeza. Luego, inesperadamente, levantó el brazo y le acarició la barba hirsuta.

Se quedó paralizado por tanta ternura. Tuvo la misteriosa consciencia de que la monja había percibido que le faltaba poco y quería hacerle saber que todo iría bien, que no debía tener miedo.

–Usted no es creyente –afirmó la religiosa–. Lástima.

–He aprendido que el mundo es malvado –dijo Genko, porque de todos modos era inútil seguir interpretando el papel–. Y si Dios ha creado el mundo, entonces él también lo es. Al fin y al cabo, basta con observar lo que les hace a sus hijos predilectos –afirmó, señalando a su alrededor.

Nicla dirigió una mirada compasiva a los que estaban allí, esperando.

–Le puse el nombre de «el Puerto» a este lugar no porque sea un último punto de llegada. En realidad, su viaje todavía no ha comenzado, y el sitio al que se dirigen se parece a un inmenso océano cálido.

Bruno pensó en Meg Forman y le pareció que la mujer le había leído el corazón.

–Un océano dibujado por la mano de un niño –dijo, sin siquiera saber por qué.

A Nicla le gustó la definición.

–Dios es un niño, ¿no lo sabía? Por eso cuando nos hace daño no se da cuenta.

Esta vez fue Bruno quien sonrió, y envidió su sólida fe.

La monja se puso seria.

–El hombre al que busca está en la última habitación, al final del pasillo. –Después de haberle indicado la dirección, lo miró preocupada–. Tenga cuidado.

31

La puerta estaba entornada. Genko la empujó con la mano. A pesar de que el Puerto estaba abarrotado, el hombre tumbado en la cama era el único ocupante de la habitación.

Una débil luz se filtraba por los postigos cerrados de la ventana, posándose de manera insolente en la sábana blanca que envolvía como un sudario los descarnados miembros del paciente. Sólo sobresalían la cabeza y los delgadísimos brazos.

A juzgar por el olor, William el conserje había empezado a descomponerse en vida.

El viejo tenía los ojos cerrados y le costaba respirar. Pero entonces se despertó e intentó comprender quién era el intruso que había interrumpido su descanso.

–Hola, Bunny –dijo Genko en seguida.

Al principio el otro lo observó en silencio.

–¿Quién eres? –preguntó.

Bruno sacó la botella de *whisky*.

–El ángel de la muerte –contestó.

El hombre titubeó un momento más y, a continuación, le mostró una sonrisa de dientes amarillentos.

–Acércate –lo invitó, con un gesto de la mano huesuda.

Bruno cogió la única silla, que estaba al lado de una pared, y la acercó a la cama.

–¿Te importa si charlamos un rato? –preguntó, mientras se sentaba.

–No, en absoluto –dijo el otro, con voz áspera. Se puso a toser y expectoró una flema que le había subido por la garganta–. ¿Eres poli?

–No exactamente, pero de todos modos tengo preguntas que hacerte. –Se fijó en que el viejo miraba el *whisky* como un sediento que estuviera delante de un oasis en el desierto–. Si al final quedo satisfecho, te dejaré a solas con ella –prometió.

Bunny se rio a carcajadas.

–Ya sé lo que has venido a preguntarme.

–Si lo sabes, ¿por qué no empiezas a hablar de ello en seguida? Cuanto antes terminemos, mejor será para todos.

El viejo desvió la mirada hacia la pared, como si buscara una manera de empezar a hablar.

–¿Te sorprenderías si te dijera que no me llamo William?

–No, en absoluto –respondió él.

–Durante cuarenta años he sido conserje de la Santísima Misericordia, pero sólo para que no pudieran encontrarme.

–¿Quién no podía encontrarte?

–La policía. O gente como tú. –Otro fuerte ataque de tos le sacudió el pecho–. Pero ahora me parece que ya os he engañado a todos el tiempo suficiente. –Se rio de nuevo.

–¿Por qué deberíamos haberte buscado?

–Porque para vosotros soy el diablo –afirmó.

Tal vez lo dijo para autocompadecerse, pero Genko también detectó una pizca de orgullo.

–¿Y no es así?

–En realidad, sólo soy un servidor, amigo mío.

–¿Al servicio de quién?

El viejo se perdió unos instantes en sus propios pensamientos. Genko, sin embargo, lo acució.

–¿Cuál era tu labor? ¿Engatusar a niños con esos cómics? ¿Hacerles un lavado de cerebro? Por cierto, he visto la filmación.

–Tú no puedes entenderlo –afirmó el viejo, con desprecio–. Ninguno de vosotros puede.

La luz del sol se fue de golpe. Nubes oscuras se concentraban ahora al otro lado de las persianas. La habitación se sumió en una penumbra grisácea.

–¿Qué es lo que hay que entender? ¿Por qué no me lo explicas?

–Sería inútil.

–Inténtalo.

–Déjalo estar, hazme caso. –Otra carcajada, otro acceso de tos–. Sigue viviendo tu miserable vida como has hecho hasta ahora, créeme.

Genko estaba furioso, pero no quería que se le notara.

–¿A quién estás encubriendo?

–A nadie.

Pero Genko tenía la sensación de que estaba mintiendo.

–¿Qué has salido ganando, Bunny? Aparte de vivir en un sótano... –ironizó.

–Cuando me pidieron que escogiera, lo hice –dijo el viejo, inesperadamente.

Fuera se oyó el ruido de un trueno que anunciaba una tormenta.

–¿Qué quieres decir? ¿Qué significa que «escogiste»? Explícate mejor –lo apremió Bruno.

El viejo lo miró con sus ojos líquidos e inescrutables.

–En vez de indagar quién soy, deberías preguntarte «qué» soy.

Bruno lo pensó un momento y a continuación lo comprendió.

–Tú también eres un hijo de la oscuridad.

El hombre asintió.

Genko vio que, a pesar de su aparente reticencia, Bunny tenía ganas de hablar, de escupir una historia con la que llevaba cargando mucho tiempo. Sólo debía aguardar y las respuestas llegarían por sí solas. De hecho, poco después, el viejo empezó su relato.

–Un día, mientras estaba jugando en la calle, se acerca un hombre. Me llama a su lado y dice que quiere hacerme un regalo. Después me muestra un ejemplar de un cómic. El protagonista es un conejo, pero él dice que también hay un secreto. Me explica lo que debo hacer... «Coge un espejo», dice... «Si te gusta lo que ves, vuelve a buscarme.»

–¿Y después qué ocurre?

–Vuelvo con él, pero sólo porque siento curiosidad... Se me lleva y me encierra en una especie de agujero negro. Y me deja allí, en la oscuridad. Era sólo un niño muerto de miedo. No sé cuánto grité, no sé ni siquiera cuánto tiempo pasó. Días o tal vez meses. Pero entonces la portezuela se abrió y alguien me tendió la mano. Era un policía. Estás a salvo, me dijo... Pero él no sabía que a mí ya nadie podría salvarme, nunca más. Nadie imaginaba que llevaba encima una especie de maldición. Ni yo mismo lo sabía todavía. Pero la oscuridad ya me había marcado.

–¿Cómo se llamaba el hombre que te raptó?

El viejo apartó la mirada.

–Bunny, obviamente... O, por lo menos, es lo que me dijo a mí. Los otros lo conocían con otro nombre. Durante veinte años trabajó como vigilante nocturno en un almacén de fertilizantes. De día dormía, por eso no tenía ningún contacto humano. Cuando fueron a arrestarlo, ninguno de los vecinos sabía quién vivía en esa casa. No dijo ni una palabra en el juicio, ni siquiera cuando un juez lo condenó a pasar en la cárcel el resto de sus días.

Por lo que contaba, Genko advirtió que el viejo guardaba una especie de admiración por su carcelero. Quería conocer el resto de la historia.

–No acaba así, ¿verdad?

–Yo tenía trece años... Una mañana se presentó en nuestra casa un agente de prisiones. Dijo que Bunny había muerto, y también nos explicó que, con anterioridad, había hecho testamento y me había nombrado su único heredero. –Se pasó el dorso de la mano por los labios secos y masticó la dura saliva que se le espesaba en la boca–. Mi madre no habría querido ni un céntimo de ese hombre, pero éramos demasiado pobres para permitirnos rechazarlo. Aunque luego no sólo llegó el dinero, sino que también nos trajeron sus cosas. Algo de ropa, un proyector Super8, una caja con unos cómics todos iguales y una extraña película.

–La miraste...

–Y lo comprendí todo. Era como un mensaje... «Pasa el testigo» o algo parecido...

–¿Quién empezó todo esto?

–No lo sé –contestó el otro–. Pero yo llevé a cabo mi labor, y lo hice bien –se vanaglorió.

«Ellos no saben que son monstruos», se repitió Genko. Y el conserje también pensaba que era normal. En el fondo, desde su punto de vista, William sólo había hecho bien su trabajo.

–¿Quieres hacerme creer que no se sabe quién está detrás de esto? ¿A quién has servido con tanta devoción? –preguntó de nuevo.

–A la oscuridad –contestó esta vez el viejo, sin andarse con rodeos.

Un segundo trueno, pero todavía no se oía el ruido de la lluvia.

Genko estaba asqueado.

–¿Eso es lo que le hiciste a Robin Sullivan cuando todavía era un niño?

Al oír el nombre, el viejo se removió.

–Lo raptaste durante tres días y lo llevaste contigo... ¿A la oscuridad? –lo acosó el investigador.

–Pasé el testigo –se justificó el otro con una sonrisa.

–¿Cuántos ha habido antes y después? ¿Cuántos?

–No lo sé, he perdido la cuenta. Pero los otros no son importantes... Se necesitan muchos intentos para encontrar al chico adecuado. Después de Robin seguí durante algún tiempo, pero ya sabía que él haría su elección. Igual que la hice yo cuando tenía más o menos su edad.

Genko hurgó en el bolsillo y cogió la foto del expediente del Limbo en la que Robin Sullivan estaba acompañado de su amiguito del pelo rizado y sin el incisivo. Se la mostró al viejo.

–Aquí estás, hijo –lo reconoció en seguida–. Cuánto tiempo... –Los ojos le brillaban.

–¿Quién es el otro niño de la foto? Ese de rizos al que le falta un diente.

El viejo lo miró, desconcertado.

–Gracias a esta imagen se deduce que solía ir a la parroquia, por lo tanto estoy seguro de que lo conoces. –Y, como aliciente, agitó la botella de *whisky* delante de su cara.

El conserje se humedeció los labios resecos con la lengua.

–Paul, me parece... Vivía en la casa verde a dos manzanas de la iglesia.

Superado su aturdimiento inicial, el conserje se mostraba colaborador. El detective no supo encontrar una explicación. Era probable que William le hubiera colado una trola sólo para quitárselo de encima. El único modo de descubrirlo era ir a comprobarlo personalmente llamando a la puerta de la casa verde. Pero antes entregó al moribundo el premio prometido.

–Adiós, Bunny –le dijo.

–Hasta pronto –le contestó el viejo.

Bruno sintió un escalofrío ante la idea de que ambos se dirigieran al mismo sitio. Pero el viejo tenía razón: todavía debía ganarse la paz plasmada en el dibujo de Meg Forman, y no le quedaba mucho tiempo.

Otro trueno, la tormenta estaba cerca.

32

La casa verde se encontraba detrás de una espesa cortina de agua.

Genko se apeó del Saab y atravesó la lluvia en dirección al porche. Cuando estuvo bajo el abrigo de la veranda, se bajó las solapas de la chaqueta. La tormenta lo había sorprendido a la salida del Puerto y todavía no había cesado, llevaba el pelo y la ropa empapados. Se puso una mano en la frente, le parecía que tenía fiebre. El corazón, sin embargo, seguía palpitándole en el pecho desmintiendo el pronóstico de los médicos. «No durará», se dijo. Era inútil engañarse. No eran latidos, sino el repiqueteo de un reloj que giraba al revés.

Intentó arreglarse un poco para parecer más presentable. Seguidamente leyó el nombre del buzón.

–Paul Macinsky –se dijo a sí mismo para memorizarlo mejor–. Paul –repitió: coincidía con el soplo que le había dado el conserje.

Pero había algo que no acababa de cuadrarle.

Intentó llamar, pero el timbre no funcionaba. Imaginó que, a causa de la tormenta eléctrica, se había ido la corriente. Entonces golpeó la puerta. Aguardó unos segundos. Lo volvió a intentar, ya que tal vez el ruido de la impetuosa lluvia impedía que los ocupantes de la casa lo oyeran. Esta vez tampoco nada.

A continuación, se desplazó hacia una ventana para echar una mirada al interior.

Se veía una sala con un sofá cubierto de periódicos y, delante de un viejo televisor, una butaca deformada. Al lado, una mesita sobre la que al menos había diez botellas de cerveza vacías y un cenicero lleno de colillas.

Por el desorden, típico de los hombres que no tenían familia, Genko dedujo que Paul Macinsky era el único ocupante de la vivienda. Pero también que, probablemente, en ese momento no se encontraba allí.

Quería conocer al viejo compañero del equipo parroquial de fútbol de Robin Sullivan por un motivo concreto. Si el monstruo había buscado un refugio seguro en el barrio en el que había crecido, entonces también podía ser que hubiera acudido a Macinsky para conseguir algún favor y que le proporcionara una tapadera. Quizá Paul incluso sabía dónde se escondía Bunny.

«Todavía está aquí: lo sé.»

El detective privado comprendió que debía tomar una decisión rápidamente. Podía esperar en el coche o bajo el soportal a que regresara el dueño de la casa, o entrar y echar un vistazo.

La segunda opción era la que solía escoger.

Cuando debía interrogar a una fuente o a un testigo, siempre intentaba estar preparado. Porque el único modo de inducir a alguien a hablar era conocer lo máximo posible de su vida.

Por ejemplo, en una ocasión necesitaba que una mujer de mediana edad le revelara dónde se encontraba una conocida. Si Genko se hubiera presentado simplemente en su casa y le hubiera hecho una pregunta directa, la mujer habría sospechado y no le habría dicho nada. La gente siempre desconfiaba de los desconocidos que hacían preguntas: aunque se tratara de proteger a alguien con quien no tenían demasiada relación, automáticamente surgía un sentimiento de solidaridad. Como no tenía tiempo de forjar una amistad de circunstancias, aquella vez Genko dedicó algunas horas a vigilar a la mujer. Descubrió que se pasaba gran parte del día en compañía de los culebrones que ponían en la tele. De modo que fue a su casa y le preguntó dónde estaba su amiga, diciéndole que estaba perdidamente enamorado de ella. La señora, conmovida por la historia, le dijo sin problema todo lo que quería saber.

Por eso, en ese momento, Genko tanteó la manija de la puerta de la casa verde. Y, después de constatar que sería fácil forzarla, le asestó un par de codazos y la abrió.

Una vez en el interior, la primera impresión de la casa le hizo comprender a Bruno muchas cosas de Paul Macinsky. La primera fue que el niño del incisivo roto no lo estaba pasando demasiado bien como adulto. Los muebles parecían recogidos de un vertedero. En el suelo había una moqueta que quizá tiempo atrás había sido beis, pero ahora sólo era un archipiélago de manchas de grasa. Por todas partes se acumulaba el polvo y la suciedad. En un rincón había una manta con dos cuencos y una correa, pero por suerte no había rastro de perros.

El investigador cerró la puerta a su espalda. El estruendo de la lluvia se atenuó. La vivienda tenía dos plantas. Genko decidió ocuparse primero de la de arriba.

En lo alto de la escalera había un pasillo corto al que se asomaban tres habitaciones. Se acercó a la puerta con un vidrio esmerilado y se imaginó que detrás habría un baño. La abrió unos centímetros y al instante un perrazo negro muy agresivo le empezó a ladrar. Tuvo los reflejos de cerrar antes de que lo atacara. Maldijo al animal, a sí mismo y también al corazón que se le salía del pecho. Se asustó, pero después se echó a reír, porque habría sido una manera realmente tonta de que le diera un infarto fatal.

Siguió con la inspección. En la segunda habitación sólo había el somier oxidado de una cama de matrimonio. En el suelo se había formado un charco de agua de lluvia procedente de alguna grieta del techo. Dentro del armario había ropa de mujer que olía a naftalina. Bruno pensó que debía de pertenecer a la madre de Paul y supuso que la señora Macinsky ya haría tiempo que habría muerto.

La tercera habitación, en cambio, todavía se utilizaba regularmente. La cama de Paul era un colchón tirado en el suelo. En las paredes negras había algunos pósteres de grupos de heavy metal, parecía el dormitorio de un adolescente de los años ochenta. Sólo que el hombre que dormía en esa habitación tenía poco menos de cincuenta. Al lado de un tocadiscos, había una discreta colección de vinilos. En un estante se exponía un pequeño trofeo, en la placa de metal ponía: TORNEO PARROQUIAL '82-'83 – TERCEROS CLASIFICADOS». Teniendo en cuenta cómo había acabado, aquél debía de haber sido el único momento de gloria de la vida de Paul.

Junto al lecho del suelo, bajo una pila de revistas porno, había un cuenco de cerámica con todo lo necesario para prepararse un porro. También se fijó en una parte del zócalo despegado ligeramente de la pared. Genko lo sacó sin dificultad y descubrió un hueco en el que se escondía un paquete de hachís. Lo sopesó en la palma de la mano: después de todo, era una cantidad modesta, de pequeño traficante. Volvió a dejarlo donde lo había encontrado.

En ese punto, Bruno llegó a la conclusión de que la exploración superficial de la casa no le había aportado ninguna información útil para establecer un diálogo amistoso con Paul. Era difícil encontrar un interés común con alguien a quien, sobre todo, le gustaba colocarse y sólo leía revistas obscenas. Tendría que buscar otro camino para ganarse su confianza y convencerlo de que se abriera. Paul Macinsky era la persona más cercana a Robin Sullivan que había podido encontrar.

«Si sabe dónde se encuentra Bunny, podría incitarlo a que lo delate. Pero ¿cómo?»

El perro seguía ladrando en el baño y le impedía razonar. Además, le estaba cogiendo migraña. De repente, le dio un escalofrío, los dientes empezaron a castañetearle. La fiebre le estaba subiendo. Volvió abajo.

Debería haber salido en seguida de la casa y apostarse en el Saab a la espera de que Paul Macinsky regresara. Pero después de bajar la escalera, lo asaltó un repentino agotamiento. No podía volver afuera y mojarse otra vez. Apartó los periódicos del sofá del salón, si bien luego eligió la butaca y se acomodó en lo que parecía el sitio preferido de Paul; delante de la tele que ahora, sin embargo, estaba apagada. También había una mantita, sucia y llena de agujeros, aunque la cogió igualmente para cubrirse los hombros. El temblor que lo recorría no parecía tener intención de parar. Además, estaba asustado; comprendió que debía apartar al instante la idea de la inminencia de la muerte. Intentó calmarse. Debía pensar algo.

Le vino otra vez a la cabeza el viejo conserje y, sobre todo, la facilidad con la que le había revelado el nombre del niño del pelo rizado y el diente roto fotografiado al lado de Robin en la foto del Limbo.

Cuando Genko le echó en cara que había llevado a la oscuridad a un pobre niño indefenso, William se justificó con una motivación absurda.

«Pasé el testigo», dijo.

Se refería a Robin como si fuera un digno discípulo, y era precisamente eso lo que ahora no le cuadraba a Bruno. Si el viejo Bunny consideraba que Robin era su heredero, el nuevo Bunny, ¿por qué había ayudado a un extraño a descubrirlo? Debería haber protegido mejor la identidad de su amiguito de infancia, quien podía proporcionar información útil para capturar a su favorito.

En cambio, le dijo casi al instante el nombre de Paul.

No lograba llegar al fondo de la cuestión. Pero al menos los temblores habían cesado. También el perro en el piso de arriba se había rendido. Acunado por el silencio y la vieja butaca, Genko contempló su propio reflejo en la pantalla del televisor. Se sintió satisfecho por estar todavía allí y no haber muerto. Se había librado otra vez. Sintió gratitud y alivio.

Y, sin darse cuenta, fue sumergiéndose en un sueño profundo.

33

Con una presión muy fuerte en la garganta y la boca abierta en busca de oxígeno, desesperadamente. La peor manera de despertarse de un sueño profundo como la muerte: descubrir que estás vivo antes de morir de nuevo, dolorosamente.

El energúmeno que estaba a la espalda de Genko no soltaba la presa. Notaba su poderoso antebrazo apretándole con intensidad, implacable. El detective intentó quitarse de encima esa extremidad del cuello, pero sus dedos resbalaban por la piel del asaltante mojada por la lluvia. Le habría gustado tener tiempo para explicarle a Paul Macinsky por qué había entrado de ese modo en su casa, como un ladrón. Decirle que comprendía su reacción pero que, teniendo en cuenta la situación, también era exagerada. Le habría querido decir todo eso al hombre que estaba a punto de matarlo. Y entonces entrevió su reflejo en el televisor apagado que había en frente.

El energúmeno tenía una mancha oscura en el lado derecho de la cara.

No era Paul Macinsky. Era Sullivan.

Por eso el viejo me ha ayudado. Me ha enviado aquí y, de algún modo, ha avisado a su discípulo. Me ha hecho caer en la trampa.

Bunny ya no necesitaba la máscara de conejo, por fin estaban cara a cara. Y él también lo miraba a través de la pantalla. No había odio en sus ojos brillantes como canicas, ni siquiera rabia, sino que exhibían más bien unas frías y lúcidas ganas de matar.

El dibujo de Meg Forman: «el cálido océano, la barca, el sol». El paraíso imaginado por una niña. Me lo he ganado, me espera, se convenció Bruno. «Dios es un niño, ¿no lo sabía? –había dicho la monja del Puerto–. Por eso cuando nos hace daño no se da cuenta.»

Genko empezó a aceptar el dolor de la muerte.

Estelas brillantes, parecidas a graciosas hadas, empezaron a danzar en su campo visual. Los pulmones se vaciaron rápidamente y empezó a bracear. «El cálido océano, la barca, el sol»: casi le parecía verlo. «Estoy llegando», dijo. Sintió que tiraban de él hacia arriba y echó la cabeza hacia atrás. Fue casi un reflejo condicionado. Sin embargo, consiguió asestar un golpe involuntario a la nariz del asaltante.

Aturdido por la reacción imprevista, Robin Sullivan aflojó un poco la presión. Bruno lo aprovechó para liberarse por completo de sus garras y seguidamente se dio impulso para levantarse de la butaca. Se cayó hacia delante, aterrizando con las manos en la moqueta mugrienta. Intentó respirar y sólo lo consiguió a duras penas al tercer intento. Se volvió para ver a su agresor: a Bunny le salía sangre de la nariz y las lágrimas le empañaban la vista. Aunque eso no le impidió abalanzarse de nuevo sobre Genko. Lo cogió por el tobillo, pero el detective pudo apartar la pierna, luego saltó hacia delante, alejándose del monstruo y también de la puerta de entrada. En realidad, no sabía a dónde se dirigía, se comportaba como una mosca que no logra encontrar la rendija de una ventana abierta y se queda encerrada por su propia estupidez.

Y así, tambaleándose, se encontró en la cocina. El único espacio de la casa que no había inspeccionado.

Se sintió aliviado cuando vio que, al lado de la vieja nevera con la puerta cubierta de imanes, había una salida que daba al patio trasero.

Genko advirtió que, mientras tanto, Bunny se había recuperado y ya lo había localizado.

Conseguir salir de la casa no significaba estar a salvo, pero en cualquier caso era un excelente estímulo para no darse por vencido. Con las pocas fuerzas que le quedaban se dirigió hacia la puerta, con la esperanza de que no estuviera cerrada como unas noches antes en la granja de los Wilson, cuando Bunny lo perseguía exactamente igual que ahora.

Aferró la manija y tiró: la puerta estaba abierta. Se disponía a dar un paso hacia el exterior, pero titubeó. Le pareció que todo ocurría lentamente. Notó la bala introducirse en la espalda, en medio de las escápulas. Un trozo de metal ardiente que le agujereaba la carne.

Pero no había oído ningún disparo. ¿Cómo es posible?, se preguntó.

La sensación era como si le hubiera traspasado un proyectil. Pero cuando agachó la cabeza se dio cuenta de que faltaba el orificio de salida en el pecho. Antes de poder darse una explicación, sintió que las piernas cedían: cayó de rodillas. En las orejas, una percusión profunda y descoordinada; era su corazón que perdía el compás de los latidos.

Nadie había disparado.

Era el infarto fatal que llevaba días esperando.

Bruno Genko soltó la manija, hizo una breve pirueta sobre las rodillas, apoyó los hombros en la puerta de la nevera y fue resbalando hasta el suelo mientras arrastraba consigo una cascada de imanes de colores.

Suspendido entre la vida y la muerte, sus ojos se posaron distraídamente en un imán en particular: una palmera tropical. Debajo de ésta había un dibujo.

El estilo y los colores eran inequívocos. Había sido hecho por un niño.

Representaba un enorme conejo con los ojos en forma de corazón que llevaba de la mano a una niña de cabellos rubios.

Pero lo que sorprendió a Genko fue la firma estampada en la parte de abajo de la obra. Sólo el diminutivo del nombre de pila.

«Meg.»

34

Era increíblemente curioso que el cerebro de un hombre a punto de morir pudiera trabajar tan rápido, pensó Genko. Porque ahora el suyo estaba razonando al doble de velocidad.

«¿Cómo puede conocer la hija pequeña de los Forman a Bunny el conejo?»

Bruno levantó la mirada, imaginaba encontrarse al asaltante de frente dispuesto a infligirle el golpe de gracia. En cambio, inesperadamente, el otro lo observaba inmóvil. Tal vez esperaba a que se muriera por sí mismo. Pero, fuera lo que fuese lo que le estaba pasando por la cabeza, Genko todavía tenía tiempo para saber la verdad. Hizo un esfuerzo y se metió una mano en el bolsillo. Sacó la foto que cogió del Limbo y se la tendió al hombre con el antojo oscuro en la cara.

Éste titubeó un instante, pero a continuación la cogió.

Por su expresión, Genko dedujo que lo había acertado.

–¿Eres Paul Macinsky, verdad? –aventuró.

El hombre se quedó callado, pero después reaccionó.

–¿Qué significa esta fotografía? –preguntó nerviosamente–. ¿Quién eres tú? ¿Y qué haces en mi casa?

Bastó la última frase para confirmarle a Bruno que no se encontraba frente a Robin Sullivan.

El viejo conserje me ha engañado, pensó. Por eso se mostró desconcertado cuando Genko le preguntó el nombre del chico de rizos de la foto. Ha visto que buscaba a la persona equivocada. Porque yo creía que Robin era el niño triste con el antojo en la cara. Pero no es así.

Es el otro, el alegre.

El viejo Bunny lo había despistado, aunque la confusión con la persona ya venía de antes. El error lo había provocado el testimonio del dentista: Peter Forman había reconocido la voz del hombre con la máscara de conejo que, «según dijo» lo había obligado a matar a Linda amenazando a su familia. Fue el dentista el primero que señaló al jardinero.

«¿Cómo puede la hija pequeña de Forman conocer a Bunny el conejo?»

–Háblame de Robin –dijo Genko a Paul Macinsky con un hilo de voz.

–Amigo, tal vez sea mejor que llame a una ambulancia.

Parecía sinceramente preocupado, pero Genko negó con la cabeza.

–Robin Sullivan –repitió.

–Ya no se llama así, ahora se ha cambiado de nombre. Nos veíamos de pequeños, después ya no supe nada de él... Tal vez pensaba que no lo reconocería cuando vino a pedirme que le arreglara el jardín, pero yo supe en seguida que era él.

–¿Quién? –preguntó Bruno–. Dímelo, por favor. –Necesitaba oírlo de su boca.

–Robin... Robin Sullivan... Tiene una bonita casa, una esposa guapa, dos niñas. Ahora se hace llamar Peter Forman y es dentista.

«¿Cómo puede la hija pequeña de Forman conocer a Bunny el conejo?»

–Ahora háblame de esto... –Genko señaló el dibujo de debajo del imán con forma de palmera.

–Voy a llamar al número de emergencias –dijo, en cambio, el otro, sacándose un móvil del bolsillo.

–Por favor: el dibujo.

El hombre había marcado los números en el teclado, pero se paró para responder a la pregunta.

–Me lo dio la hija de Forman, la más pequeña. Hace una semana.

La niña había sentido compasión por ese hombre solitario que en las fotos de infancia ya mostraba la tristeza que lo acompañaría durante toda su vida. Bruno Genko, en cambio, lo había confundido con un monstruo y se sentía culpable.

–¿Meg te explicó lo que significaba el dibujo?

–No –dijo.

«¿Cómo puede la hija pequeña de Forman conocer a Bunny el conejo? Porque conoce al hombre de debajo de la máscara –se dijo Genko–. Bunny es su papá.»

Repasó la escena en casa de Linda, tras encontrar a Peter Forman en el baño gravemente herido. Fue entonces cuando el monstruo empezó a interpretar su papel.

Pero ¿por qué involucrar a su propia familia simulando un secuestro? «Se metió en nuestra casa», había dicho el dentista entre lágrimas, cuando en cambio había sido él mismo quien se había presentado ante su mujer con la máscara de Bunny y después la había encerrado en el sótano junto a las niñas. «Me dijo que hiciera lo que me ordenaba, si no las mataría...», afirmó sollozando. Y ¿por qué fingir también con ellas? ¿Por qué no se había dirigido simplemente a casa de Linda para matarla?

Porque también se trataba de un sucio truco, pensó el investigador. «Llevaba una máscara, pero yo lo conozco... Yo sé quién es.» No era sólo el inicio de un plan ingenioso para despistarlos a todos, dirigiendo las sospechas hacia el inocente jardinero.

No, él tenía un objetivo claro.

Cuando encontró al hombre con la máscara de conejo desplomado en el suelo del baño, desnudo y sangrando, Bruno pensó que Linda se había defendido, que había herido gravemente a su asesino, y se sintió orgulloso de ella.

No fue Linda quien lo hirió con el cuchillo, se dijo ahora. Bunny lo hizo todo él solo.

Bruno se asombró cuando Bauer y Delacroix le contaron que Forman estaba ingresado en el Saint Catherine. «Es el lugar más seguro, ya está fuertemente vigilado», había dicho el poli con su acostumbrada arrogancia.

El lugar más seguro para Bunny era el mismo en el que se encontraba Samantha Andretti.

«Quiere llevársela –pensó–. Ese bastardo quiere volver a llevársela a la oscuridad.»

Sin embargo, en cuanto tuvo ante sí una visión completa del plan, el detective privado Bruno Genko murió.

35

El doctor Green entró en la habitación y cerró rápidamente la puerta tras de sí. Escondía algo detrás de la espalda.

–Ya estoy aquí –anunció y le mostró una bolsa de papel–. He pensado que tendrías hambre.

Lo siguió con la mirada mientras iba a sentarse en el sitio de siempre.

–La comida de hospital da asco, ésta es mucho mejor. –Sacó de la bolsa dos emparedados envueltos en celofán transparente–. ¿Pollo o atún? –preguntó.

–Pollo –contestó ella.

Le tendió uno de los dos bocadillos.

–Excelente elección: la ensalada de pollo de mi esposa es insuperable.

Lo cogió y se lo quedó mirando.

–¿Qué haces, no comes? –preguntó él mientras le daba el primer mordisco al de atún.

–Sí, disculpe –dijo–. Me ha venido a la cabeza una cosa... ¿Cómo lo hacía el secuestrador para darme los fármacos para que me portara bien?

–Quieres decir los psicotrópicos. –Green se detuvo a reflexionar–. Creo que te los suministraba con la comida.

Le dio unas vueltas más al sándwich entre las manos, hacía mucho que no probaba nada que hubiera sido preparado con amor.

–Su mujer debe de quererle mucho.

–Hemos tenido nuestros altibajos –admitió Green–. Pero creo que les sucede a todas las parejas que llevan mucho tiempo juntas.

Se volvió hacia el espejo.

–¿Mi padre no ha llegado todavía?

–Tardará un poco, pero lo traeremos directamente aquí.

–No lo sé... –Todavía no se sentía preparada para verlo.

–Nadie te obliga, Sam. Puedes tomarte todo el tiempo que quieras.

–El caso es que ni siquiera me acuerdo de qué aspecto tiene.

–Puedo traerte una foto suya, si quieres. A lo mejor te viene algo a la memoria.

Las palabras del doctor la aliviaron. Le quitó el celofán al sándwich y le dio un mordisco con voracidad: Green tenía razón, estaba riquísimo.

–El martes –dijo sin pensarlo.

–¿Cómo? –preguntó en seguida el otro.

Se concentró una vez más en la mancha de humedad de la pared: el corazón palpitante.

–El martes es el día de la pizza –repitió.

En realidad no sabe si es martes. Ni tampoco si es de día o de noche. Es más, incluso es probable que lo que ella llama «el martes de la pizza» caiga una vez al mes o incluso más. Pero ella lo ha decidido así. Es una de las pequeñas convenciones que ha impuesto a la rutina del laberinto.

Todo empezó la primera vez que consiguió terminar la tercera cara del cubo de Rubik. Estaba orgullosa de sí misma, tan satisfecha del trabajo bien hecho que al instante le dio mucha rabia. Porque sentía que se merecía un premio. Y entonces se fue a dar una vuelta por el laberinto, exhibiendo el cubo como un trofeo, marcando el paso y gritando: «¡Pizza! ¡Pizza! ¡Pizza!».

Aparte de reivindicar una justa recompensa, su intención también era fastidiar al bastardo, en caso de que estuviera escuchando. Porque ella sabía que podía oírla. Y además encontraba cierto gusto en comportarse de manera indisciplinada.

Al final, obtuvo lo que quería.

En una de las habitaciones encontró una caja de cartón con una pizza margarita flácida, de hacía unos días, pero ella se la comió igualmente con apetito. Desde entonces, el rito se repitió.

Cada vez que terminaba la tercera cara del cubo, llegaba un nuevo martes. Pizza pasada.

¿Dónde la compra ese bastardo? La caja es sencilla, anónima. Sin ninguna indicación del lugar de procedencia. Tal vez sea de una pizzería de alguna cadena o de un pequeño negocio en el que sólo preparan pizzas para llevar. Se lo imagina como un sitio con un olor perenne a fritura, con los ladrillos blancos cubiertos de una pátina de grasa, brillante y viscosa, que ya ningún jabón podrá quitar.

En cada ocasión, cuando le da un mordisco al primer pedazo de pizza, se pregunta qué cara tendrá la persona que la ha preparado. No sabe por qué, pero se imagina que es un chico con los brazos fuertes, manchados de harina, y una barriga de bebedor de cerveza. Un tipo alegre, al que le gusta estar con los amigos, ir juntos al cine a ver películas de acción o a jugar a los bolos. No tiene novia, pero en su vida hay una morenita muy mona, es cajera en un supermercado.

El chico nunca se pregunta a quién van destinadas sus pizzas; ¿por qué iba a hacerlo? Tampoco sospecha que la que está haciendo acabará en el laberinto y que saciará a una pobre prisionera. No sabe que es el único contacto, aunque sea indirecto, que ella tiene con el mundo exterior. Pero él es la prueba de que hay algo al otro lado de esas paredes. Que la humanidad todavía no se ha extinguido por un holocausto nuclear o porque haya caído del cielo un asteroide...

–Siempre esperaba encontrar un mensaje para mí en una de las cajas que recibía en mis martes imaginarios. No una nota, claro, pero al menos una palabra escrita con la salsa de tomate. Un simple saludo: «hola», por ejemplo. Una vez, en la pizza había una alcachofita, y lo interpreté como una señal. Pero luego aquello no volvió a repetirse.

–¿Qué es lo que más te molestaba del laberinto? –preguntó Green mientras daba el último mordisco al bocadillo de atún.

–El color de las paredes... Ese gris era insoportable.

–Hay una teoría que afirma que ciertos colores tienen una influencia en la psique –dijo el doctor mientras se limpiaba la boca con una servilleta de papel–. El verde transmite seguridad, por eso las mesas de juego son casi siempre de ese color: para incitar a los jugadores a arriesgarse... Los tonos cálidos, en cambio, estimulan la serotonina y, por ejemplo, inducen a las personas a ser locuaces o sexualmente promiscuas.

–¿Y el gris? –preguntó.

–Inhibe la acción de las endorfinas –dijo Green–. Las salas de los manicomios están pintadas de gris, y también las celdas de las cárceles de máxima seguridad. –A continuación, añadió–: Y las jaulas de los zoos... A la larga, el gris te vuelve manso.

El gris te vuelve manso, se repitió. Él la consideraba una especie de animal cuyos instintos había que aplacar.

Seguramente el doctor Green se dio cuenta de que el tema la había entristecido. Para distraerla, hizo una pelota con la servilleta de papel, se volvió hacia la papelera que estaba en una esquina, apuntó y anotó el lanzamiento.

–Fui base en el equipo de baloncesto de la universidad: era todo un fenómeno, modestia aparte

Le arrancó una sonrisa.

Pero luego ella se fijó en que Green, aprovechando su distracción, estaba tocando de nuevo el mosquetón con las llaves que llevaba en el cinturón. Una vez más esa señal para comunicarse con los policías del otro lado del espejo, se dijo. ¿Qué significaba? Quizá no era ningún lenguaje en código, sino sólo fruto de su paranoia.

El doctor advirtió que se le había caído un poco de atún en la camisa azul.

–Ahora no habrá quien aguante a mi mujer –murmuró, mientras intentaba hacer desaparecer la mancha con los dedos–. Debo encontrar un modo de quitarla –dijo levantándose–. Vuelvo en seguida.

Mejor así, pensó. Se le escapaba el pipí y, aunque llevaba la sonda, le daba vergüenza hacerlo delante de él.

–Te traeré también algo de beber –prometió antes de salir–. Pero tú no pierdas la concentración, después nos volveremos a poner a trabajar.

Una vez sola, obedeció a Green y siguió mirando el corazón de la pared. Fue en ese momento cuando el teléfono amarillo de la mesilla volvió a sonar.

Una vez más, esa sensación paralizante de terror.

Green tiene razón, se dijo. Sólo es alguien que se ha equivocado de número. Es ridículo tener miedo. Pero únicamente había un modo de descubrirlo.

Contestar.

Los tonos de llamada resonaban de manera siniestra en la habitación y también en su cabeza. Sólo quería que pararan de inmediato, pero eso no ocurría.

Entonces se decidió. Alargó una mano hacia la mesilla. La pierna escayolada le obstaculizaba el movimiento, pero igualmente consiguió tocar el auricular con los dedos. Lo cogió y se lo llevó al oído. *Sólo oiré un profundo silencio*, se imaginó. *Y dentro de ese silencio se esconderá una respiración.*

–¿Sí? –dijo sólo, y se quedó esperando, temerosa.

–Han olvidado la dirección –afirmó en seguida una voz masculina.

No lo entendía, de fondo también había bastante ruido. Era como había dicho Green, se trataba de una equivocación. Se tranquilizó.

–¿Oiga? –El hombre del otro lado se estaba impacientando.

–Disculpe, pero no sé de qué habla.

–Necesito la dirección –repitió éste–. Para el pedido.

Abrió los ojos de par en par, un temblor la recorrió como una descarga eléctrica.

–La pizza –confirmó el hombre al teléfono–. ¿Dónde tenemos que entregarla?

Tiró el auricular, como si quemara. Después, instintivamente, se volvió hacia la pared del espejo. Fue más que un simple presentimiento. Mientras miraba su propio reflejo, tuvo la vívida sensación de que detrás se escondía una sombra malvada que había escuchado su relato.

Y con esa broma quería hacerle saber que estaba cerca.

36

Un único sonido, lineal, de fondo.

–¡Fuera!

Ya no tenía el control de su cuerpo. Estaba allí, pero era como si no estuviera. Prisionero dentro de una escafandra de carne. Aunque no sentía ningún dolor. Es más, experimentaba un extraño bienestar.

No podía cerrar los párpados, por eso tenía los ojos abiertos de par en par y podía presenciar desde una posición privilegiada la escena de los miembros del equipo de emergencias afanados sobre él. Espectador de su propia muerte: «¡Mola!».

–¡Fuera!

Los paramédicos eran un hombre y una mujer. Él era un tipo robusto, sobre la treintena, con el pelo cortado a cepillo y los ojos oscuros. El clásico amigote con el que tomar una cerveza o ir a ver al partido. Le mantenía puesta una mascarilla de ventilación manual sobre la nariz y la boca. Ella era más menuda, pero no por ello parecía menos decidida. Cabellos azules recogidos en una cola de caballo, tez clara, pecas y ojos verdes. En otro momento, habría estado encantado de invitarla a salir. Con voz segura dio una nueva orden.

–¡Fuera!

El hombre robusto retrocedió un paso y la mujer volvió a poner los electrodos en su pecho, después le administró otra descarga. Cada vez era como si alguien prendiera un incendio en su interior. Las llamas deflagraban y se extinguían en un instante.

Tras una breve pausa, el sonido de fondo cambió, se volvió acompasado.

–Bien –anunció la chica de cabellos azules, entusiasmada–. Lo hemos recuperado: ahora podemos trasladarlo.

Nadie os ha pedido que me trajerais de vuelta. Debíais haberme dejado donde estaba.

Lo cargaron en una camilla. A continuación, después de recorrer el sendero con una serie de sacudidas, lo metieron en la ambulancia. Las puertas del vehículo se cerraron. Luego se encendió la sirena.

–Eh, guapo, ahora quédate con nosotros, ¿de acuerdo? –estaba diciéndole el hombre para intentar mantenerlo despierto–. Has tenido suerte: tu amigo te ha hecho diez minutos de masaje cardíaco. Si no llega a ser por él, nosotros no habríamos podido hacer nada... Así que ya puedes pensar en un buen regalo.

Paul Macinsky le había salvado, temporalmente, la vida, no se lo podía creer. Le habría gustado decirle a los paramédicos que el hombre era inocente, que no tenía nada que ver con el secuestro de Samantha Andretti. Que en realidad Bunny era... ¿Quién era Bunny? Lo había olvidado.

Oscuridad.

Un relámpago repentino, como los *flashes* de magnesio de las máquinas fotográficas antiguas, se disolvió descubriendo una escena completamente distinta. Ya no estaba en la ambulancia. Sonidos y ruidos frenéticos. Alrededor, un intenso ir y venir. Todavía estaba tumbado, una luz blanquísima lo vigilaba desde arriba. Mil manos se movían sobre él. Voces imprecisas. Todos iban desnudos.

–¿Cómo está la saturación? –preguntó una chica bajita con unos senos enormes.

–Va bajando... Sesenta y siete por ciento –contestó un tipo con barba, muy peludo.

–Asistolia –anunció otro del que sólo veía la barriga prominente.

–Preparo una jeringa de atropina –dijo una voz femenina antes de volverse y mostrar un hermoso culito.

«Van sin ropa a causa del calor», pensó Genko, que no lograba explicarse aquel disparate. Mientras todos permanecían serios, él empezó a partirse de risa.

–Aplicamos el CPAP –ordenó una joven doctora con el pelo negro cayéndole suavemente sobre los hombros. Era la única que iba con la bata blanca. Pero debajo no llevaba nada. «¡Dios, cómo le habría gustado quitársela!»

–¿A cuánto está la presión?

–Ochenta y ocho sobre cincuenta y nueve.

«Podrías quitarte esa bata, ¿qué me dices? Estoy seguro de que te gustaría, nena...» Ya no tenía el control sobre sí mismo, morir tampoco estaba tan mal. Se sentía eufórico.

Mientras tanto, alguien hablaba por teléfono.

–Oiga, aquí la unidad coronaria del Saint Catherine: necesitamos información sobre un paciente... Se llama Bruno Genko.

«Estoy en el Saint Catherine», se dijo. El mismo hospital que Samanta Andretti. Y allí también estaba Bunny, recordó. *¿Quién es Bunny?* No le salía el nombre. Pero Samantha estaba en peligro. «Eh, ¿me oís? Está a punto de ocurrir algo terrible, tenéis que avisar inmediatamente a la policía. O, en todo caso, traedme un tequila y hagamos una fiesta.»

–¿Qué tiene cogido en la mano derecha? –preguntó alguien: era el barbudo, e intentó abrirle los dedos–. Parece una bola de papel, pero no la suelta.

–Dejadlo estar, lo importante es que no sea un objeto con el que pueda hacerse o hacernos daño –dijo la doctora guapa–. Preparad la inyección de adrenalina.

Oscuridad.

Otro relámpago, pero esta vez parecido a unos fuegos artificiales. Los ruidos de antes se habían aplacado, ahora se escuchaba un nuevo sonido rítmico que lo acunaba: la versión electrónica del latido de su corazón. Seguía estando tumbado, notaba la presión de una gran máscara de plástico que le cubría casi toda la cara y le bombeaba oxígeno a la fuerza en los pulmones.

Delante de la cama, la joven doctora del pelo negro y un doctor un poco mayor hablaban entre ellos. Curiosamente, ambos iban vestidos.

–¿Quién os ha autorizado a reanimarlo? –estaba preguntando el médico. Parecía alterado y tenía un papel entre las manos.

Ése es mi talismán, se dijo Genko.

–La dotación de la ambulancia no podía saberlo y nosotros no teníamos tiempo de revolverle los bolsillos –se justificó la doctora–. ¿Cómo íbamos a imaginar que se trataba de un caso terminal?

Le daba muchísima rabia que estuvieran hablando de él como si no estuviera presente.

–La unidad dispone de recursos limitados y tú los malgastas con alguien que como mucho tiene una esperanza de vida de llegar a mañana por la mañana.

«Puede que a mí tampoco me apeteciera que me devolvieran a la vida; ¿se te ha ocurrido pensarlo, gilipollas? Si la hubiera palmado, al menos me habría ahorrado tu cara de culo.» Aunque, en realidad, lo que le disgustaba era que su muerte no le importara absolutamente a nadie. Al fin y al cabo, estaba recogiendo el fruto de una vida solitaria. No había formado una familia y nunca había pensado en tener hijos. Es más, era algo que había dado por sentado. Nunca había tenido en cuenta el plan «me caso y después me reproduzco».

«El viejo Bunny le ha pasado el testigo al nuevo Bunny», se dijo. Incluso el monstruo que estaba ingresado en el Puerto tenía descendencia que perpetuaría su memoria. Y el nuevo Bunny tenía una esposa y dos niñas rubias. Pero ¿cómo diablos se llamaba?

«Forman», se dijo. «¡Peter Forman, y es dentista!»

Pero el entusiasmo por esa revelación se desvaneció casi de inmediato, porque no había modo de comunicárselo a nadie.

«¡Quitadme la máscara de oxígeno, tengo que deciros una cosa!»

–Has devuelto a la vida a un vegetal –sentenció el médico mayor.

No soy un vegetal, capullo. Quítame esta mierda de máscara y te lo demostraré.

–Lo siento, doctor –dijo la doctora guapa–. No volverá a pasar.

El otro se la quedó mirando, severo. Después le devolvió el talismán y se marchó.

La doctora sacudió la cabeza, se disponía a doblar el trozo de papel, pero se detuvo y lo observó con más atención. No estaba leyendo el informe, advirtió Genko. Miraba el dibujo que había detrás de la hoja.

El retrato de Bunny esbozado por el cazador furtivo que fue el primero en socorrer a Samantha Andretti.

En ese momento sucedió algo. Oyó una vocecita en su cabeza. Linda, «su» Linda, le estaba hablando. «Pasa el testigo.» Pero no era fácil. Bruno empezó a concentrarse. A diferencia de la mente, su cuerpo estaba ya casi muerto. Pero tenía que lograrlo. Visualizó su mano derecha, los dedos aferrando la bola de papel. «Pasa el testigo», repitió Linda con dulzura. Empezó por el índice, que apenas se movió. «No te vayas», le decía mientras tanto a la doctora con el pensamiento. Quédate un poco más. Le tocó el turno al pulgar; era un esfuerzo inmenso, como mover una roca muy pesada. «¡Pasa el testigo!» Entonces notó que Linda le cogía la mano y lo ayudaba. El dedo corazón, después el anular y finalmente el meñique. No sabía si estaba sucediendo de verdad o si únicamente se estaba produciendo en su cabeza. La voz de Linda se desvaneció. La doctora volvió a doblar el talismán y se lo metió en el bolsillo de la bata. Se marchaba. No, te lo ruego. «¡No!»

Se oyó el débil ruido de algo que rebotaba.

La doctora se paró y se volvió hacia la cama. A continuación, bajó la mirada. Vamos, ven a mirar. Y, efectivamente, se dirigió hacia él. Se agachó y recogió la bola de papel que se había deslizado de su mano. La desplegó. Una expresión ambigua se dibujó en su cara. Su mirada se movió un par de veces entre él y el contenido del papel. Seguidamente cogió el talismán del bolsillo. Comparó los dos trozos de papel.

El retrato del cazador furtivo y el de la hija pequeña de Forman que estaba colgado con un imán en la nevera de Paul Macinsky.

El mismo personaje. Un conejo con los ojos con forma de corazón.

La doctora parecía confusa. Cogió una especie de bolígrafo del bolsillito de la bata. No, era una lucecita. Se acercó a su cara. Con los dedos le levantó los párpados del ojo derecho. Le disparó en el iris esa especie de rayo luminoso. Posteriormente, repitió la operación pasando al ojo izquierdo.

Bruno intentó mover los labios, esperando que ella lo notara a pesar de la enorme máscara de plástico.

Se dio cuenta.

Dudó un momento, luego le levantó despacio las gomas y le descubrió una parte del rostro. Se acercó un poco más y puso la oreja en dirección a su boca.

Con el poco aliento que le quedaba en el cuerpo, Genko pronunció unas sílabas.

La doctora esperó, pero después se incorporó. Volvió a ponerle la máscara de oxígeno y lo miró perpleja.

No estaba seguro de haber conseguido comunicarse con ella. Probablemente no había dicho nada, ya que la mente le jugaba malas pasadas; aunque la alucinación en la que todos iban desnudos le había gustado.

Acto seguido la mujer se dirigió hacia la puerta de la habitación.

«No, maldición, no...»

En vez de salir, cogió el auricular de un teléfono de pared y marcó un número.

–Sí, soy yo –dijo a su interlocutor.

Ánimo, guapa, «pasa el testigo.»

–El paciente de la 318 podría tener un pariente... Tenemos que avisarlo, me acaba de decir su nombre.

37

A última hora de aquella tarde de mediados de junio, el verano se olía ya en el ambiente.

Él y Paul volvían a casa tras el partido de fútbol en el campo de la parroquia, sudados y felices como sólo se puede estar a los diez años. El sol era una esfera roja al final de la calle y, por las ventanas abiertas de las casas, llegaban voces que se mezclaban con las risas de las teles encendidas, mientras la gente se preparaba para cenar.

Paul Macinsky era su mejor amigo. Al menos así lo había decidido el padre Edward. Los había llamado aparte y les había dicho a ambos: «Desde hoy seréis uña y carne». Paul no era muy espabilado, por eso se limitó a asentir sin hacer preguntas. Robin, en cambio, sabía por qué el cura los había puesto juntos. Había una categoría definida para los niños como él y Paul, no tenía nombre, pero a todo el mundo le quedaba clara la diferencia entre quien pertenecía a ella y los demás. Raramente alguien les dirigía la palabra, nunca recibían invitaciones para las fiestas, siempre eran los últimos a los que elegían cuando se formaban los equipos de fútbol y, sobre todo, nadie conocía su nombre de pila y los llamaban sólo por el apellido.

Sullivan y Macinsky.

Ni siquiera tenían derecho a ser objetivo de los matones, como los empollones o los afeminados. Simplemente no existían.

El padre Edward, que sabía perfectamente lo crueles que podían llegar a ser los niños con sus semejantes, los reunió en la sacristía. Al decretar su amistad, tal vez quiso evitarles la vergüenza de la soledad que, en la edad de la despreocupación, era el peor estigma.

A pesar del antojo de la cara, que también era la causa principal de su tremenda timidez, Paul no estaba mal. Claro, costaba mucho hacer que dijera alguna palabra. Robin intuyó que su amigo vivía con su madre y nunca había conocido a su padre. Para no incomodarlo, nunca quiso profundizar en el tema. Pero por ahí se decía que la madre de Paul había tenido una aventura con un tipo que ya estaba casado y que por eso su familia la abandonó, poniéndola de patitas en la calle junto con el bastardo que llevaba en el vientre.

A pesar de que Paul llevaba el apellido de su madre y era considerado a todos los efectos un hijo del pecado, Robin lo envidiaba. En su casa las cosas no iban bien y no había día que no se produjera una pelea. Sus padres le daban a la botella y se propinaban unas buenas palizas. En una ocasión su madre había apuñalado a su marido en el abdomen mientras dormía. Él había conseguido salir de aquélla, pero en cuanto había vuelto del hospital le había fracturado el cráneo con una plancha. De vez en cuando era Robin el que recibía en las peleas domésticas, pero Paul nunca le preguntaba cómo se había hecho los moratones.

Al fin y al cabo, casi todos los niños del barrio tenían problemas con sus familias. Aunque, a diferencia de ellos dos, sabían apañárselas y salir adelante. Era como si el todopoderoso los hubiera dotado de una especie de armadura, olvidándose de darles también una a él y a Paul.

Tal vez sólo era eso lo que los unía. Pero ¿podía bastar como base de una amistad? Robin pensaba que no, y el padre Edward había sido demasiado optimista al pensar que podían ayudarse el uno al otro. No tenían nada en común y no hacían más que pasar el tiempo tirando piedras a las latas vacías o cazando gatos callejeros.

Pero luego, un día, ocurrió algo.

Coincidieron en el mismo equipo de fútbol, aunque como siempre eran reservas. Pero en el terreno de juego tuvo lugar una especie de milagro porque, inesperadamente, formaron una pareja de defensores formidable. Un muro infranqueable para los atacantes adversarios. Desde entonces, las cosas mejoraron un poco. Fuera de los partidos, los otros niños seguían llamándolos por el apellido ya duras penas les dirigían la palabra. Pero mientras se disputaba el encuentro, los trataban con respeto.

Aquella tarde de junio de 1983, mientras iban por la calle comentando el partido que acaban de jugar, Robin Sullivan y Paul Macinsky volvían a ser casi unos extraños, porque su amistad también se concretaba sólo en el campo de fútbol. Al doblar la esquina de la parroquia, se encontraron de frente a Bunny el conserje, que estaba sacando el cubo de la basura.

–Eh, chicos, ¿qué tal os va?

Ninguno de los dos contestó al saludo, pero aflojaron el paso. En aquella época, a Robin le parecía que ese tipo era simplemente un excéntrico. Tenía una sonrisa de dientes amarillentos por culpa del tabaco y le parecía excesivamente amable cuando se dirigía a las señoras que iban a misa. El padre Edward también lo trataba guardando las distancias, como si desconfiara de él. La mayoría de las veces, el conserje se ocupaba de sus asuntos. Cuando alguien lo nombraba, a Robin en seguida le venía a la cabeza la imagen de Bunny con una escoba en la mano en el atrio de la iglesia. Una vez pasó con la bicicleta por delante de la Santísima Misericordia y, al volverse hacia la fachada, descubrió que el hombre había dejado de barrer para mirarlo. En esa mirada que lo siguió hasta el final de la manzana había algo que hacía que se le erizaran los pelos del brazo.

–¿Cómo ha ido el partido? –preguntó el conserje dejando el cubo de la basura.

–Como siempre.

Curiosamente, había sido Paul quien contestó. Robin no entendería hasta muchos años después que el valor de su amigo lo dictaba el hecho de que quería quitarse rápidamente a Bunny de encima porque seguramente le atemorizaba.

–Os he estado observando: vosotros dos sois inseparables. –No replicaron a lo que parecía sólo una inocua constatación, pero Bunny no había acabado–. Yo veo cómo os tratan los otros chicos. Pero vosotros dos me caéis bien y me gustaría confiaros una cosa que no sabe nadie... –El conserje se interrumpió para toser, después escupió una flema en la acera–. ¿Sabéis guardar un secreto, verdad? –No contestaron, aun así el hombre se sintió obligado a continuar igualmente con su relato–. Hay un cómic que, a mi parecer, os gustaría un montón. Pero no es como los que compra el padre Edward... El cómic del que hablo es especial. –Lo dijo con los ojos brillándole.

–¿A qué te refieres con «especial»? –preguntó Robin, intrigado.

Bunny miró a su alrededor y luego se sacó del bolsillo posterior del pantalón un ejemplar enrollado.

–¿Un conejo? Pero si eso es para bebés –dijo Robin con sorna al ver la portada.

–¿Y si te dijera que no es lo que parece? –lo desafió el hombre–. Porque si lo lees en un espejo sucede una cosa que ni siquiera te puedes imaginar.

Paul le tiró del faldón de la camiseta.

–Llegamos tarde a cenar.

Pero Robin ignoró a su amigo.

–No me lo creo –objetó al conserje.

–Bueno, no tenemos que hacer otra cosa que ir adonde vivo y podréis comprobarlo con vuestros propios ojos.

–¿Por qué tenemos que ir adonde tú vives? –preguntó Paul, receloso.

–En realidad no hace falta: si lleváis un espejo encima, os lo muestro ahora.

Era evidente que el hombre los estaba provocando. Pero Robin sabía que era más astuto que él.

–Ve a buscar el espejo, te esperamos aquí.

Bunny se quedó sin palabras. Aunque a continuación sonrió.

–Lo siento, chicos, pensaba que os interesaría. Tendré que enseñárselo a alguien más competente que vosotros... –Dicho lo cual, se volvió para marcharse.

Paul empezó a caminar, en cambio Robin se quedó mirando al hombre mientras se alejaba.

–¿Qué haces, no vienes? –preguntó el amigo.

Y entonces él lo siguió, poco convencido.

En la esquina de la calle, llegó el momento de separarse. Paul tenía que continuar por la derecha, en dirección a la casa verde.

–¿Va todo bien? –le preguntó a Robin, viéndolo pensativo.

–Sí –contestó él.

–¿Seguimos siendo amigos, verdad? –preguntó, temeroso.

–Sí, lo somos –le aseguró él.

Se miraron durante unos instantes, en silencio.

–Pues adiós –dijo Paul, y se puso en camino.

Después de haber dado unos pasos, Robin se volvió de nuevo a mirarlo. Una vocecita malvada le decía que Paul nunca podría salir adelante en este mundo. Conocía aquella voz, pertenecía a su padre. Mientras Fred Sullivan bebía no había problema. Pero en cuanto el efecto de la borrachera empezaba a diluirse, se volvía cruel. Cuando no le pegaba, la tomaba con él incluso si no había hecho nada malo. Y, lo peor de todo, de repente se acordaba de que era su padre y le transmitía sus «perlas» educativas. Por ejemplo: «Las mujeres sólo saben hacer una cosa». O bien: «No dejes que los negros te den por el culo». Y su favorita era: «Júntate con quienes sean mejores que tú». Para Robin no era difícil establecer con quién «juntarse», dado que prácticamente todos eran mejores que él. La parte complicada era convencerlos a ellos de que se juntaran con él. Pero si seguía yendo por ahí con «Paul Cara de Monstruo» no tendría ninguna esperanza de ser aceptado.

Ese día de junio, mientras la tarde se apagaba a su alrededor, no podía digerir que incluso Bunny el conserje se permitiera tomarles el pelo, acusándolos de cobardes. Quizá fuera la ocasión de demostrar que él y Paul eran diferentes. Por eso esperó a que su amigo se alejara por la acera.

Después se dio la vuelta.

Al llegar a la iglesia, llamó a la puerta que conducía al semisótano de la parroquia. Tenía intención de darle una lección al conserje, quería robarle algo y salir corriendo. Después exhibiría el botín para alardear de su temeraria gesta ante los otros chicos. Como decía su padre, para aprender a enfrentarse a los más fuertes siempre había que empezar atacando a uno más débil.

–Veo que has cambiado de idea –dijo Bunny al encontrárselo en la puerta.

–Sí –lo desafió Robin.

–Pues toma asiento, por favor... –Y le señaló la escalera que tenía detrás.

Robin lo siguió, pero en cuanto la puerta de madera se cerró tras él, experimentó una desagradable sensación.

Bajaron al sótano, a la zona donde estaba la caldera. La madriguera de Bunny era un cuarto delimitado en parte por una tela metálica. Parecía un gallinero.

Robin miró a su alrededor.

El sitio donde vivía el conserje le hacía sentir incómodo. Allí abajo no llegaba la luz del sol y había un olor penetrante a queroseno. La cama, una colección de baratijas sin ningún valor colocadas encima de una repisa, el banco de trabajo, un pequeño armario de hierro. Bunny encendió en seguida una radio de transistor ensamblada en una caja de zapatos, sonaba un *blues* alegre y claro que contrastaba con el entorno.

El conserje se sentó en la cama, abrió el cajón de la mesilla de noche y cogió un pequeño espejo para mostrarle el secreto que se ocultaba en el cómic.

–Ven a sentarte a mi lado –lo invitó, golpeando ligeramente la mano en la manta. Su voz había cambiado, en su tono había una dulzura desagradable.

En ese momento, Robin tuvo miedo. Debería haberle hecho caso a Paul, ahora ya no quería haber venido.

–Tal vez sea mejor que me vaya –intentó decir.

–¿Por qué? ¿No te gusta estar aquí? –preguntó el conserje, fingiéndose ofendido–. Estoy seguro de que nos haremos amigos.

–No, en serio... Mi madre me está esperando –balbuceó–. Ya habrá preparado la cena. –Su madre, como mucho, habría sacado de la nevera un pollo asado del supermercado de hacía un par de días y se lo pondría delante sin siquiera calentárselo. Pero, en ese momento, Robin se habría comido cualquier porquería con tal de irse de allí.

–¿Te apetece leche con galletas? –preguntó Bunny. Cogió un cartón del armario y empezó a servirla en un vaso sucio.

Robin no contestó.

Bunny sacudió la cabeza, contrariado.

–¿Por qué hacéis todos lo mismo? Al principio parecéis muy chulos y después os queréis echar atrás.

–No me estoy echando atrás, mejor vuelvo en otra ocasión. –En cambio, empezó a retroceder.

Entonces Bunny lo miró, serio.

–Lo siento, chico, pero creo que no podrá ser. –Le tendió el vaso–. Venga, ahora bébete la leche.

38

Con más de treinta años de distancia del día en que siguió a Bunny el conserje al sótano, Robin Sullivan, «alias» Peter Forman, no lograba olvidar los detalles de aquella escena. Rememoraba los olores, el frío del sótano, los ruidos amortiguados. Incluso el eco del *blues* seguía intacto.

El recuerdo que su memoria había proyectado en el techo blanco de la habitación de hospital se apagó y volvió el dolor de la herida del abdomen. Los puntos le tiraban de la piel, pero había sido hábil al infligirse el navajazo. Conocía el punto exacto en el que hundir la hoja porque era el mismo en el que un día su madre le clavó un cuchillo de cocina a su padre. Los médicos dijeron en aquella ocasión que, a pesar de la sangre que había perdido, el hombre había sido afortunado porque allí no había órganos vitales.

Sus padres fueron un pésimo ejemplo durante casi toda su infancia, mientras que Bunny el conserje había sido un buen maestro. En los tres días en que lo tuvo prisionero, ese bastardo se aprovechó de él pero, después de todo, también le enseñó que el miedo de los demás producía un estremecimiento misterioso.

Y era precisamente eso lo que el viejo Bunny buscaba. El miedo de los niños era su alimento, su pasión.

Setenta y dos horas de vejaciones, abusos y tortura psicológica. Robin logró escapar por pura casualidad, gracias a que la tercera noche su carcelero se durmió borracho sin acordarse de atarlo a la cabecera de la cama. Así que se escabulló de la prisión y pidió ayuda a una mujer que pasaba por allí y que lo acompañó en seguida a la policía.

Pero ¿por qué se llevó el cómic del conejo al huir?

Esa decisión también influyó en su determinación de no contar lo que le había ocurrido. Al principio pensaba que era por vergüenza o por miedo a que el monstruo pudiera vengarse. Pero no era eso. Había un motivo, y tenía relación con lo que el viejo Bunny había inoculado en su mente a través del cómic y también haciéndole ver una extraña película.

Durante el breve período de reclusión, el terror había excavado en él un profundo agujero. Un lugar distante y desconocido en el que el Robin adulto había acumulado deseos inconfesables, oscuros impulsos, brotes de violencia. Pero con sólo diez años todavía no podía saber que en ese abismo se estaba incubando algo.

Una presencia.

Había alguien dentro de él. Lo descubrió en la mirada de sus padres, cuando regresó a casa. Había un conejo malvado reflejado en los ojos de su madre. Y, por primera vez, ella y su padre tenían miedo de él. Por eso después lo apartaron de ellos.

En la granja de los Wilson encontró un nuevo tipo de afecto, que compartía con otros chicos parecidos a él, presas de hombres y mujeres sin escrúpulos que se habían apoderado por la fuerza y con engaños de la inocencia de su infancia. Por añadidura, Robin se sentía distinto a los demás, ya que no aceptaba su condición de víctima. Tal vez por eso Tamitria Wilson le tenía tanto afecto, pensaba que Robin simplemente quería liberarse de una terrible experiencia o que se negaba a quedar marcado por ella durante el resto de su vida. Por eso lo ayudó a adoptar una nueva identidad y a sacarse un título que le serviría para ir a la universidad.

Tamitria había golpeado en la cabeza a un detective privado, Bruno Genko, y lo había dejado encerrado cuando se presentó unas noches antes preguntando por un chico que se llamaba Robin Sullivan. Como una madre solícita, quería proteger a un hijo llamado Peter Forman que había dejado atrás un pasado espantoso.

Quería a Tamitria, pero había tenido que matarla de todos modos porque la mujer no había entendido la más elemental de las verdades. Es decir, que el niño Robin Sullivan se negaba a sentirse una víctima porque ya era consciente de que formaba parte de la casta de los verdugos.

Tamitria recelaba del ejemplar del cómic que siempre llevaba encima, pero nunca comprendió su verdadero significado. Cuando abandonó la granja, le pidió a la mujer que se lo guardara porque no tenía valor de deshacerse de él, y sobre todo porque había decidido que Bunny merecía salir de aquellas páginas.

En secreto, ya estaba pensando en una máscara para darle una apariencia. Aunque no humana. Porque Bunny debía ser una especie de divinidad.

También la llevaba consigo la noche en la que Tamitria lo hizo ir a la granja tras avisarlo de la presencia del fisgón. Enterró el cadáver de la vieja detrás del granero, pero no le gustó tener que matarla. En realidad, no experimentaba ninguna satisfacción al quitarle la vida a alguien. Aunque a menudo se había visto obligado a hacerlo.

A diferencia del viejo Bunny, a él le gustaban las niñas.

Alimentaba sus fantasías yendo en su busca en la *deep web*. Aunque luego, las que raptaba para llevárselas a su madriguera secreta nunca duraban demasiado. Era como con los hámsteres o los canarios, que, al cabo de unos meses, máximo un año, se ponían enfermos. Y entonces, antes de presenciar una muerte triste y lenta, intervenía para que las chicas dejaran de sufrir. Al fin y al cabo, era un acto de compasión.

Con Samantha, sin embargo, había sido diferente.

Lo vio en seguida, ella no era como las demás. En primer lugar, el destino quiso que se acercara espontáneamente a su furgoneta con los cristales de espejo durante una mañana normal de febrero, cuando se dirigía al colegio. Como una mosca que, inconsciente, vuela demasiado cerca de una telaraña, atraída por su reflejo en la maraña brillante, Samantha Andretti pagó un precio justo por su propia vanidad.

Estaba seguro de que aquella niña menuda no aguantaría ni un mes en cautividad. Pero luego se convirtió en su orgullo. No sólo resistió durante quince años, sino que además desde el principio le ofreció una motivación para mejorar su estrategia para ocultar a Bunny al resto del mundo.

Si Peter Forman se había casado y había traído al mundo dos preciosas niñas, sólo se lo debía a ella.

Bien escondido en una familia normal, con una existencia aparentemente tranquila, el apacible dentista podía llevar dos vidas perfectas. Su esposa ni siquiera sospechaba que él guardara a otro ser en su interior. Debía confesar que incluso se había divertido al darle un susto de muerte la noche anterior, cuando la sorprendió con la máscara de Bunny y la encerró a ella y a las pequeñas en el sótano. Justo allí fue donde Meg lo encontró un día con la cabeza de conejo puesta. La convenció para que mantuviera la boca cerrada, diciéndole que era un secreto entre padre e hija.

En casa siempre conseguía mostrarse amable y dominarse. En cambio, con Samantha había sido duro demasiadas veces, seguramente porque la quería demasiado. Hubo la historia de la niña. Siempre iba con cuidado cuando tenía relaciones con ella. Y además hacía años que Sam no tenía la menstruación, por eso pensaba que no era fértil. Sin embargo, se quedó embarazada. Tal vez debería haberla matado en seguida, pero no pudo. Pensaba que moriría en el parto. Sin embargo, cuando llegó el momento, la ayudó a traer al mundo a su bastarda. Gracias a sus conocimientos médicos como dentista, consiguió practicarle una rudimentaria cesárea, motivo suficiente para echarlo de la profesión.

Después se marchó y se pasó casi una semana sin ir a la prisión. Estaba convencido de que a su regreso se encontraría con dos cadáveres. En cambio, aquella zorra extraordinaria consiguió no morir desangrada.

Quitarle a la niña fue la parte más difícil.

Tenía tres años, pero aparentaba menos de la mitad. No crecía y padecía varios problemas relacionados con el hecho de vivir encerrada.

Sam no se lo perdonó. Durante todo el tiempo siempre le había plantado cara, pero después de quitarle su única razón para seguir adelante se volvió contra él de la peor manera posible. Empezó a ignorarlo. Ya no acumulaba rabia hacia él, el miedo que sentía constantemente había desaparecido.

Bunny ya no la asustaba.

Antes de que se dejase morir, quiso ofrecerle una oportunidad para cambiar por sí misma su destino.

Un juego.

La metió en el maletero del coche y la llevó a los pantanos. Allí le quitó la ropa para admirarla por última vez, en toda su animalesca belleza.

Después la dejó marchar.

Esperó durante una hora y a continuación fue a buscarla.

Le costó bastante encontrarla. La vio en el margen de la carretera, estaba herida. Mientras atravesaba el bosque para reunirse con ella bajo el aspecto de Bunny, apareció un maldito *pick-up*. El chico que iba al volante del vehículo, seguramente un cazador furtivo, se precipitó a socorrerla. Robin presenció la escena, escondido detrás de un tronco.

Sam puso las manos en el cuello de aquel extraño.

Mirarla mientras abrazaba a otro le partió el alma de celos. Ahora lo sabía: estaba enamorado de ella, desde siempre. Por eso, ante aquella escena, no pudo aguantarlo y se plantó ante ellos.

Al verlo, el joven que estaba con Samantha, su Sam, titubeó, y acto seguido salió corriendo.

«Bien hecho, chico. Bien hecho.»

Mientras el *pick-up* se alejaba, Samantha empezó a gritar. Fue corriendo en seguida hacia ella, para consolarla y decirle que la amaba. Pero ella pronunció una palabra que lo hirió, le hizo mucho daño.

Con un hilo de voz le dijo:

–Mátame.

Después de haber pasado todos esos años juntos, después de haber compartido la experiencia de ser padres de una niña, después de que él le confiara lo que sentía por ella, esa cobarde prefería morir antes que admitir que estaban unidos por un sentimiento profundo.

No podía aceptarlo. Por eso, viendo que tenía una evidente fractura en la pierna derecha, decidió abandonarla a su suerte.

–Si esto es lo que quieres, pues aquí lo tienes –le dijo antes de alejarse.

No volvió a girarse. Bajo la máscara de Bunny, sin embargo, se deslizaban cálidas lágrimas de dolor.

Cuando llegó a casa, los telediarios estaban dando la noticia de que habían encontrado a la mujer. La gente no se lo podía creer y se echó a la calle para celebrarlo. Debería haberse preocupado por sí mismo ya que, aunque la policía hiciera tiempo que se había olvidado de Samantha Andretti y por lo tanto también de él, ahora volvería a ir tras sus pasos. Pero, curiosamente, le daba igual.

Durante las siguientes horas le costó interpretar el papel de apacible dentista, especialmente con su familia. Vivía con el temor de que la tristeza cruzara la frontera que había erigido con tanta disciplina y que emergiera del abismo el grito de sufrimiento de Bunny, que, en alguna parte, al fondo de la oscuridad, se sentía desesperado.

Pero más tarde, antes de que se pusiera el sol, tuvo una revelación.

«Ella también me ama. Pero, como ocurre en todas las parejas, nos peleamos de vez en cuando. Eso era lo que había ocurrido, una simple discusión entre enamorados. Sí, sólo había sido una riña por mis absurdos celos.» Había pecado de orgullo y se había marchado ofendido cuando debería haber intentado aclarar en seguida las cosas.

Eso era lo que debía hacer ahora.

Estaba seguro de que sería suficiente con reunirse con Sam, en el hospital. Si hubiese un modo de poder hablar con ella, todo se aclararía y las cosas volverían a ser como antes. Por ese motivo incluso la idea de provocarse una herida con un cuchillo no lo asustaba. Era una prueba de amor, Sam sabría apreciar su gesto.

También había logrado utilizar a su antiguo amigo Paul Macinsky para llevar a cabo su plan. Unas semanas antes había ido en busca de un jardinero en el aparcamiento del centro comercial en el que se reunían los desempleados. Identificó a su amigo de la infancia por el antojo en la cara. Claro, corría un riesgo al presentarse ante él, pero no pudo resistir la curiosidad de saber si Paul a su vez lo reconocería.

«No, no sucedió», se dijo.

De manera providencial, aquel encuentro casual le fue de utilidad cuando llegó el momento de que la policía siguiera por otro camino, así como para despistar a aquel estúpido detective privado. Mientras ellos se dedicaban a Paul Macinsky, Robin podía actuar a sus anchas.

Desde que estaba ingresado en la unidad de cirugía del Saint Catherine, había hecho planes para sí mismo y Samantha. Después de escaparse juntos del hospital, se esconderían durante un tiempo. Tal vez en la vieja madriguera. Al fin y al cabo, ese lugar era su nido de amor. Siempre y cuando la policía no la localizara en el semisótano de la casa en la que se había criado. La única herencia que le habían dejado sus padres, muertos ambos de cirrosis hepática.

En cualquier caso, no podrían quedarse allí mucho tiempo. De modo que Robin había previsto sacar una ingente cantidad de dinero de su cuenta bancaria, comprar un coche de segunda mano y marcharse a otro lugar. Deambularían una temporada por el país, para que su rastro se fuera perdiendo. Después, un día llegarían a algún pueblecito tranquilo en la montaña. Y allí podrían quedarse el resto de sus vidas. Usando nombres falsos, podrían comprar una casa de verdad, encontrar dos trabajos dignos y tal vez intentar tener hijos; un niño o tal vez incluso dos.

Sí, sería precioso. Dos fugitivos enamorados.

Lo único que tenía que hacer era hablar con Samantha, contarle ese sueño y pedirle que juntos lo hicieran realidad. Obviamente, antes tendría que pedirle perdón. Pero Sam era inteligente y comprensiva: ya le había perdonado en muchas ocasiones, esta vez también lo haría.

Robin miró de nuevo el techo de la habitación de hospital. Su dulce Sam estaba a poca distancia de él, en la unidad de quemados. Apenas los separaban dos plantas. No podía creer que hubiera sido capaz de resistir la tentación de ir a verla en seguida. Con un poco de esfuerzo, todavía dolorido por los puntos de la herida, se incorporó. Estaba contento.

Por fin, dentro de poco volvería a abrazar a la mujer que amaba.

39

La puerta cortafuegos por la que se accedía a la escalera antiincendios sólo estaba entornada.

Robin Sullivan no le quitaba ojo desde hacía un buen rato y advirtió un discreto ir y venir de policías. Se acercó y en seguida notó el olor inconfundible de nicotina. La empujó hacia fuera y se encontró delante a dos polis que conversaban mientras fumaban un cigarrillo. En cuanto lo vieron, se lo quedaron mirando con atención: sólo llevaba puesta la bata ligera que se les daba a los pacientes del hospital y un par de zapatillas de tela. Los saludó con un gesto de la cabeza y los otros siguieron hablando y fumando como si nada.

Se apoyó en la balaustrada. La brisa hacía más soportable el calor y se veía un magnífico cielo estrellado. Sí, era realmente la noche perfecta. Inspiró y espiró a pleno pulmón, sin dejar de aguzar el oído a lo que pasaba a su espalda. Uno de los dos polis apagó la colilla aplastándola contra la pared y la lanzó al vacío; a continuación, se despidió de su colega para volver al servicio. Al quedarse solos, Robin se metió una mano en el bolsillo.

El segundo policía también terminó de fumar. Estaba a punto de seguir los pasos su compañero, pero, en cuanto se volvió hacia la pared para apagar la colilla, Robin sacó una jeringuilla que había preparado un rato antes en el botiquín. Con un gesto rapidísimo, se la clavó en el cuello. Luego retrocedió rápidamente. El policía se llevó una mano a la garganta y al mismo tiempo se volvió hacia él con los ojos abiertos de par en par por la sorpresa. Alargó el otro brazo para cogerlo, pero el potente barbitúrico inyectado directamente en la yugular le había alcanzado el sistema nervioso central. El policía se tambaleó y cayó de rodillas.

Robin se aseguró de que había perdido la consciencia.

A continuación, empezó a quitarle el uniforme.

La unidad de quemados estaba situada en la última planta del hospital. Las habitaciones de los pacientes se agrupaban en la parte interior y no tenían ventanas porque la luz del sol y el calor podían ser perjudiciales para su piel. Habían sido astutos al ingresar allí a Samantha, pensó. Así podían vigilarla mejor.

Subió a la planta en un ascensor de servicio. En cuanto se abrieron las puertas, dos mujeres policía fueron hacia él, pero agachó la cabeza para ocultarse mejor bajo la visera de la gorra. No se fijaron en él y siguieron adelante.

En el pasillo sólo había médicos y enfermeros. El grueso de las fuerzas del orden estaba concentrado alrededor del hospital, y únicamente había una patrulla de ronda por las plantas porque, a pesar de todo, había que preservar la esterilidad del entorno para el resto de los pacientes.

Fue pasando por las habitaciones buscando la de Sam. Le sabía mal presentarse ante ella con las manos vacías. Le habría gustado llevarle algo, tal vez unas flores, pero correría el riesgo de llamar demasiado la atención. Ya tenía en mente lo que iba a hacer: se arrodillaría ante ella y le pediría perdón.

Localizó la habitación gracias al agente de guardia apostado en la puerta. Fue hacia él.

Cuando se dio cuenta de que se acercaba, el policía se lo quedó mirando. Probablemente se estaba preguntando el porqué de esa visita.

–¿Qué sucede? –dijo.

–No sabría decirte –contestó Robin–. Me han ordenado que venga aquí.

El agente miró el reloj.

–Qué raro, mi cambio está previsto a las dos.

Se encogió de hombros.

–No sé qué decirte.

El policía cogió la radio que llevaba colgada del cinturón.

–Le preguntaremos al sargento.

Robin lo detuvo.

–Seguramente habrá sido un error, volveré a bajar y se lo diré.

–Está bien –consintió el otro.

–¿Qué tal va ahí adentro? –preguntó señalando a la puerta, como si sintiera simple curiosidad.

–Green ha hecho una pausa, creo que ahora la chica está durmiendo.

Asintió y se dispuso a marcharse, pero entonces se volvió de nuevo.

–Ya que estoy aquí, si quieres ir a fumar un cigarrillo o a echar un trago de agua, puedo quedarme cinco minutos.

–Ostras, sí –dijo en seguida el poli–. Gracias, eres un amigo.

Lo vio alejarse y doblar la esquina del pasillo. Esperó unos segundos. A continuación, apoyó la espalda en la puerta y alargó el brazo hacia la manija. Tras asegurarse de que nadie lo estaba observando, abrió y se introdujo rápidamente en la habitación.

Estaba oscuro. El único, tenue resplandor procedía de las lucecitas de los aparatos médicos dispuestos alrededor de la cama. Esperó a que los ojos se le acostumbraran a la penumbra y, poco a poco, los objetos empezaron a aflorar en su campo visual. Oía una respiración que provenía de la cama: acompasada, tranquila.

Mi amor está durmiendo, pensó. Cómo se va a alegrar de verme. Al fin y al cabo, quince años juntos son como una especie de matrimonio.

Empezó a acercarse a ella. Quería despertarla con un beso.

Al llegar delante de la cama se paró, sonrió. Tendió una mano para acariciarla, pero no pudo encontrarla.

La cama estaba vacía.

–Hola, Bunny.

La voz masculina procedía de detrás de él. Instintivamente, se dispuso a darse la vuelta.

–No te muevas –le exhortó el otro.

Oyó claramente el ruido que hacían las botas de los hombres al moverse por la habitación mientras se posicionaban alrededor del objetivo. Se imaginó los fusiles apuntándolo, sus visores nocturnos. Han enviado a un equipo especial, se dijo. Se sentía halagado por tantas atenciones. Sacudió la cabeza con incredulidad por haber llegado al epílogo y, a continuación, empezó a levantar los brazos en señal de rendición.

–De rodillas –dijo la misma voz.

No era categórica. Tenía un tono calmado, paciente. Y eso lo confortó.

–Las manos detrás de la nuca.

Obedeció. Mientras lo hacía, sintió que se le partía el corazón, una lágrima le surcó el rostro. La idea de que todo hubiera terminado no era tan dolorosa como el pensar que no volvería a ver nunca más a su amor. Lo cogieron y le pusieron las esposas.

–¿Puedo saber al menos quién me está arrestando? –preguntó.

–Agente especial Simon Berish –se presentó la voz.

40

Después de descubrir que la cama de Sullivan estaba vacía, comprendieron inmediatamente que el monstruo se estaba moviendo a sus anchas por el hospital. Una persecución habría puesto en peligro a demasiadas personas inocentes, por eso la idea de Berish fue acogida en seguida por todos favorablemente.

No fue necesario trasladar a Samantha Andretti. Bastó con situar a un agente de guardia delante de la puerta de una habitación distinta y esperar en el interior a que Sullivan cayera en la trampa.

Al final lo arrestaron. Mientras se lo llevaban, lloraba como un niño. Su primera petición fue bastante singular. Leche con galletas.

Berish seguía pensando en ello mientras se dirigía a la furgoneta de la unidad de operaciones. Había tenido que dejar a Hitchcock en la explanada exterior. Afortunadamente, alguien le había puesto al lado un cuenco con agua. Eran las tres de la madrugada, pero hacía calor como si fuera mediodía y era evidente que el perro acusaba más que otros ese clima delirante.

–Dentro de poco volveremos a casa, ¿de acuerdo? –dijo el policía acariciando el hocico del hovawart.

Mientras tanto también intentó llamar a Mila, sin hacerse ilusiones. De hecho, el móvil de la responsable del Limbo siempre daba la señal de apagado.

«Vasquez, ¿dónde diablos estás?»

No tenía ni idea del caso del que se estaba ocupando, ni de por qué había desaparecido. Las últimas palabras que le oyó decir, ya hacía casi cinco días, se referían a una pista muy prometedora. Cuando le preguntó en qué consistía, ella lo despachó de malas maneras.

–Déjame en paz, Berish.

No es que fuera una novedad en Mila, pero esta vez se juró que no iba a perdonárselo. Su amiga se olvidaba demasiado a menudo de sus obligaciones como madre: Alice todavía era pequeña y la necesitaba. Pero en cuanto regresara de su maldita misión pensaba decirle claramente lo que pensaba. Absolutamente todo.

«Su llamada ha sido transferida al buzón de voz», anunció una voz grabada al teléfono. Berish estaba a punto de dejar un mensaje, pero se detuvo.

Bauer y Delacroix se dirigían hacia él.

–Y bien, ¿puedes darnos una explicación? –preguntó el rubio–. ¿Qué tienes tú que ver con Bruno Genko?

–Vino al Limbo anoche, nos conocimos así. Buscaba información sobre la desaparición de Robin Sullivan.

–¿Y tú se la diste? –Bauer abrió los brazos, incrédulo–. ¿Ni siquiera trabajas allí y ofreces colaboración a cualquiera que haga una simple pregunta?

Berish no lo soportaba.

–Mirad, chicos, vamos a dejar clara una cosa ahora mismo: ¿por casualidad estáis buscando a alguien para que pague el pato de vuestro desastre?

El rubio estaba a punto de replicar, pero Delacroix se puso en medio:

–Aquí nadie tiene intención de echar las culpas a nadie, sólo queremos saber cómo han ido las cosas.

Berish sopesó la situación antes de hablar:

–Genko me contó lo que había descubierto: el cómic, Bunny y el hombre del antojo en la cara... Creo que tenía una desesperada necesidad de librarse de su angustia. –Recordó la cara pálida del detective privado, el evidente cansancio con el que afrontaba aquella historia–. Y así, sin pretenderlo, me enteré de todos los detalles del caso.

–¿Y tú qué le diste a cambio? –preguntó Bauer, cada vez más alterado.

–Una fotografía –contestó Berish, sin vacilar–. Genko quería saber cómo era Robin Sullivan de pequeño... En la imagen que se conservaba en el expediente del Limbo aparecía con un amiguito de la infancia.

–Todo muy conmovedor –se burló el policía blanco.

Berish lo ignoró y siguió dirigiéndose a Delacroix.

–Hace un par de horas me ha llamado una doctora del Saint Catherine: me ha contado que un paciente suyo que se hallaba en un estado grave le había dado mi nombre; creía que era un familiar o un amigo. Cuando llegué, me explicaron que los primeros auxilios se los había prestado un tal Paul Macinsky, que lo había acompañado hasta el hospital. Me lo señalaron y comprendí que había habido un error con los nombres, que el niño del antojo en la cara de la foto del Limbo no era Robin Sullivan y que, por lo tanto, el dentista había mentido.

Delacroix se lo quedó mirando, tal vez intentaba saber si había dicho toda la verdad.

Berish era consciente de que no gozaba de buena fama entre sus compañeros: durante años había sido una especie de marginado. Quizá por eso se había sentido a gusto con Bruno Genko.

–Deberíais darle las gracias al detective privado –dijo–. Sin él, Samantha Andretti habría corrido un grave peligro.

–Ha muerto hace veinte minutos –dijo Bauer, bruscamente. A continuación, le volvió la espalda y se fue.

La noticia cogió a Berish desprevenido. Apenas conocía a ese hombre, pero lo lamentó de todos modos.

–Me dijo que cuando todo acabara le gustaría ver a Samantha, me parece que quería disculparse con ella por algo...

Delacroix le puso una mano en el hombro.

–Tampoco habría servido de nada.

Berish lo miró, perplejo.

–¿Por qué?

–Dentro de media hora el jefe convocará una rueda de prensa.

¿De qué diablos estaba hablando Delacroix?

–Hay una noticia que todavía no hemos difundido. Y tiene que ver precisamente con Samantha Andretti...

41

Se había tapado la cabeza con la sábana, no quería que siguieran observándola desde el espejo. Y tampoco quería volver a escuchar el sonido del teléfono amarillo de la mesilla de noche.

«Él» sabe que estoy aquí, está viniendo a buscarme para llevarme de nuevo al laberinto. Recordó la prisión de paredes grises, sin salida.

«Las salas de los manicomios están pintadas de gris, y también las celdas de las cárceles de máxima seguridad. Y las jaulas de los zoos... –había dicho Green–. A la larga, el gris te vuelve manso.»

¿Dónde se había metido el doctor? Al menos había pasado una hora desde que salió de la habitación para ir a limpiarse la camisa que se había manchado con el sándwich. Había dicho que volvería en seguida; en cambio, la había dejado sola.

La sábana era como una concha, la última defensa que le quedaba.

Al principio le había funcionado, había sido suficiente para calmarla. Pero luego algo se insinuó en el interior de su refugio. Junto a los sonidos familiares del hospital, había vuelto el latido del corazón de la pared.

El corazón de la niña nacida durante el cautiverio de la que no recordaba nada. El corazón de su hija. Pero que también era hija del monstruo.

Deja de latir. Te lo ruego, para. Pero no paraba.

La palpitación obsesiva amenazaba con volverla loca. Vio que debía hacer algo, porque en otro caso nunca la dejaría en paz. Entonces se armó de valor y, lentamente, sacó la cabeza de la sábana.

Le habían explicado que iba a tener que observar a la mujer desde detrás de un falso espejo. Por eso ahora lo que separaba a Simon Berish de Samantha Andretti era sólo un fino cristal.

Aparte del cazador furtivo que la había salvado, los policías, el analista de perfiles que la estaba tratando y, naturalmente, el monstruo que la había tenido retenida, nadie allí fuera conocía su aspecto de adulta. La mayoría de la gente la recordaba todavía como era a los trece años. Para el resto del mundo, Sam era todavía una niña.

Berish se hallaba entre los que habían sido admitidos para presenciar la verdad.

Lo que el agente especial veía era sólo a una criatura frágil e indefensa. Delacroix le había dicho que Samantha se había roto una pierna mientras escapaba, ya que, por culpa del confinamiento, sus huesos se habían debilitado. El sistema inmunitario también estaba afectado, por eso habían decidido ingresarla en un entorno esterilizado.

¿De verdad existían hombres capaces de hacer una cosa así a una chica inocente?

El corazón de la pared se había hecho enorme y seguía creciendo.

Es sólo una mancha de humedad en una pared blanca, se repetía. Es una alucinación. Son los fármacos psicotrópicos que me suministraba ese bastardo. Desaparecerá pronto, cuando el antídoto del gotero me haya limpiado la sangre y el cerebro.

Las pulsaciones eran redobles de tambor. Y la llamaban.

Es mi niña, sólo quiere una caricia de su mamá. La mamá que la abandonó. Le entraron ganas de llorar. *No te fíes, ella es la hija del monstruo, sólo quiere volver a llevarte al laberinto. Tú sabes que todavía está allí, y te espera. Si no quieres volver, tienes que ignorarla.*

No, no puedo. Soy su madre, no puedo.

Apartó la sábana con un gesto decidido. A continuación, se sentó en la cama. Estiró las piernas y se arrancó la sonda, la tiró; se desparramó un charco de orina en el suelo. Miró el gotero, con cuidado se extrajo la aguja de la vía, ya se la volvería a conectar más tarde. No estaba segura de que tuviera suficientes fuerzas para ponerse de pie, todavía recordaba cuando lo había intentado la primera vez y se había desplomado en el suelo; el doctor Green la había ayudado en seguida, olía a agua de colonia. En esta ocasión, primero movió la pierna derecha y apoyó el pie en el suelo, seguidamente cogió la pierna escayolada con ambas manos y, levantándola, empezó a moverla hacia el borde de la cama, poco a poco, de manera gradual. Cuando llegó al filo de la cama, dio un empujón con la cadera y la colocó con cuidado hasta que tocó el suelo. Al final, se apuntaló con los brazos en el colchón, hizo una profunda respiración y se incorporó.

Al principio, la habitación daba vueltas a su alrededor, pero aun así logró no perder el equilibrio. Bien, se dijo. Y se puso a mirar en seguida el corazón de la pared blanca.

Debía demostrar a su cerebro que no existía realmente, que se trataba de un engaño, de una falsa percepción. En primer lugar, movió el pie derecho, avanzó con el tronco y luego arrastró tras de sí la extremidad escayolada. Calculó que un par de metros la separaba de la meta y confió en conseguirlo.

Avanzó paso a paso, con esfuerzo. Al cuarto se detuvo y recobró el aliento. Mientras tanto, el latido de la pared se había acelerado. Tengo que llegar hasta allí. Pararlo.

Cuando le quedaba menos de un metro, sonrió. Estaba realmente cerca de culminar su pequeña hazaña. Un último esfuerzo, adelante.

Cuando casi había llegado, no pudo aguantar y alargó el brazo. Posó delicadamente la mano encima del corazón. Y éste dejó de palpitar.

Por fin se había aplacado.

Al tacto notó una sensación de mojado. Sí, tenía razón: es sólo una maldita mancha de humedad.

Pero cuando retiró la mano de la pared blanca, su corazón también se paró.

Berish seguía observando a la muchacha tumbada en la cama de hospital y sentía una pena infinita por ella.

«Hay una noticia que todavía no hemos difundido. Y tiene que ver precisamente con Samantha Andretti...», había afirmado Delacroix.

Tenía los ojos abiertos de par en par mirando al vacío y un hilo de baba le resbalaba por la comisura de la boca. Sólo le quedaba la apariencia de ser humano.

Berish comprendía las reticencias del Departamento porque en cuanto la gente de fuera supiera la verdad la tomaría con la policía por no haber salvado antes a Samantha Andretti en esos quince largos años.

–Ya sé lo que está pensando –dijo una voz femenina a su espalda.

Berish se volvió y se encontró frente a una espléndida mujer de color, de unos cuarenta años, muy elegante.

–¿Es verdad lo que dicen? ¿Está en una especie de coma? –preguntó.

–No exactamente –le corrigió la otra–. En realidad, se encuentra en estado catatónico y lo alterna con momentos en los que encuentra parcialmente consciente y otros en los que está completamente ausente.

–A decir verdad, el agente especial Delacroix ha usado otra expresión para describirme el estado en el que se encuentra Samantha...

–¿Y cuál es?

–Como si fuera alguien atrapado en una pesadilla para siempre y que no puede despertarse.

La mujer suspiró.

–Esperábamos que pudiera proporcionarnos indicaciones útiles para la captura del secuestrador o para localizar la prisión en la que estuvo encerrada durante quince años; en cambio, todos los intentos han sido inútiles. –Hizo una pausa y sacudió la cabeza–. La verdadera prisión está en su mente y liberarla de allí es ya imposible.

Advirtió la desilusión de su rostro y se preguntó qué papel había desempeñado esa mujer en el asunto de Samantha Andretti.

–Soy el agente especial Simon Berish –dijo, tendiéndole la mano.

Ella le devolvió el apretón y le sonrió débilmente.

–Soy la analista de perfiles encargada de seguir el caso, me llamo Clara Green.

Berish no pudo ocultar su estupor.

–Disculpe –le dijo–, no sé por qué hasta ahora me había imaginado que el analista de Samantha era un hombre.

La pared de debajo de la mancha de humedad era gris.

La palma de su mano, en cambio, estaba teñida de pintura blanca. «No puede ser», se dijo. Una oleada de terror la invadió. «No está sucediendo de verdad. No me está sucediendo a mí.»

Tenía que avisar inmediatamente a alguien. El teléfono amarillo. Ahora ya no era hostil, sino que se trataba de su amigo.

Se dirigió lo más rápidamente que pudo hacia la mesilla, sin importarle el cansancio por tener que arrastrar la pierna escayolada. En cuanto llegó delante del aparato, cogió el auricular y se lo llevó a la oreja. Marcó el nueve, como le había explicado el doctor Green... Pero estaba mudo, no había línea.

Habría querido chillar, pero se retuvo.

Se volvió hacia la puerta para pedir ayuda. Aunque si lo que estaba pasando era real, entonces era completamente irracional esperar que alguien la socorriera.

A pesar de ello, se dirigió hacia la salida con el ímpetu y a la vez el miedo de descubrir cómo estaban las cosas. Cuando llegó frente a la puerta, primero tanteó la manija: no estaba cerrada con llave. Lo interpretó como una buena señal.

La abrió y vio la espalda del policía de guardia que se encontraba al otro lado. De la alegría, estuvo a punto de saltar a su cuello. La euforia duró un instante, porque su mente intuyó que lo que tenía en frente era sólo un objeto sin vida.

Era un maniquí sonriente, como los de los grandes almacenes, vestido con un uniforme.

Encima de una mesita, en medio de jeringuillas y medicamentos, había un viejo equipo de música portátil: de los altavoces procedía un fondo de sonidos de hospital. También estaba el televisor en el que Green le había mostrado las imágenes en directo del exterior del hospital, pero sólo ahora se dio cuenta de que estaba conectado a una cámara de vídeo.

Había un montón de viejos periódicos, en el primero resaltaba la foto de un hombre al que nunca había visto, y un titular: UN AÑO DESPUÉS DE LA REAPARICIÓN DE SAMANTHA, PETER FORMAN ES CONDENADO A CADENA PERPETUA. Encima de una silla había una peluca pelirroja y una bata de enfermera. «Descansa, querida, descansa...», había dicho con voz maternal la mujer mientras le cambiaba el gotero.

También había un cubo de Rubik.

Sólo entonces se atrevió a mirar a su alrededor. Reconoció las paredes grises y las puertas de hierro de las habitaciones que se asomaban al pasillo. La esperanza de haberse equivocado quedó barrida por la realidad. Ahora sabía perfectamente de qué se trataba.

De un juego.

Nunca había abandonado el laberinto.

–Me han contado lo de su amigo el detective privado, lo siento –afirmó la doctora Green.

–No éramos amigos –puntualizó Berish, aunque hubiera querido añadir que le habría gustado conocer mejor a Bruno Genko–. Gracias de todos modos.

–¿Le apetece una taza de café? –propuso la mujer.

–Con mucho gusto –contestó.

Echó una última mirada al otro lado del falso espejo. Quién sabía cuántas Samantha Andretti estaban prisioneras en alguna parte, sin que nadie lo supiera, y sin que nadie pudiera salvarlas.

42

Yo no soy Samantha Andretti.

Ser consciente de ello fue demoledor. Tenía que marcharse de allí. Sabía que era imposible, pero su estúpido cerebro se negaba a aceptar la idea de que se había tratado sólo de una ilusión.

Era el juego sádico de un monstruo.

Seguía avanzando por el pasillo, arrastrando la pierna escayolada como un peso muerto. Probablemente la fractura también era un engaño, se dijo. Un modo de retenerme en la cama, de impedirme que vaya por ahí a descubrir la verdad. Y detrás del espejo al que le tenía tanto miedo no se escondía ninguna mirada amenazadora, sino solamente otra maldita pared.

Después de recorrer unos veinte metros, se paró. Su atención se vio atraída por un débil sonido. Procedía de la tercera habitación de la derecha.

Parecía una transmisión de radio.

Se encaminó en esa dirección y se detuvo poco antes de la puerta. Aguzó el oído: era una conversación.

Decidió echar un vistazo al interior.

El doctor Green estaba de pie, de espaldas. Delante de él, el aparato en el que había grabado sus conversaciones. Llevaba puestos los cascos. El volumen era lo bastante alto como para que se escaparan los sonidos.

«No sé si seré capaz.»

Reconoció su propia voz. A continuación, oyó la del doctor.

«Escucha, Sam: ¿tú quieres que ese hombre pague por lo que te ha hecho, verdad? Y, sobre todo, no querrías en ningún caso que le hiciera lo mismo a otra persona...» Ésas eran las palabras que le dijo cuando se despertó sin recordar nada, después de mostrarle la octavilla con la foto de Samantha Andretti con trece años.

«Como habrás intuido, yo no soy policía. No llevo pistola y no voy por ahí persiguiendo a criminales y dejando que me disparen. Es más, si te digo la verdad, ni siquiera soy muy valiente.» Lo oyó reír de su propia broma. «Pero sí puedo asegurarte algo: lo cogeremos juntos, tú y yo. Él no lo sabe, pero hay un lugar del que no puede escapar. Y es allí donde lo cazaremos: no ahí afuera, sino en tu mente.»

La última frase del doctor Green hizo que se le erizara la piel como la primera vez.

«¿Qué me dices: te fías de mí?»

Recordó que le tendió la mano para que le devolviera la octavilla con la foto. Sin saberlo, así fue como dio inicio el juego.

«Bien, ésa es mi chica.»

Yo no soy tu chica. Y ni siquiera tengo nada de lo que enorgullecerme.

Tú no eres médico. Y no quieres ayudarme.

Tú eres «él».

Ahora que sabía qué aspecto tenía, el monstruo todavía le parecía más monstruoso. Y es que pensar que un hombre tan normal pudiera ocultar en su interior tanta maldad era peor que cualquier pesadilla. Los monstruos, como los de los cuentos, eran tan horripilantes que generaban en las víctimas la utopía de poder derrotarlos. En cambio, con un ser tan corriente no podían albergarse esperanzas de salvación.

Tal vez el sándwich de ensalada de pollo que le había ofrecido realmente lo había preparado su mujer. Y, cuando salía de allí, se acostaba con ella en una cama decente, bajo el techo de una casa como tantas otras. Quizá tenía hijos o sobrinos, seguramente amigos o compañeros de escuela que pensaban que lo conocían de verdad y, por el contrario, no sabían nada de él.

Sólo yo sé quién es.

Fue entonces cuando advirtió de nuevo el mosquetón con las llaves colgado del cinturón del hombre.

Luego dirigió la mirada a su propio vientre y con los dedos fue en busca de la cicatriz que lo surcaba.

Si he sobrevivido hasta ahora, significa que soy más fuerte de lo que en este momento puedo recordar. Y en ese mismo instante decidió que ya había llegado la hora de plantearse la pregunta que había evitado hasta entonces.

«¿Quién soy yo?»

43

–Tengo una muy buena noticia –anunció Green, entrando en la habitación–. Hemos podido cogerlo: tu secuestrador ha sido arrestado.

Fingió quedarse muda de la sorpresa. En realidad, era el miedo lo que le impedía reaccionar. Rezó para que él no lo notara.

–¿Cómo ha sido?

–Por desgracia todavía no puedo compartir los detalles contigo, pero tienes que saber que nunca lo hubiéramos conseguido sin tu ayuda. –Parecía eufórico–. Puedes estar orgullosa de ti.

–Así pues, ¿ya hemos terminado?

–Sí, querida –dijo el otro, recogiendo la americana del respaldo de la silla–. Tu padre ha llegado al hospital –añadió–. Hemos estado charlando: le he explicado que para ti no es fácil encontrarte con él en seguida, me ha dicho que esperará hasta que estés preparada para hablar con él.

–¿Y usted adónde irá, doctor Green?

Le sonrió.

–Volveré a casa, pero prometo que vendré a verte pronto.

–¿Tiene una casa bonita?

–Y también una buena hipoteca, para ser sincero.

–¿Cómo se llama su esposa? –Al instante advirtió que la pregunta lo había cogido desprevenido.

–Adriana –contestó él tras un breve titubeo.

A saber si era verdad, pensó.

–¿Tienen hijos?

La miró sorprendido.

–Sí –dijo sólo.

–¿Y cómo se llaman?

–¿Por qué razón tienes tanta curiosidad por mi vida? –Volvió a reír, pero se le veía incómodo–. Tampoco soy tan interesante, ¿sabes?

–Quiero saberlo –dijo ella, en absoluto atemorizada.

Entonces el hombre volvió a dejar la americana en el respaldo y tomó asiento en su sitio. De repente ya no tenía prisa por marcharse.

–Johanna es la mayor, tiene treinta y seis años. Después está George, de treinta y cuatro. Y al final está el más pequeño, Marco, que tiene veintitrés.

Asintió, como si tomara nota. Pero todavía no tenía suficiente.

–¿Qué hacen?

–Marco estudia en la universidad, le faltan tres exámenes para terminar la carrera de Derecho. George ha fundado una pequeña empresa de servicios informáticos junto a un par de amigos. Johanna se casó el año pasado, es agente inmobiliaria.

Observaba el rostro del hombre para ver si estaba interpretando un papel. «No: es todo cierto», se dijo.

–¿Cómo conoció a su mujer?

–En el instituto –dijo con tono neutro–. Llevamos juntos más de cuarenta años.

–¿Fue difícil conquistarla?

–Yo estaba interesado en su mejor amiga, fue ella quien nos presentó. Después de verla por primera vez, le estuve dando la lata hasta que aceptó salir conmigo.

La miraba intensamente, pero ella no apartaba la vista.

–¿Le pidió matrimonio en seguida?

–Al cabo de un mes.

–¿Con un anillo?
–No podía permitírmelo, se lo pedí y ya está.
–¿En mi gotero hay antídoto?
–No.
–¿Pues qué hay?
–Un fármaco psicotrópico.
–¿Mis recuerdos son reales?
–Sólo algunos. Los otros son alucinaciones inducidas.
–¿Cuándo encontraron a la verdadera Samantha Andretti?
–Hace un año.
–Y yo ¿cuánto tiempo llevo aquí?
–Un año.
–¿Por qué me han hecho creer que era Samantha Andretti?
–Es un juego.
–¿Quién es usted?
El otro no contestó.
Le clavó una mirada desafiante.
–¿Quién soy yo? –le preguntó.
El hombre sonrió, pero ahora había algo distinto en su expresión. La dulzura del doctor Green se había esfumado.
–Lo siento –dijo ella–. Esta vez he ganado yo.
El monstruo exhaló un profundo suspiro.
–Enhorabuena, lo has hecho muy bien –dijo–. El verdadero doctor Green en realidad es una mujer. Y Sam nunca ha estado en el laberinto.
–¿Qué ocurrirá ahora?
–Lo que sucede siempre –afirmó el hombre. A continuación, hurgó en el bolsillo de la chaqueta y sacó una pequeña jeringuilla ya lista para ser usada–. Te inyectaré un poco de esto, dormirás tranquila. Cuando te despiertes, ya no recordarás nada.
–¿Cuántas veces hemos hecho este juego?
–Innumerables –dijo. Y sonrió–. Es nuestro preferido.
El hombre se acercó a la cama. Ella le tendió el brazo derecho para que viera que estaba preparada.

–Acabemos con esto.

Es un miserable, sólo un miserable, recordó.

Mientras se disponía a ponerle la inyección, ella alargó la mano izquierda y, de repente, cogió la barra del gotero. Tiró de ella con fuerza y el frasco se precipitó sobre la nuca del falso analista, rompiéndose en mil pedazos.

El hombre le soltó el brazo y se desplomó en el suelo con todo su peso. Estaba aturdido, pero no había perdido el conocimiento. Ella comprendió que tenía poco tiempo, porque el monstruo recobraría la lucidez pronto y volvería a la carga.

Se dejó caer sobre él y le quitó el mosquetón del cinturón con las llaves del laberinto. A continuación, le pasó por encima y se dirigió a la salida. Todavía sin aliento y con la garganta ardiendo, se lanzó hacia la puerta. La pierna escayolada era un lastre. Pero debía lograrlo, «debía», paso a paso, aunque con ese peso la distancia que la separaba de la puerta parecía alargarse. De vez en cuando, se volvía para controlar la situación.

El cobarde se estaba recuperando. Al principio, simplemente se llevó una mano a la cabeza. Después se dio cuenta de que le faltaban las llaves y le quedó todo claro. El apacible doctor Green había desaparecido, ahora el odio chorreaba como cera de su rostro.

Vio que se levantaba, dispuesto a abalanzarse sobre ella como una fiera rabiosa. El monstruo dio un salto. Las palmas de las manos la abofetearon, pero no pudieron agarrarla del camisón. Al segundo intento no tendría tanta suerte.

Llegó ante la puerta de hierro que había pintado de blanco para que ella tuviera la impresión de estar en una habitación de hospital, la abrió lo más rápidamente que pudo.

Cruzó el umbral y tiró de la manija.

El tiempo infinitamente breve en el que la puerta se cerraba se dilató, ralentizando todos los gestos. Le pareció estar viviendo un *déjà-vu*, como con la chica que él había enviado a matarla; a saber si era real o tal vez otro delirio químico. Mientras la acción se producía, inexorablemente, catalogó en el rostro del monstruo una serie de expresiones que iban desde la cólera al desdén, llegando hasta la más absoluta sorpresa.

Con las manos temblándole, se puso a buscar la llave. Probó un par, pero al menos había veinte. Nunca lo conseguiré. Y casi se le cayó el mosquetón al suelo. Al cuarto intento oyó girar la cerradura.

Una, dos, tres vueltas.

Desde dentro, algo chocó violentamente contra la puerta. Era él intentando salir. Lo oyó gritar y golpear el hierro, tuvo miedo de que acabara consiguiéndolo, pero decidió ignorarlo y empezó a explorar, porque estaba segura de que la salvación estaba cerca. Con el manojo de llaves, probó todas las cerraduras. Y después de una serie de habitaciones vacías, encontró una con una escalera oxidada que conducía hacia arriba, hasta una trampilla.

Pero para subir tenía que quitarse la escayola de la pierna. Empezó a dar patadas a la puerta de hierro hasta que consiguió abrir unas grietas. Las ensanchó con los dedos y se la fue arrancando trozo a trozo.

Seguidamente subió sin saber qué encontraría al otro lado. Tal vez incluso otro laberinto; después de lo que había vivido, ya no estaba segura de nada.

Al llegar al último escalón, giró con ambas manos una especie de válvula de seguridad que cerraba la trampilla. Necesitó hacer mucha fuerza para levantarla un poco. Pero en cuanto lo consiguió, se vio recompensada por una ráfaga de aire fresco que acompañaba a la pálida luz del día. Empujó lo más fuerte que pudo y la tapa de la trampilla cayó hacia fuera con un estrépito metálico.

Acabó de subir e intentó ver dónde se encontraba.

Por encima de ella, se veían las ruinas de un molino abandonado y los escombros de un incendio. A su alrededor, un paisaje de bosques nevados que se perdía hasta donde alcanzaba la vista.

Ni un sonido, ni una presencia humana o animal. Ningún punto de referencia. Por lo que a ella concernía, aquel lugar podía estar en cualquier parte. ¿Cómo lo hacía el monstruo cada vez para llegar hasta allí? Se imaginaba que encontraría un coche. Lo aparca lejos de aquí, es prudente. No sabía ni dónde podía estar la carretera, si es que la había. Sólo llevaba un fino camisón e iba descalza. No podré sobrevivir mucho tiempo con esta temperatura, se dijo. Si no encuentro ayuda, cuando llegue la noche moriré congelada. La alternativa era volver allí abajo y prepararse mejor para la expedición o incluso posponerla hasta que tuviera fuerzas suficientes.

Pero sólo quería irse de allí lo antes posible. Costara lo que costase.

Sin embargo, antes de ponerse en marcha volvió a levantar la tapa de hierro. En el agujero de debajo de ella resonaban todavía los gritos del hombre del laberinto. Dejó caer pesadamente la trampilla en el hueco. El ruido se disolvió con rapidez en el aire. El monstruo había recibido el destino que se merecía.

Enterrado vivo.

En ese momento se puso a caminar por la nieve, que le llegaba a las pantorrillas. Tenía frío, pero se sentía libre. Comprendió que las condiciones críticas de su cuerpo ejercían un efecto beneficioso sobre su mente, porque de repente le volvieron algunos fragmentos de recuerdos.

La cicatriz de su barriga: soy madre de una niña, pero nunca he parido en el laberinto. Ella está en casa, a salvo.

El monstruo no me secuestró: fui yo quien lo busqué a él.

Soy policía y presto servicio en el Limbo. Me llamo Maria Eléna Vasquez.

Pero, desde siempre, mi nombre es Mila.

AGRADECIMIENTOS

A Stefano Mauri, editor, amigo. Y, con él, a todos los editores que me publican en el mundo.

A Fabrizio Cocco, Giuseppe Strazzeri, Raffaella Roncato, Elena Pavanetto, Giuseppe Somenzi, Graziella Cerruti, Alessia Ugolotti, Tommaso Gobbi, Diana Volonté y a la indispensable Cristina Foschini. Sois mi equipo.

A Andrew Nurnberg, Sarah Nundy, Barbara Barbieri, y a las extraordinarias colaboradoras de la agencia de Londres.

A Tiffany Gassouk, Anais Bakobza, Ailah Ahmed.

A Vito, Ottavio, Michele. A Achile.

A Gianni Antonangeli.

A Alessandro Usai y Maurizio Totti.

A Antonio y Fiettina, mis padres. A Chiara, mi hermana.

A Sara, mi «eternidad presente».

Esta primera edición de *El hombre del laberinto,*
de Donato Carrisi, se terminó de imprimir
en Grafica Veneta S.p.A. di Trebaseleghe (PD)
de Italia en enero de 2023. Para la composición
del texto se ha utilizado la tipografía Sabon
diseñada por Jan Tschichold en 1964.

Duomo ediciones es una empresa comprometida
con el medio ambiente. El papel utilizado para
la impresión de este libro procede de bosques
gestionados sosteniblemente.

Este libro está impreso con el sol. La energía
que ha hecho posible su impresión procede
exclusivamente de paneles solares.
Grafica Veneta es la primera imprenta
en el mundo que no utiliza carbón.

Otros libros de Donato Carrisi

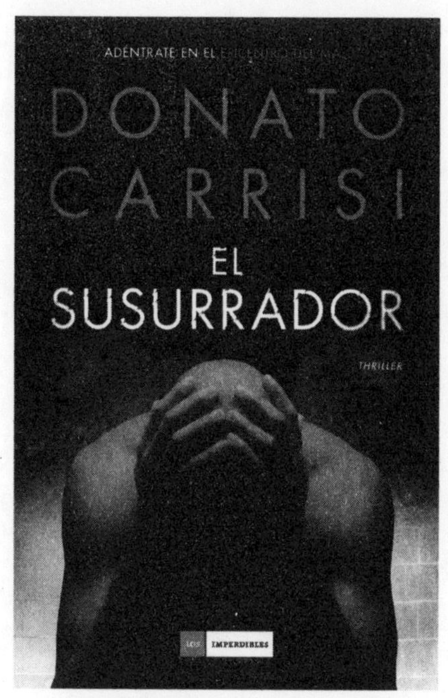

Adéntrate en
el epicentro del mal.

Adéntrate en
la mente del asesino.

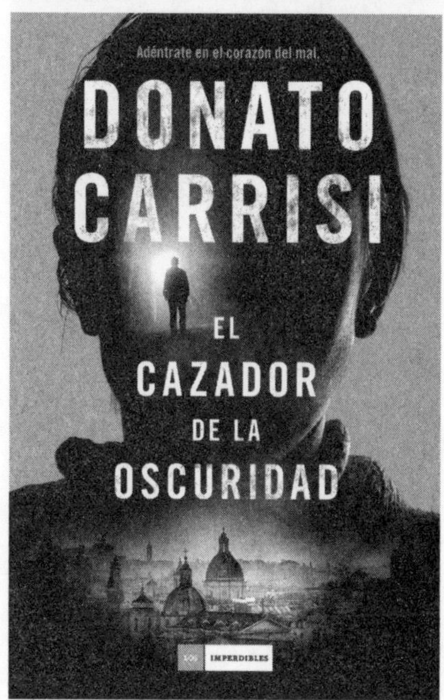

«Leer a Carrisi es como
estar en el paraíso.»

Ken Follett